中山出版
ZHONGSHAN　PUBLISHING
香山承文脉　好书读百年

湾区有药谷

国家健康科技产业基地

30 年发展纪实

谭华健 著

南方传媒 SPM 广东人民出版社

·广州·

图书在版编目（CIP）数据

湾区有药谷：国家健康科技产业基地30年发展纪实／谭华健著. —广州：
广东人民出版社，2024.8
ISBN 978-7-218-17247-7

Ⅰ.①湾… Ⅱ.①谭… Ⅲ.①纪实文学—中国—当代 Ⅳ.①I25

中国国家版本馆CIP数据核字（2024）第002080号

WANQU YOU YAOGU——GUOJIA JIANKANG KEJI CHANYE JIDI 30 NIAN FAZHAN JISHI
湾区有药谷——国家健康科技产业基地30年发展纪实
谭华健 著

出 版 人：肖风华

责任编辑：吴锐琼
装帧设计：陈宝玉
责任技编：吴彦斌

统　筹：广东人民出版社中山出版有限公司
执　行：王　忠
地　址：广东省中山市中山五路1号中山日报社13楼（邮政编码：528403）
电　话：（0760）89882926　（0760）89882925

出版发行：广东人民出版社
地　址：广东省广州市越秀区大沙头四马路10号（邮政编码：510199）
电　话：（020）85716809（总编室）
传　真：（020）83289585
网　址：http://www.gdpph.com
印　刷：珠海市豪迈实业有限公司
开　本：787mm×1092mm　1/16
印　张：18　　　　　字　数：239千
版　次：2024年8月第1版
印　次：2024年8月第1次印刷
定　价：88.00元

如发现印装质量问题，影响阅读，请与出版社（0760-89882925）联系调换。
售书热线：（0760）89882925

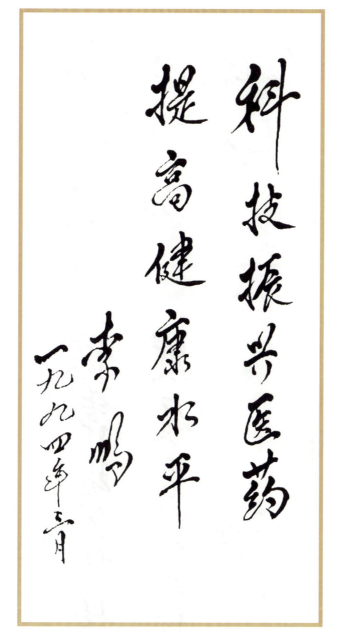

科技振兴医药
提高健康水平

李鹏

一九九四年二月

李鹏为国家健康科技产业基地题字

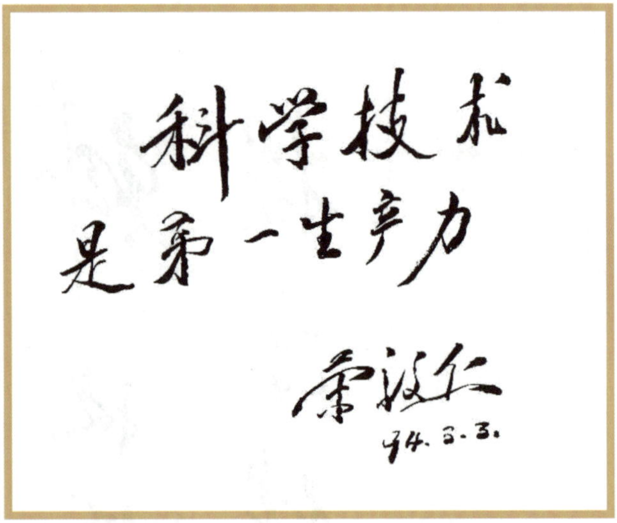

科学技术是第一生产力

荣毅仁

94.3.3.

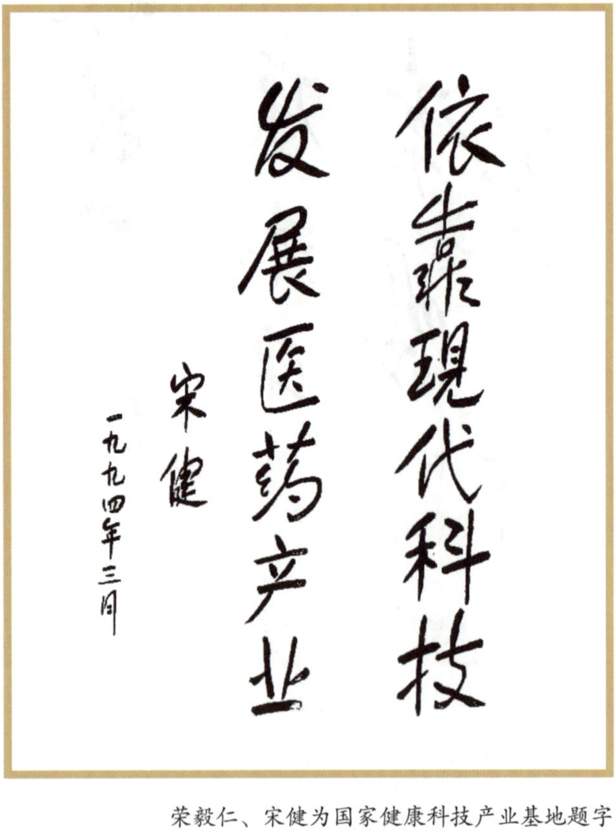

依靠现代科技

发展医药产业

宋健

一九九四年三月

荣毅仁、宋健为国家健康科技产业基地题字

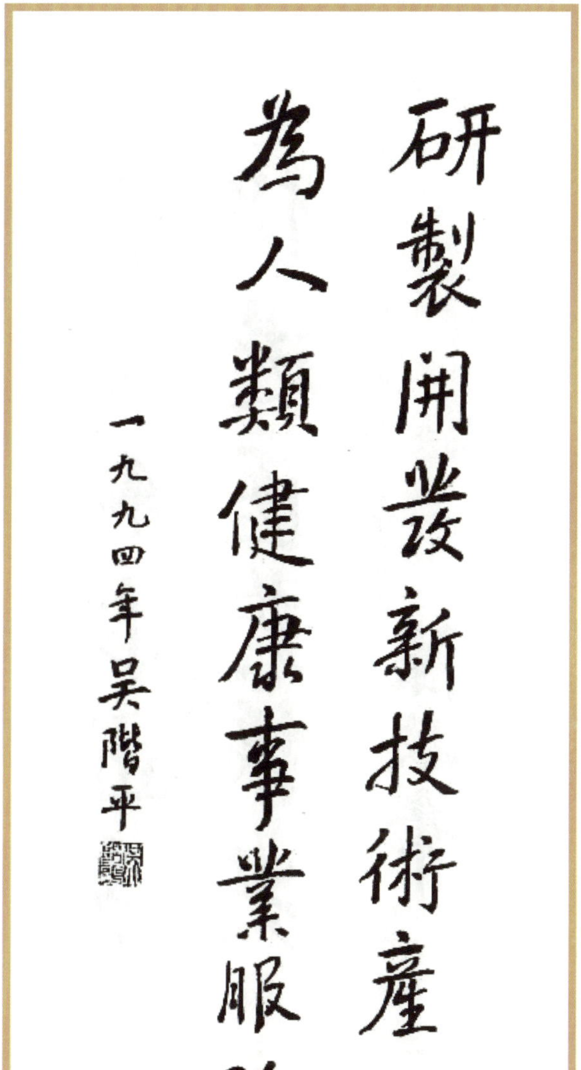

研製開發新技術產品

為人類健康事業服務

一九九四年 吳階平

吴阶平为国家健康科技产业基地题字

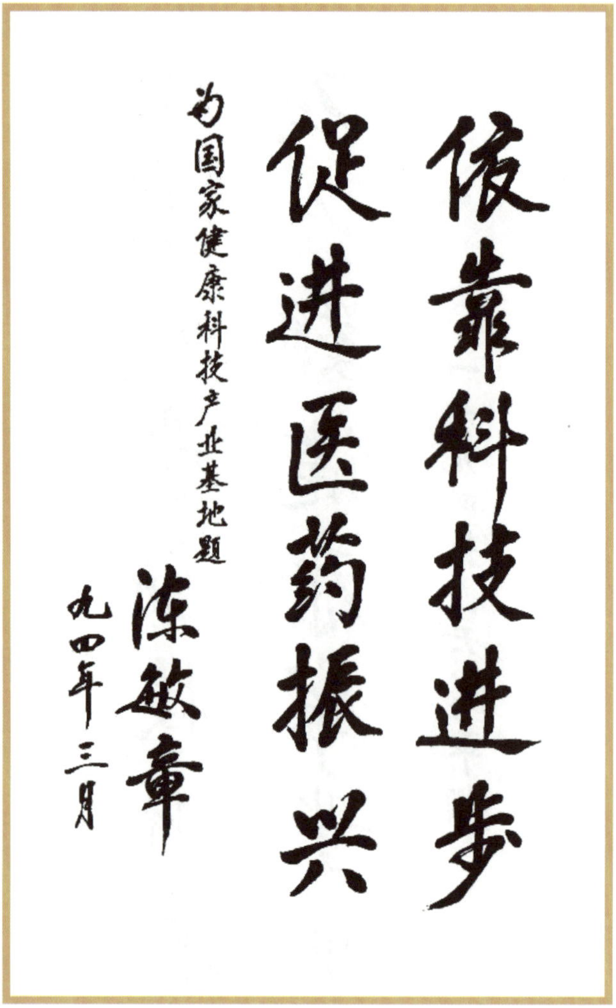

依靠科技进步

促进医药振兴

为国家健康科技产业基地题

陈敏章

九四年三月

陈敏章为国家健康科技产业基地题字

序一：
大湾区　大健康　大未来

　　我与国家健康科技产业基地结缘，是在 1999 年，也就是 25 年前，当时我担任中山市副市长，其中分管的一项重要工作，就是推进国家健康科技产业基地的发展建设。

　　当时，健康基地处于成立初期，受制于政策、资金、人才，以及国际金融危机的影响，发展还比较艰难。时任国家科委副主任邓楠前来考察，提出"一年一小变，三年上规模"的发展目标，这是对中山市委、市政府执政能力的考验，也是对中国健康产业发展的殷切希望。

　　正所谓压力催生动力。中山市政府提出加大财政支持健康基地基础设施建设、全力推进招商引资、加强创新创业公共平台建设三大举措。健康基地也重新审视定位，往健康产业方向积极布局。同年，外资企业雅柏药业落户健康基地园区，随后数年，安士制药、百灵医药、中智药业等一批企业入驻，健康基地"药味"日渐浓厚。

　　2003 年，我调任广东省卫生厅，因工作职责的关系，以及对曾经主管过地方的情感牵挂，便一直对健康基地的发展有所关注。再后来健康基地园区的建设日渐完善，一批批企业如康方生物、金城金素等也逐渐成长起来。退休之后，我又应邀担任健康与发展中山论坛秘书长，并参加每年中山论坛的策划，与全国生物医药领域的院士专家、年轻学者共同在中山探讨医疗卫生技术的进步以及健康产业的发展。

健康产业不断进步，新技术、新知识层出不穷，产业发展包罗万象。深中通道的通车，让珠江口两岸两岸的经济社会文化紧密相连。随着粤港澳大湾区建设的深入，粤港澳大湾区医疗一体化将持续推进，生物医药与健康产业资源正在加速聚集。健康基地从1994年到2024年，从初创到起步、从快速发展到转型升级，再到如今"扩区提质"迎来新的发展机遇，通过这本书，我看见了一个伴随中国改革开放大时代同生共起的产业园区，用30年的光阴，串起了大湾区乃至中国生物医药与健康产业的发展历程。

新一轮技术革命的浪潮正扑面而来，以生物医学和人工智能为代表的产业革命将改变我们的世界，当然也为国家健康科技产业基地的发展带来新的挑战和机遇。最近有幸身临深中跨海大桥桥头，千帆竞发、万车争渡的场面蔚为壮观，深受鼓舞和震撼。

蓦然回首，健康基地好像已经走过了很远的路，却又像才刚刚开始。坐在30年时光的对岸，浏览《湾区有药谷》隽永的文章，朴素、深情、睿智的文字深深打动了我，仿佛重走一遍国家健康科技产业基地30年的成长路程。我发现健康产业的发展，和医学进步一样，都需要科学、需要革新、需要关注人的需求。它的奇妙之处在于：需要我们有一颗不断进取向上的心，一颗充满脉脉温情的心。期盼健康基地带着初心前行，一路更好。

是为序。

（作者系广东省医学会会长、健康与发展中山论坛秘书长，曾任广东省卫生厅厅长、广东省政协副主席）

序二：
安士制药与国家健康科技产业基地同辉

在国家健康科技产业基地成立 30 周年和深中通道通车之际，安士制药作为产业基地发展的重要参与者、见证者和推动者，已经走过了 20 年的发展历程。回首过去，充满了艰辛和挑战，但更多的是收获和喜悦。我们可以深切感受到产业基地与企业相互支持、协同发展的紧密关系。安士的快速发展离不开基地全方位、多层次的支持与帮助。

20 年前公司创立之初，秉承"以人为本，以精立业，以质取胜，以诚服务"的经营理念，立志要为人类的健康事业做出贡献。当时，中山地区的医药产业还处于起步阶段，市场潜力巨大。国家健康科技产业基地作为专注于健康产业的综合平台，为园区企业提供了优质的资源和条件，助力企业实现快速发展。安士作为较早入驻国家健康科技产业基地的企业之一，在创立和发展阶段都获得了产业基地极大的帮助和支持。基地积极帮助安士协调政府关系，为公司提供了良好的发展环境，帮助公司更顺利地获得政策和资源支持。在资源方面，产业基地同样为安士提供了有力支持，包括律师、供应商、研发企业等，这些资源的整合在产品研发、市场开拓、法律事务等方面给予安士极大的保障。此外，产业基地还积极促进园区内的企业联合，为安士带来了更多的合作机会。

例如安士与百灵成立合资企业，就是产业基地推动园区内企业联合的一个重要成果。通过与其他企业合作，安士得以更好地发挥自身优势，实现资源共享和优势互补。

20 年来，安士高度重视技术创新和管理创新，不断引进先进的生产设备和技术，以提升产品的质量和疗效，提升自身的创新能力和核心竞争力。历经艰辛创业和不懈努力，安士从一个小规模的制药厂发展成为今天剂型完备、质量体系完善，集研发、生产和销售于一体的现代化制药企业，实现了快速发展。

展望未来，深中通道是粤港澳大湾区的核心通道，该通道的建成开通将为中山地区承接核心城市的创新资源辐射外溢提供重大机遇，能促进区域内的发展与合作，推动医药产业实现高质量发展。因此，我们可以预见，深中通道开通后，国家健康科技产业基地将迎来更加广阔的发展空间，获得更多的发展机遇，为企业提供更加优质的资源和条件。站在新的起点上，安士制药必将继续与国家健康科技产业基地携手奋进，加大新药研发投入，蓄势聚力再出征，不断塑造医药产业发展的新动能、新优势。

（作者系安士集团执行董事长）

序三：
让中国生物医药从这里腾飞

12 年前，康方生物创始团队来到中山，落户中山国家健康科技产业基地，立下宏愿要"在中国开发出全球领先的创新药物"，致力于成为全球领先的创新生物医药公司。

12 年间，康方生物创造了一项又一项可被载入中国生物医药发展史册的里程碑式成就：2017 年成为中国第一个把自主研发新药授权给国际制药巨头的企业；2022 年自主研发的全球第一个肿瘤免疫双抗新药获批上市；2024 年自主研发的全球第一个"肿瘤免疫＋抗血管生成"机制的双抗新药获批上市，自主研发的新药以中国创纪录的 50 亿美元交易总金额和销售两位数提成的方案将部分国外市场权益授权给美国制药公司，更成为全球首个在Ⅲ期单药头对头临床研究中证明疗效显著优于全球销售"药王"的药物……

"为什么当时会到中山国家健康科技产业基地去创业？"多年来，媒体人、投资人一遍一遍地问我。我总是笑着说，你看看我们这些年取得的成绩，就知道为什么我们会做出这样选择。

2012 年，在我们来到中山国家健康科技产业基地访问的时候，基地领导开明、高效的服务风格和执行能力，让我们决定在此开启康方生物的创新之路。随后基地的培育支持，更加证明了我们选择的明智：创立阶段的落户关怀、早期研发实验室和设备支持、人才安居，发展阶段的用房用地、研发扶持资金申请协助、天使轮融资的牵线搭桥……

一路走来，国家健康科技产业基地与康方生物携手前行的一幕幕依然历历在目。良好的创新氛围，炙热的创业营商环境，每一项资源和条件，对于药物创新这样长周期、高风险的领域而言都是那么的弥足珍贵，让创业者更加信心坚定，让创新者更有勇气前行。

时至今日，康方生物已经发展成为一个全球布局的国际化公司，但是康方生物的起源、公司的文化基因在这里形成，国家健康科技产业基地永远是康方生物走向全球最坚实的基础，康方人永远心系国家健康科技产业基地。

随着国家大力发展粤港澳大湾区、深中通道顺利开通，中山的每一分子都能更深入地融入大湾区，更高效地拥抱全球。中山国家健康科技产业基地坐落于粤港澳大湾区核心地带，区位优势显著，基地的产业集群效应会越发凸显。作为先行者，康方生物将一如既往地发挥龙头带动作用，与中山国家健康科技产业基地携手，推动中国生物医药产业走向国际。

（作者系中山康方生物医药有限公司董事长）

序四：
恭贺国家健康科技产业基地成立30周年，
继续共绘创新篇章

　　2024 年是我创立中山医诺维申新药研发有限公司并入驻国家健康科技产业基地的第三个年头。在短短两年半时间内，公司有两个新药管线进入 I 期和 II 期临床试验、三个核药管线至研究者发起临床研究阶段。医诺维申取得的成绩离不开产业基地的帮助与支持。

　　我是在北京大学和美国莱斯大学学习，获得博士学位后在美国安进公司从事新药研发十余年。2008 年，我回国后在国内知名药企带领团队，开发一系列创新药物并开展临床研究。在此期间，我亲历了我国生物医药行业从基础建设到现如今的高水平创新阶段。粤港澳大湾区生物医药产业在过去的几十年里得到了快速发展，国家健康科技产业基地作为其中的佼佼者，为我国生物医药的发展作出了有目共睹的贡献。

　　2022 年，医诺维申选择入驻国家健康科技产业基地，不仅是因为产业基地已有的规模与聚集效应、地理位置与资源优势，以及入驻企业的创新能力，也是珍视基地团队在生物医药领域的专业性、对创新文化的重视，以及全要素、全方位的专业服务体系。作为生物医药的创新孵化器，产业基地一直非常理解并关注着我们的需求，从企业落地、人才引进、联合建立研发服务平台，到项目股权融资、银行授信、政府项目申报等多个方面给予了我们全方位的服务，大大提高了我们整合资源的效率。正是他们的帮助让我们能够更专注于公司的业务，产业基地团队是我们重要的"合作伙伴"。

深中通道的开通必将进一步促进粤港澳大湾区生物医药产业人才与资源的流动，加速推进产业的融合与发展，进一步推动产业创新与技术升级，这也给我们带来重要的发展机遇。在未来的发展中，我们将继续秉承"创新、协作、共赢"的理念，力争在国家健康科技产业基地的大力支持下取得更加辉煌的成就，谱写创业新篇章。

国家健康科技产业基地过去 30 年的发展，证明了只有创新才是出路，才能做强做大，才有竞争力。《湾区有药谷》一书立足中国制药工业 30 年，系统梳理了国家健康科技产业基地 30 年的发展历程，让我们能更清晰地看到过去 30 年哪些路是走对了，哪些方面还需要提升，对大湾区时代下国家健康科技产业基地的扩区提质发展具有启发意义。

（作者系中山医诺维申新药研发有限公司董事长）

前言

国家健康科技产业基地30年，一部医药工业园区演进史

◎谭华健

发生于18世纪中叶的第一次工业革命是人类发展史上的一个重要阶段，创造了巨大生产力，使社会面貌发生了翻天覆地的变化，实现了从传统农业社会转向现代工业社会的重要变革。兴起于19世纪中叶的制药工业，是工业领域的重要分支，为人类生命健康打开了新的想象空间。

从第一次工业革命到今天正在展开的第四次工业革命，工业企业与园区、城市之间的关系就一直处于不断优化调整中，并由低向高，实现螺旋式上升。从全球来看，美国硅谷、英国苏格兰高科技区、法国索菲亚·安蒂波里斯技术城、德国慕尼黑科学园、新加坡裕廊工业园、印度班加罗尔等园区都得到广泛认可。它们的共同特征之一，就是发展速度快，拥有在全球处于领先地位的产业领域，产业集聚明显，产业生态优化，并建立了一套适合园区自身发展的模式，产城融合互动。

健康医药主题产业园是近年来全球各地争相关注的领域。从中国来看，北京中关村科技园、苏州生物医药产业园、上海张江药谷、成都高新区生物医药产业园、武汉光谷生物城等已具备较强的园区综合竞争力。

工业企业是经济发展的主体，而园区又是工业企业发展的重要载体，高质量的园区对工业企业高质量发展起着至关重要的作用。1994 年 4 月，国家科学技术委员会、广东省人民政府、中山市人民政府三方联合创办的国家健康科技产业基地，用 30 年的实践，回答了工业企业、主题产业园区、产业高质量发展所要具备的关键要素同向而行的逻辑关系。

一、科技园在工业布局中的重要性

《硅谷百年史》提到，19 世纪末，利兰·斯坦福夫妇来到遍布着果园和农田的硅谷，在这里建立了斯坦福大学。随之而来的科学家们，在一个多世纪的时间里，把这块阳光明媚、气候宜人的谷地变成了改变整个星球历史的创新与创造之地。

20 世纪 90 年代以来，硅谷更成为信息产业的发动机，深刻地影响了全人类的社会文明进程与生活方式。硅谷的飞速发展和成功引领高科技的经验已经成为世界各国争相效仿的楷模。从印度的班加罗尔到中国的中关村等，各个国家都在努力创建自己的"硅谷"。尤其是在中国，遍布各主要都市圈的高新开发区、经济技术开发区蔚然成风。

从 1951 年世界上第一个高科技园区——斯坦福科学园（俗称硅谷）诞生至今，高科技园区已遍布世界各地。1988 年春，国家科委党组提出实施推动我国高新技术产业发展的计划——火炬计划的建议。当年，党中央、国务院批准了这个计划，并强调国家科技攻关计划、863 计划和火炬计划是推动我国高新技术研究与产业化的三个重要计划，要加强相互衔接，密切配合，从整体上促进我国高技术产业发展。国家高新区建设是火炬计划的核心政策目标和政策作用点。1988 年，中关村科技园区成为国务院批准成立的我国第一家高科技园区。1990 年，中山火炬高技术产业开发区（简称"火炬高新区"）创办，1991 年成为国务院批准成立的首批国家级高新区之一。

火炬高新区的创办标志着中山吹响高质量园区发展的号角，改变了20 世纪 80 年代中山各镇、村工业园区"村村点火，户户冒烟"的粗放低效发展模式。1994 年国家健康科技产业基地的创办，进一步开启中山高质量园区发展的新篇章。

在国家健康科技产业基地创办之前，中山港码头往临海方向的横门水道南岸一带曾是水田和蕉地，国家健康科技产业基地的到来改变了这里。

星星之火，可以燎原。30 年前点燃的这一把健康医药产业"星星之火"，从"点点火光"开始，如今成为中山健康医药产业的一道"炬光"。过去的蕉地成了现代科创园，成长为粤港澳大湾区"黄金内湾"中知名的"药谷"，成为中山新经济的重要支撑之一，是新时代产业集群"十大舰队"生物医药与健康产业集群的领航者。

二、国家健康科技产业基地30年的实践探索

阿尔弗雷德·韦伯（Alfred Weber）是德国经济学家、社会学家，被称为现代工业区位的奠基人。韦伯认为，一切经济活动怎样进行和在什么地方进行都应受到一定规律的支配。在经济活动中，生产活动尤为重要，而生产活动中特别重要的是工业或制造业的生产活动。

韦伯在其《工业区位论》一书中分析认为，影响工业区位的因素可分为两类：一类是影响工业分布于各个区域的"区域性因素"，另一类是在工业的区域分布之中，把工业集中于某地而不是其他地方的"集聚因素"。不论是区域性因素还是集聚性因素，都可分为影响一切工业的一般因素和影响某些特定工业的特殊因素。

国家健康科技产业基地处于粤港澳大湾区的"黄金位置"，周边有中山港码头、深中通道、深圳宝安国际机场等大交通，背山面水，环境优美，具有明显的"区域性因素"。经过30年的发展，园区已形成较强的产业集聚态势，产生了"集聚因素"，可以说，国家健康科技产业基地是粤港澳大湾区产业集聚度高的专业工业园区之一。

从国家健康科技产业基地的发展阶段来看，这是螺旋式上升的创新过程。从最初的仿制药、医疗器械、健康食品等，到创新药产业链的不断完善，从最基础的GMP（药品生产质量管理规范）车间到国家健康科技产业基地通过自建、合作共建和引入第三方建设等方式，构建了全产业链的公共服务支撑体系，包括CRO（合同研究服务平台）、CDMO（合同生产服务平台）、MAH（持证平台）、动物实验平台和检验检测平台等为一体的创新服务生态，无论是产业链，还是创新链、资本链、人才链、政策链等，都在不断地调整中，通过高质量园区建设，推动健康产业高质量发展。笔者曾在《高质量发展的产业形态研究》一文中，选择了国家健康科技产业基地产业成长路径作为参考样本，从企业的用地、投入、产出、平台建设、产品研发、科创体系、生产方式与生态、产业集群优势、营商环境与招商引资等多维度，阐述经济高质量发展与产业、园区之间的重要性。

梳理国家健康科技产业基地发展的30年，我们可以看到五个重要的发展阶段：

一是1994年创办之初至1999年。这是园区规划时期，一、二期基础设施开始建设。因这一时期对发展医药产业园毫无经验，是园区发展困惑期，也是艰难的开拓期，这期间还遇到了1997年东南亚金融风暴，可谓难上加难。从全球来看，20世纪90年代，外资医药企业掀起了国际化发展的新浪潮，国家健康科技产业基地吸引了欧美的一些医药巨头关注，并落地发展。1999年，《关于加快健康科技产业基地发展的决定》（"56号文"）出台，增强了中山市对国家健康科技产业基地发展的紧迫感。火炬高新区举全区之力发展国家健康科技产业基地成为共识。

二是2000年至2005年。在一系列新政的带动下，对园区发展有了初步的认识，再加上大力招商引资，园区建设和项目招引迎来一个小高潮。从国内来看，国有企业经过20世纪90年代中后期的改制后，寻找新的发展方向，民营经济迎来发展高峰，创业潮起。国家健康科技产业基地成为医药企业发展的热土。这六年间，园区加快一、二期开发建设和完善，人才队伍不断优化；基地创建初期引进的辉凌、格兰泰等国际制药巨头，新厂房建成或投产；引进了广东九州通、安士制药、海济、广东星昊、百灵生物、欧亚等一批新项目；美味鲜、咀香园、中智药业、三才药业、天天动物等一批中山本土企业选择国家健康科技产业基地"二次创业"。这一时期，国家健康科技产业基地每年实现100%以上的增速，这也是国家健康科技产业基地自成立以来，项目引入的第一个高峰。

三是2006年至2011年。国家健康科技产业基地在园区软硬件平台建设上迈开新步伐。2006年，中山全面启动东部沿海开发战略，作为地处中山东部的国家健康科技产业基地成为聚焦点之一。同年"健康与发展中山论坛"的举办，使国家健康科技产业基地有了聚集资源的新平台。此后一年一度的"健康与发展中山论坛"（受疫情影响，2021年、2022年停办）增强了国家健康科技产业基地与中山城市的品牌，提升了中山健康产业的知名度。2007年，中山市第十二次党代会确定将健康产业打造成中山的又一支柱产业，扛起支柱产业大旗的中山健康产业迎来新发展。2008年，一场突如其来的全球金融危机，加快了企业转型升级的速度，增加了企业走自主创新之路的紧迫感。2008年底出台的《珠江三角洲地区改革发展规划纲要（2008—2020年）》明确支持中山发展生物医药产业。在一系列政策的加持下，健康产业规模增大。这一时期，在国家、广东省相关部门的引领下，国家健康科技产业基地加快创建产业集群试点、"中国化妆品之都"等，进一步扩大产业基地园区品牌力，也为细分领域产业发展、园区产业集群的形成创造了条件。

　　四是 2012 年至 2018 年。这是国家健康科技产业基地发展生物医药、建设高端产业平台、转变招商理念、加速园区企业上市、实现高质量发展的关键时期。2012 年，中国共产党第十八次全国代表大会召开，将创新驱动发展确定为核心战略。国务院将生物产业列入国家战略性新兴产业之一。"海归"创业从这一年起，在国家健康科技产业基地掀起了新一轮热潮，也给国家健康科技产业基地、中山健康产业带来全新的变革。这一时期，国家健康科技产业基地引进康方生物、中昊药业、康晟生物、君厚生物等创新药企及系列新药研发平台。2016 年以来，智汇园、湾区药谷 1 号、湾区药谷 2 号等一批硬件平台加速建设，建成了国家级科技孵化器，产业新空间逐步打开。2016 年 12 月召开的中山市第十四次党代会提出建设"健康城市"的发展理念，将健康产业纳入中山未来重点发展的三大产业之一。2018 年，中山市出台的三个产业行动计划，《中山市健康医药产业发展行动计划（2018—2022 年）》是其中之一，支持力度前所未有。

　　五是 2019 年至 2023 年。这一时期，园区高质量发展特征愈加明显。2019 年广东中昊药业有限公司的首款 1.1 类新药上市，2021 年康方生物的首款创新药成功上市。在《粤港澳大湾区发展规划纲要》的支持下，国家健康科技产业基地抢抓机遇，迎来了创新药发展的新时期。2020 年至 2022 年，是受疫情影响的三年，不少传统产业的产业链、供应链本应受阻，但国家健康科技产业基地却表现出较强的产业韧性。2021 年，中山市健康基地集团有限公司成立，加快原药港、湾区药谷、智慧健康小镇等大产业平台建设，进一步完善产业链、资金链、创新链、人才链、政策链等，国家健康科技产业基地成为大湾区最具竞争力的健康产业园区之一。

　　梳理国家健康科技产业基地 30 年的发展，我们不仅看到了一个主题产业园区的发展成果，更重要的是从发展的曲线中找到不同阶段的发展动力所在，以及园区软硬件建设对产业的影响，主题产业园区对中山生物医药与健康产业的带动作用，以便未来以更好的姿态奔跑。

2024 年，国家健康科技产业基地将开启提质扩区的新征程。随着深中通道建成开通，《中山市建设广东省珠江口东西两岸融合发展改革创新实验区实施方案》出台，处于"黄金内湾"的国家健康科技产业基地也必将迎来"黄金期"。

三、构建高质量发展的园区生态体系

党的二十大报告中明确提出，实现高质量发展是中国式现代化的本质要求之一，"高质量发展是全面建设社会主义现代化国家的首要任务"。

2023 年 1 月 28 日上午，广东省召开高质量发展大会，中山组织收看广东高质量发展大会，并在下午召开全市高质量发展大会，形成了"高质量发展靠企业，只有企业高质量发展，中山才能高质量发展"的共识。

纵观国家健康科技产业基地 30 年，还有一个有趣的现象值得关注。在国家健康科技产业基地的带动下，中山健康医药产业形成"1+N+N"的高质量发展新格局，成为中山市重点布局的战略性新兴产业和主导产业之一。

一是国家健康科技产业基地以自身园区为"1"，在此基础上不断强化各个细分领域的共性平台和企业重量级平台建设，以第一个"N"的形式，构建一张张产业网。譬如，为推动园区企业孵化和技术创新力度，促进园区高质量发展，国家健康科技产业基地构建了涵盖研发、中试、检验检测、成果转化、金融资本、孵化加速全过程、具有生命力的产业创新体系、全产业链的公共服务支撑体系，其中较为成熟的有四个 CRO 合同研究服务平台、六个 CDMO 合同生产服务平台、五个 MAH 持证平台、三个动物实验平台和六个检验检测平台。CRO 合同研究服务领域有医诺维申小分子新药 CRO 平台、迈托姆生物药 CRO 平台和粤和泽 CRO 服务平台，CDMO 合同生产服务领域有康海泰晟－赛多利斯生物药

CDMO 平台、君厚 CAR-T 病毒载体 CDMO 平台、星昊化学药 CMC/CDMO 平台、安士制药软胶囊 CMO 平台和九洲药业 CDMO 一体化平台。MAH 持证平台领域有金城金素医药 MAH 持证平台、迈德珐 MAH 持证平台、粤和泽 MAH 持证平台、万泰科创药业 MAH 持证平台等。动物实验平台有南模遗传修饰动物模型技术服务平台、中测动物实验室和君睿动物实验中心；检测服务领域有中国检验检疫科学研究院粤港澳大湾区研究院（简称"中国检科院粤港澳大湾区研究院"）、广东省医疗器械质量监督检验所中山检验室、广东省药品检验所中山实验室、广东省制药产业计量测试中心、广东利诚食品化妆品检测中心、广东中测食品化妆品检测中心。

二是以国家健康科技产业基地为依托，中山在全市建有华南现代中医药城、中山生命科学园，以及中国检科院粤港澳大湾区研究院、中科中山药物创新研究院等为"N"的全市健康医药产业平台、重大科创平台，并通过这些平台孵化、培育、引进了系列健康医药类企业。另外，国家健康科技产业基地还是中山健康医药产业人才的"黄埔军校"，培养和输送了一批优秀的园区管理人才。

"1+N+N"系列组合拳，使得中山健康医药产业发展步入发展新境界。中山市现已拥有国家健康科技产业基地、华南现代中医药城、中山生命科学园等健康医药产业园，开通了药品进口口岸，建成了涵盖研发、中试、制造、检验检测、流通与应用、金融资本、孵化加速的完整产业体系，形成了生物药、化学药、现代中药、医药流通等多领域的生物医药产业集群，集聚了康方生物、联邦制药、辉凌制药、中智药业、金城金素、安士制药、百灵生物等知名企业、单品冠军企业及有潜力的创新领军型企业。中山正积极抢抓"双区驱动"和深中通道建成通车的新机遇，大力建设省级改革创新实验区，加快实施创新驱动发展战略，打造以生物医药与健康产业为代表的新"十大舰队"。

产业园区是工业发展的重要载体。《中国产业发展论》一书写道，自 1978 年改革开放以来，中国各级各类产业园区建设和发展获得了长足进步，并在伴随中国工业化、信息化、城镇化、市场化、国际化的社会主义现代化进程中不断取得令人信服的良好绩效。从产业园区的数量规模看，呈现出从无到有、从少到多、产业发展规模和经济产出规模体量从小到大的历史转变；从涉足产业门类看，发生了从单一产业或行业门类向产业门类齐全且不断开辟新的产业领域的历史转变；从功能特征看，发生了由社会再生产过程中围绕某一个或少数几个环节向功能齐备复杂、分工细化、整体功能系统集成的历史转变；等等。如今，中国产业园区已经覆盖了各个产业领域、各个主要的社会再生产环节，呈现出连通全国各地乃至海内外众多国家和地区的产业园区网络的空间大格局。①

2024 年中山市政府工作报告提出，加快国家健康科技产业基地扩区提质，构建"一基地六园区"空间格局，实现产业统筹布局、资源协同配置。"三十而立"的国家健康科技产业基地将肩负新的使命，再出发。

---

① 张卫国：《中国产业发展论》，山东人民出版社 2021 年版，第 260—261 页。

目录

扫码获取

◎ 线上药谷·官网入口
◎ 全国药谷·百花齐放
◎ 科普中国·大国崛起
◎ 图文聚焦·百年科技

第一章

先行探索：医药工业的起步

畅销书作家、硅谷风险投资人吴军在其《全球科技通史》中的《制药业突飞猛进》篇章中提及，在很长一段时间里，东西方在制药学上没有太多的差异，都是利用天然矿物质或者动植物中某种未知的有效成分，或者将各种药物的原材料混合生成新的药物。然而，那些药物的疗效其实很难验证，即使有效，原因也不清楚。

全球制药工业开始于19世纪中叶。19世纪初至60年代，科学家先后从传统的药用植物中分离得到纯的化学成分，这些有效成分的分离为化学药品的发展奠定了基础，也为全球制药工业的发展掀开了新篇章。

第一节　全球早期医药产业演化

《高科技产业创新与演化：基于历史友好模型》一书在《医药产业的演化：一段典型化历史》一文中提及，医药产业的历史演化通常被划分为三个时期。最初，医药产业是化工产业的组成部分，出现在19世纪后期。产业先驱者主要包含一些瑞士和德国企业，如拜耳、赫斯特、诺华等，这些企业利用其在相关有机化学和染料领域积累的能力与知识，最早进入医药产业。

在美国，随着礼来、雅培、史克必成、普强公司、施贵宝等企业的成长，医药产业逐渐发展起来。这些企业参与了大量的药物生产、包装、营销、分销等活动。直到第一次世界大战前，美国医药产业一直依赖欧洲企业提供技术，在两个特有的大类方向开展专业化：一类是原有药物的生产和营销，这些药物很大程度上基于自然物质，是受专利保护并在柜台销售的非处方药；另一类是新开发的、基于处方或"凭处方"并通过药剂师和医生来销售的处方药。一直到第二次世界大战前，美国医药产业并未涉及密集的研发活动。1938—1943 年，市场中很少出现新药。

第二次世界大战期间，青霉素和磺胺制剂项目的爆炸式发展，直接导致现代医药进入第二个时期，即"黄金时期"（20 世纪 40 年代后）。1946 年，美国专利局批准了一项链霉素的专利，这是产业中的一个转折点。另外，美国高度的定价灵活性支持了高回报和高利润，激发了更多的研发投资。其结果是，这些共同奠定了医药产业的发展成为一个高度研发密集型及创新性的产业基础。许多企业，尤其是那些活跃在处方药细分市场上的企业，开始设立大型的、正式的企业内部研发项目。在美国，像默克和辉瑞一样，一些先前的精细化工供应商巨头，借助基于创新的战略正式进入了药物市场。

尽管基于随机筛选的药物发现具有"盲寻"的性质，但是，产业的研发投入出现了激增：研发费用占销售收入的比例从 1951 年的 3.1% 增至 20 世纪 60 年代的约 10%，进而至 20 世纪 80 年代及之后的 15%—20%。在接下来的 20 年间，数百个治疗活性分子和很多重要的药物类别被发现并引入产业中，范围从抗生素到抗抑郁剂，再到利尿剂。美国食品药品监督管理局（FDA）批准通过的新化学实体不断增加，从 1940—1949 年的 25 个，增加到 20 世纪 50 年代的 154 个、20 世纪 60 年代的

171个，再在20世纪70年代达到264个。[①]另外，销售和营销方面也开始出现大量投资。至1969年，消费者的药物支出中，处方药的比例进一步增至83%。直到20世纪70年代前，医药产业的研发密集型和营销密集型两个分支都是可以清晰区分的。此后，这两个分支开始汇集，主要是借助后者收购前者来进入处方药市场。同期，医药产业转变为真正国际化的产业。规模大、高度研发密集型的德国、瑞典和美国企业，在国际扩张中处于明显的优势地位。

医药产业的演变于20世纪70年代进入第三个时期。药理学、生理学、酶学和生物学的进步，加深了对药物作用机制和疾病机理机制的了解。反之，这些进步为新的药物发现方法找到了有效途径，这被称为"导向检索"和"理性的药物设计"。而且，DNA技术和分子基因的演化进步，为产业知识库带来了深远变化。这些变化深刻影响了药物发现及开发所需的能力，企业不得不在保持其在化学领域传统能力的同时，通过掌握分子生物学及相关技术来谋求适应新的变化。

第二节 西药店与西药的引入

中国传统医药拥有悠久的历史，可以追溯到几千年前。在这个时期，医药产业主要以中草药的种植、加工和使用为主。中草药的研究和应用经验丰富，并形成了独特的理论体系。

医药文化，在岭南大地源远流长。

中山市，旧称香山（1925年为纪念孙中山先生，香山县更名为中山县），因境内五桂山多奇花异卉而得名。始建于北宋时期的中山，有着悠久的医药发展史。

---

① ［意］弗朗科·马雷尔巴（Franco Malerba）等著，李东红、马娜译：《高科技产业创新与演化：基于历史友好模型》，机械工业出版社2019年版，第154页。

明嘉靖戊申年（1548）《香山县志》就记载了多种中草药的名称与用途。到了清道光七年（1827）和清同治十二年（1873），《香山县志》记载可治病的草本 65 种和木本 14 种。[1] 日常生活中，中山人也养成了自采、自种、自制草药的传统和习惯，经过长期生活实践总结出来的各种"中山凉茶"，对防治感冒、发热、肠胃不适等先人们疾患具有一定的疗效，有着较高的声誉。先人们在实践中总结经验，开创了"榄都堂""福寿堂""沙溪凉茶"等名闻遐迩的中医药品牌，延续至今，广受称颂。

19 世纪中叶，香山县南郊三仙庙的一口水井旁边，住着一位李氏。李氏从小跟随父亲上山采摘草药加工贩卖，日积月累，便懂得了山草药的药性，后来在县城孙文西路大庙下（今石岐孙文西路 154 号）旁边兴建了一座医药馆。古时，中药店设有医师坐诊，称为"堂"，李氏通晓病理，便引入"堂"字号，取名"福寿堂"，于 1858 年正式挂牌，并办理营业执照，经营中药材，服务病人。该店研制了一些膏、丹、丸、散等成药，颇有疗效，受到群众欢迎，业务日渐兴旺，福寿堂名声远播。2003 年，"福寿堂"被国家授予"中华老字号"称号。

"沙溪凉茶"在中山颇具知名度。根据《中山市人物志》记载，沙溪凉茶的创始人名为黄汇，出生于 1861 年，是中山沙溪塔园村人，自小家境贫寒，16 岁起便自食其力，青年时喜爱收集民间中草药，利用外出四处干活之便，采摘几味草药为穷苦人家治病，每到一个地方都受到当地人的赞赏。清光绪十年（1884），黄汇总结和整理出一个专治感冒、劳倦伤寒的配方，也就是沙溪凉茶的配方，距今已有 100 多年的历史。1901 年，经过长期的医疗检验，配方剂量得到最终定型，黄汇称之为"伤寒茶"。

19 世纪后期，随着西医输入、西药房的设立，我国化学制药开始增多。

---

[1] 麦建章、黄丹平、肖小华编著：《香山医事》，广东人民出版社 2010 年版，第 6 页。

随着西方医学的传入和近代化进程的推动，中国开始引进西方的医药技术和制药工艺。一些国内制药企业也开始兴起。不过这个阶段的医药工业主要以中草药的加工和制剂生产为主，西药的生产规模相对较小。

2019 年出版的《E 药经理人》杂志，在"新中国成立 70 年纪念特刊"之《医药工业 70 年变迁：腾云巨变》文章中提到，1853 年，我国第一家西药房英商老德记药房在上海创立，售药并使用机器制药。1886 年，德商在上海创办科发药房；美商兜安氏西药公司在天津、广州等地设立药店；英商屈臣氏药房在上海、天津等地设立分店，售药并制药。到 1889 年时，英商老德记药房已发展成为一个拥有 12 万元资本的股份公司，并在天津、汉口等地设有分店。

民主革命先行者孙中山先生在中西药交流中发挥了重要的作用。《中山第一路——孙文路春秋》中提到，孙中山创办了中山最早的西药店——中西药局。

中西药局原址位于孙文西路原 47 号。清光绪十八年（1892），孙中山以优良的成绩，从香港雅丽士医院附设的西医学堂毕业，获得了由香港医学局签发的行医执照。这一年秋冬间，他入澳门镜湖医院当西医师，不久，在澳门自设中西药局，挂牌行医，"中西各药，取价从廉"。他擅长外科和治疗肺病，对贫困病患者免费送诊，行医"不满两三月，声

中西药局（关伟豪摄于 2016 年，中山市档案馆提供）

名鹊起"。1893 年春，孙中山在广州西关洗基设立东西药局，之后再在石岐西门口（今孙文西路东段），与同乡程北海合伙开设中西药局。①

如今，在孙文西路文化旅游步行街的"日昇银铺"介绍中，还有一段文字记载："原地在孙文西路之洋行十八间（即今中山公园牌坊以西路段），现已毁。初，孙中山于岐设中西药局，曾愈日昇银铺老板徐君之盗汗症，后交往甚密。"

《中山第一路》一书中的《孙中山创办了中山最早的西药店——中西药局》一文中提到，在中山药业史上，中西药局见证了西医西药进入中山的历程，见证了以石岐为中心，西医、西药从无到有，从拒绝到接受，从尝试到普及所走过的曲折道路。石岐孙文西路是中山西药行销的发源地，又是西药店云集的地方，终于积淀得以成行成市，既繁荣了市场，又大大方便了城乡群众。这与当年中西药局率先销售西药有着直接关系。

《中山印记》一书中穆晓莹撰写的《漫谈中西药局的"前世今生"》一文写道："馆藏资料《中西大药局广告》上显示当时的中西大药局总店在中山孙文西路，在广州、香港、澳门都有分店。广告上罗列的药品林林总总，涵盖内、外、妇、儿等各科，至少有数百种，还注明'药品太多，不能尽录'。中西药局一直经营至 20 世纪 50 年代。"②

中西大药局广告（中山市档案馆藏，引自《中山印记》）

① 中山市人民政府地方志办公室编：《中山第一路——孙文路春秋》，广东人民出版社 2016 年版，第 97 页。

② 中山市档案馆、中山市人民政府地方志办公室编：《中山印记》，广东人民出版社 2021 年版，第 79—80 页。

第三节 "一五"计划下的中山医药工业

1949 年中华人民共和国成立之初，中国医药工业百废待兴。同年 11 月 1 日，中央人民政府卫生部正式成立，12 月卫生部增设药政管理处，自此之后，新中国医药工业发展的序篇正式拉开。

政府开始重视医药工业的发展，对健康医药给予重视，建立了一批国有制药企业，提供资金和政策支持。这一时期，中国医药工业逐渐实现从小规模手工作坊到机械化大规模生产的转变。1950 年，全国制药工业专业会议确立方针："发展原料药为主，制剂为辅"，将研发抗生素、磺胺药及其他流行病药物作为重点。1953 年，随着"第一个五年计划"[①]（1953—1957 年）的开始，医药工业建设重点转换为抗生素、化学合成特效药和有关化学中间体。以医用材料为例，医疗和疾病防治方面所需的医学材料非常匮乏，为加强寄生虫病和传染病防治能力，"1956 年规划"提出注重生物、化学、物理等综合方法的研究布局。"1963 年规划"提出注重生物制品和医疗器械方面的研究，部署新的生物制品及医疗器械的研制，强调研究药物和医疗器械生产的新技术、新工艺。[②]

1953 年 6 月，位于河北省石家庄市的华北制药厂开始筹建。作为"一五"计划"156"重大工程之一的华北制药厂，历经五年时间，于 1958 年 6 月建成投产。华北制药厂曾经是亚洲最大的抗生素生产厂，它的建成投产，彻底结束了我国青霉素、链霉素依赖进口的历史。华北制药厂因此也有"共和国医药工业长子"之誉。

《科学技术史》在《新中国工业化基础的确定》一文中写道，中国

---

① 第一个五年计划，简称"一五"计划，是指中华人民共和国政府制定的从 1953 年到 1957 年发展国民经济的计划。该计划在中华人民共和国历史上具有重要地位，它的成功为中国工业化打下了基础。

② 薛强：《中国高新区发展（1988—2012）》，科学技术文献出版社 2023 年版，第 38 页。

真正进入高速发展的早期工业化时期，即第一个五年计划时期。在"一五"期间，我国以 156 个工程项目为核心，建立了一批大型的骨干企业，工业生产能力得到很大的提高。我国的第一个五年计划主要任务有两点：一是集中力量进行工业化建设，二是加快推进各经济领域的社会主义改造。第一个五年计划期间，在医药工业方面，我国重点建设了以生产抗生素、磺胺药、维生素、解热镇痛药为主的华北制药厂、东北制药总厂、新华制药厂、太原制药厂等一批大型企业。

彼时，位于广东省珠江三角洲地区的中山市也在"一五"计划工业浪潮下开启了工业化之路，并拉开了制药工业的序幕。

中山市（县）制药工业是从 1954 年起逐步发展起来的，相当一部分药源来自本地药厂生产。中山市（县）较具规模的药厂，计有石岐制药厂、中山市中药厂、小榄制药厂、沙溪中药厂等。[①]

20 世纪 50—60 年代，中山市成立一些国有制药企业，开始进行药品生产。这些企业主要以仿制药为主，满足了当地和周边地区的基本药物需求。《中山市志》记载，中山境内的化学药品制造始于 1955 年石岐制药厂的组建投产，1959 年 9 月，在原小榄镇人民医院药品制剂室基础上扩建成小榄制药厂。当时两药厂皆以手工操作生产止痛散、十滴水、消积散、红药水等常用小药品。20 世纪 50 年代末始有 20% 的工序采用机械化生产，当时产品质量不高。60 年代中期以前，中山制药业生产发展缓慢。60 年代末企业因获国家和省有关部门的扶持，生产进入第一个发展时期。[②]

石岐制药厂是中山市最早一家设备较先进的中型西药生产专业工厂。

[①] 中山市地方志编纂委员会编：《中山市志》（下），广东人民出版社 1997 年版，第 890 页。
[②] 中山市地方志编纂委员会编：《中山市志》（上），广东人民出版社 1997 年版，第 620 页。

石岐制药厂建厂之初的工厂外观全景（引自《爱心施天下　专注铸辉煌——三才五十五载成长路》纪念册）

建厂之初，设备简陋，厂房面积不足 300 平方米，全部资金不足 2000 元，从业人员只有 18 人，手工操作，只能加工一些普通的膏、丹、丸、散等小药品。50 年代末扩建到 1400 多平方米，增添上海制造的单冲压片机、颗粒混合机、酒精蒸馏器和自建一座小锅炉烘柜；生产扩大到针剂、片剂，有解热镇痛类、磺胺类、维生素类、抗菌类等药品共 50 多个品种，但仅有 20% 的生产是通过机械进行。20 世纪 60 年代初又遇上原料不足，企业生产陷入困境。后经全面整顿，并获准成为化学工业部医药"托拉斯"成员企业（即部级定点生产企业），生产才迅速发展。1969 年产值达 800 多万元[①]。1956—1978 年，工厂经历了没有压片机自己造，药厂领导到锅炉房指挥抢修锅炉，药厂老师傅带领机修人员对蒸汽发电机进行技改的自力更生、艰苦创业阶段。

小榄制药厂创建于 1958 年 7 月，1962 年扩建后占地面积 1.35 万平方米，有自动化制丸片和针剂生产流程等设备和设施 200 台（套）。1962 年开始接受广东省医药公司计划指标，生产滴眼明药水、十滴水、

---

① 中山市地方志编纂委员会编：《中山市志》（上），广东人民出版社 1997 年版，第 621 页。

红药水、小儿止咳水等 20 多种药品，畅销全国 20 多个省市。1966 年仿制生产空心丸及其他西药。

中山于 20 世纪 50 年代开始出现中成药加工。中山中药厂始建于 1954 年夏，初称石岐凉茶厂，1969 年改称中区化工制药厂，1971 年 4 月改称石岐人民制药厂，1982 年易名石岐凉茶厂，1984 年 5 月易名中山中药厂。中山中药厂生产六棉感冒退热冲剂、复方板蓝根冲剂等 30 多种中成药。1956 年沙溪凉茶厂成立，主要生产经手工制作的传统产品——沙溪凉茶。

中山境内的医疗器械生产始于 1975 年，产品有助听器、手提按摩器和手术放大镜三种。其中石岐光学医疗仪器厂于 1975 年初开始生产手术放大镜。另外，1954 年，中山县贸易公司开始经营药材批发业务。1955 年 5 月，中国医药公司广东省石岐公司成立。同年 9 月，中国药材公司广东省石岐公司改为中山县供销社中药材经理部。1956 年，该经理部移交县商业局管理，称中国药材公司广东省中山县公司。其时，私营医药商业全行业公私合营，全县计有公私合营医药商店 8 家，中药材商店 32 家，从业人员 108 人。1958 年，中国医药公司广东省石岐公司和中国药材公司广东省中山县公司合作，改称中山县商业局药材经理部。

第四节　中山药企掀起第一次技改浪潮

中国制药工业经历了从传统医药到现代化医药的转变、从依赖进口到自主创新的过程。

1978 年底改革开放以后，中国制药工业快速发展，引进国外的先进技术和设备，加强与国际制药企业的合作。同时，中国也开始加大自主创新的力度，进行新药研发和技术创新。

从全国来看，1978 年，经国务院批准，国家医药管理总局成立，代表着中国医药行业发展迈入一个新阶段，制药工业进入全面发展的新时期。各省、自治区、直辖市也先后成立了医药管理局，从中央到地方医药的统一管理体制由此形成。为了进一步加强质量监管，1981 年，《国务院关于加强医药管理的决定》发布，开展全面质量管理小组活动，修订《医药工业产品质量管理办法》和行业优级品标准，组织参加创优活动。1982 年，根据世界卫生组织关于药品生产按"GMP"的要求，制定《药品生产管理规范（试行）》，并在行业内试行。1984 年 9 月 20 日，《中华人民共和国药品管理法》公布。这是中华人民共和国成立后我国颁布的关于管理药品的第一部法律，对规范药品生产、提高药品质量具有深远的意义。[①]

自 20 世纪 80 年代以来，一批中外合资企业陆续在中国出现。在引进外资的同时，我国也引进了先进品种、技术、装备和管理，对改善国内医药供应和提高我国制药工业水平发挥了重要作用。

进入 20 世纪 80 年代，作为改革开放前沿阵地的广州、深圳、珠海、中山等珠江三角洲城市抢抓机遇，加快医药工业的发展。彼时，有着医药工业基础的中山表现亮眼。1983 年 12 月 22 日，国务院批准撤销中山县，设立中山市（县级），以中山县的行政区域为中山市的行政区域。中山由农业县向工业市迈进，医药工业也迎来新发展。

20 世纪 80 年代，石岐制药厂在全国率先引进了一步制粒机、高速压片机、气流粉针分装机等先进设备，在同行业中制剂技术遥遥领先，成为国家医药局、省医药联盟总公司的重点企业。20 世纪 80 年代初，药厂厂长率队赴联邦德国考察制药先进设备，1983 年从联邦德国引进制粒机、高速压片机，并请联邦德国专家进厂指导一步制粒机的调试使用。1986 年从联邦德国引进粉针联动生产线。1988 年 3 月 18 日，石岐制药厂"阿糖腺苷粉针全自动分装生产线"落成，标志着药厂制药技术再创

---

① 《医药：从缺医少药到布局世界》，载中国工业新闻网，2019 年 9 月 27 日。

新高，在同行业中遥遥领先。这条生产线是当年中山市政府重点建设的 28 项工程之一。①20 世纪 90 年代，石岐制药厂步入 "中国 500 家最大医药工业企业" 行列，同时成为广东省医药出口重点基地之一。在改革开放的发展潮流中，小榄制药厂不断探索创新，在传统优势的基础上，引进国外先进技术，先后孕育诞生 "小榄驱风油" "小榄蜂乳糖浆 / 胶囊" 等。1985 年后，已发展为年产针剂 1500 多万支、片剂约 1 亿片、胶丸 7500 多万粒等规模的企业。1990 年产值达 2700 万元。石岐凉茶厂经过再改制、变更，于 1984 年改称中山市中药厂，开始形成规模化生产格局。

　　沙溪凉茶厂于 1984 年更名为沙溪中药厂。工厂从建厂到 20 世纪 70 年代后期，虽有 20 多年发展历史，但生产规模不大。1978 年，工厂人数增多，但仍单一生产沙溪凉茶。1979 年开始到 20 世纪 80 年代中期，先后投资 300 多万元进行企业改造，扩建和新建制药车间、包装车间、化验室等，还配备了药剂师、工程师、医药技术人员十多名，使工厂由一个手工业作坊变为一家具有现代化生产技术的工业企业。到 20 世纪 80 年代中期，该厂生产的产品，除了传统的沙溪凉茶外，还有金菊五花茶、

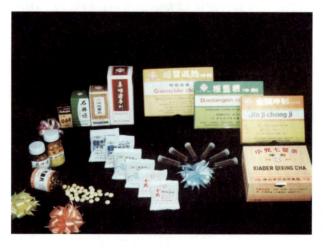

20 世纪 80 年代中山沙溪中药厂生产的部分产品（中山市档案馆藏，引自《中山印记》）

---

① 《爱心施天下　专注铸辉煌——三才五十五载成长路》纪念册，2011 年内部编印，第 11 页。

六味地黄丸等 70 多个品种。产品年总产量达 2000 多吨，其中沙溪凉茶占 500 多吨，年工业总产值近 1000 万元，为中山市镇区工业中著名的企业。1990 年工业总产值 2691 万元。①

　　1984 年，中山撤销中山县药品公司和中山县医药生产供应公司，成立中山市医药联合公司。1985 年改为中山市医药联合总公司，1989 年升格为副处级单位，对全市医药企业实行行业统一管理。1990 年，总公司下辖小榄、黄圃 2 家支公司，中山市药材、中山市医药、中山市药品供应 3 家公司，石岐、小榄、沙溪、中山中药 4 家制药厂，以及石岐城区内的 14 家国营药店、1 家饮片厂、3 家集体医药商店等，形成一个布局合理、方便群众的医药供应网。②

---

① 中山市地方志编纂委员会编：《中山市志》（上），广东人民出版社 1997 年版，第 622 页。

② 中山市地方志编纂委员会编：《中山市志》（下），广东人民出版社 1997 年版，第 889 页。

第二章

岭南春早：创建国家健康科技产业基地

　　当我们把目光聚焦在一张"外资制药企业在华投资大事件年表（1987—2017 年）"①上，就会发现，从外资企业投资数量来看，1994 年是中国医药工业发展史上极不平凡的一年。

　　从表上记载的大事件可以看到，1994 年共引进了 12 家外资制药企业在我国投资，是 1987—2017 年 30 年间，引进外资制药企业最多的一年。

　　随着中国改革开放的不断发展，人们逐步认识到药业是一个盈利潜力很大的经济性产业。再看 1983—1993 年的十年间，世界医药工业销售额实现了年均增长率 9%，年递增速度大大高于全制造业平均发展速度。在这十年间，全球制药公司相继在我国设厂，通过引进、消化、吸收，民族制药工业在技术、品种、剂型、质量和规模方面都取得了长足进展。

　　1994 年 9 月 29 日，国务院发布《关于进一步加强药

---

①　陆涛、李天泉主编：《中国医药研发 40 年大数据》，中国医药科技出版社 2019 年版，第 16—17 页。

品管理工作的紧急通知》（国发〔1994〕53号），旨在进一步理顺药品管理体制，改革药品价格管理制度，完善药品质量监督体系。

这一年4月，国家健康科技产业基地在伟人故里中山市签约，这是我国首个国家级健康科技产业基地，开启了我国健康科技产业专业园区建设的新征程，也为医药工业集群化发展开启了新思路。

第一节　是挑战，更是机遇

为适应深化改革，扩大开放和建立社会主义市场经济体制需要，我国在1992年进行了《中华人民共和国专利法》第一次修改。主要修改内容中有一条：扩大专利保护的技术领域，将食品、饮料、调味品、药品和用化学方法获得的物质列为保护范围。1993年，修改后的《中华人民共和国专利法》正式实施。

根据联合国世界知识产权合作组织（WIPO）的定义，知识产权指的是"智力创造：发明、文学和艺术作品，以及商业中使用的标志、名称、图像及外观设计"。美国对知识产权的定义与此大同小异，并将知识产权分为专利、商标、版权和商业秘密四类。

进入20世纪90年代，全球制药工业步入快速发展时期，与此同时，知识产权被摆上了重要的位置。

中美两国在知识产权方面的联系是随着1979年两国建立正式外交关系而开始的。1992年1月，中美两国在华盛顿联合签署《中华人民共和国与美利坚合众国政府关于知识产权保护的谅解备忘录》。国际环境的变化，要求中国必须拥有具有自主知识产权的创新药物，否则将在未来的经济角力中吃亏。而这也同时意味着，在中国建设一个按照国际创新药物标准的新药研究、开发和生产基地，显得迫切而重要。

原国家科委社会发展司司长甘师俊（1994年9月国家健康科技产业基地管委会成立时，其还担任基地管委会副主任）回忆说，国家健康科技产业基地的成立背景，可以用"受命于危难之时"来形容。20世纪90年代初谈判中美知识产权，内容也涉及医药专利问题，谈判进行得很艰辛，谈判的结果是修改了我国专利法中关于化合物生产和保护的条款。过去，我国的药品以仿制为主，修改前的国家专利法相关条款也与国际有较大距离。谈判结束后虽然有十多年的宽限期，但原创新药的问题终于摆上了议事日程。经过不断汇集、整理各路专家的意见，国家计划在全国建立两个现代医药生产基地。在北方城市建一个，主要以医药研发为主；在南方城市建一个，主要以研发和生产制造基地为主，除了医药外，还可以发展保健品、医疗器械等，定位为综合性发展健康科技产业。当时国家科委计划一个放在上海，一个放在广东省。但广东省放在哪个城市，开始时没有定。

1993年，由国家科委、国家医药管理局、卫生部等单位联合成立的国家新药研究与开发协调领导小组，开始在全国范围内为基地选址。最终，专家们将目光投到位于改革开放前沿阵地的中山市。同年5月21日，国家新药研究与开发协调领导小组发文解放军某部，同意以该部所属的中国新兴工程建筑房地产开发总公司及其中山公司为主，与国家新药研究开发管理办公室共同筹备组建中山健康科技产业总公司，并在中山市环城区（现南区街道）建立健康科技产业基地。

1994年4月7日，全国人大常委会副委员长吴阶平（前右三）视察国家健康科技产业基地（本书图片除注明外，均由国家健康科技产业基地提供）

为什么选择中山？当时，考察组在广东考察时到过珠海、深圳等城市，最终选择中山是综合考虑了中山位于珠江三角洲，是改革开放的前沿阵地，具有地理便利、观念开放等优势，同时还在生态、社会、文化建设等方面挺吸引人。中山毗邻港澳，是著名的侨乡，又有实施国家火炬计划的中山火炬高技术产业开发区，地理位置不错，市场经济比较发达。考察组还觉得，中山是一个很"平和"的城市，经济社会协调发展。除了这些客观的因素之外，还有就是中山市领导对发展高科技产业十分支持，改革开放的意识也很强，对提升产业水平有一种共识。

1993 年 7 月 21 日《中山报》头版头条以《健康科技产业区落户我市》为题进行报道。全文内容如下：

> 我国第一个按国际标准建设的健康科技产业区最近定点我市环城区，这对于我国医药工业的发展将起着举足轻重的作用。

> 随着对知识产权实施保护和我国恢复关贸总协定缔约国地位的迫近，我国医药企业将面临一场与国外企业的激烈竞争。建设一个符合药品生产规范等三项国际标准的综合工业园，加快我国自主研究新药的步伐，已成了当务之急。

> 最近，经"国家新药研究与开发协调领导小组"等部门批准，"中山健康科技产业总公司"宣布成立，并与我市共同开发建设国家级健康科技产业区。我市市政府立即做出决定，将给予该区享受"中山火炬高技术开发区"相同的优惠政策。据悉，国家有

1993 年 7 月 21 日《中山报》的
《健康科技产业区落户我市》报道

关部门亦将给予一系列优惠政策，如开发区基地内企业可由该基地直接办"三证"（生产许可证、营业证、卫生许可证）；新产品可随报随审随批；可免税进口原材料、试剂、仪器等。

前段时期，国家科委已组团到美国进行考察，并得到了美国食品与药品管理局（FDA）支持，同意派专家到中山帮助产业区的规划，使该区生产的产品能完全得到美国 FDA 认可，从而能直接走向国际市场。

与该产业区相配套，多个科研机构将在区内相继建成：国家级新药研究开发中心，作为我国新药研制与开发的窗口和样板，科技人员不少于800人；现代化的大型综合医院，将对外承担医疗保健服务及承担国家临床药理研究任务，并成为国家级新药的临床试验点。该医院将以 GCP 标准建设；中国新药、特药展览交流中心，除具有展销功能外，还将成为我国新、特药的集散地与药品出口基地。

据透露，计划中首期将筛选50家中外企业及科研机构进入该区，严格按 GLP、GMP、GCP 的标准来研究、开发与生产；第二期将发展至100家企业以上；到本世纪末，该区将成为我国第一座健康科技产业城。①

从这篇报道的字里行间可以看到，国家和中山市对国家健康科技产业基地的高度重视，以及对未来美好前景的憧憬。

1993 年 11 月 8 日，国家科委印发《关于对中山市人民政府〈关于筹建中山健康科技产业基地有关问题的请示〉的批复》，同意筹建中山健康科技产业基地（即国家健康科技产业基地）。这份文件提到：

---

① 黄春华：《产值每年百亿 全国迄今第一 健康科技产业区落户我市 对我国自主研究新药将起举足轻重作用》，载《中山报》，1993 年 7 月 21 日 A1 版。

同意中山健康科技产业基地（又称医药基地）作为中山火炬高技术产业开发区的一个项目正式立项启动，逐项分步实施；以中山市政府为主尽快组建医药基地管理委员会，并尽快组建工作班子。同时筹组中山健康科技产业总公司，具体实施项目。国家科委的任务仍然是协调服务，组织科技力量和开展国际合作，并与其他有关部门全力推动此项目；工作班子组成后，应尽快组织制定总体规划和可行性研究报告，并积极开展筹资工作。希望中山市人民政府全力以赴抓紧工作，并请各有关部门给予配合，共同推进该基地的健康发展。

这不仅是对中山市，乃至对全国来说，都意味着开启了健康医药产业专业园区建设的春天。国家健康科技产业基地的筹建，意味着中山现代医药工业将在未来的日子里进展迅速，也将在逐渐壮大中迎来更崭新的发展格局。

第二节　三方签约创办国家健康科技产业基地

南粤春早。

4月的岐江河两岸，太阳一如既往地和煦，春风徐徐吹送，万木争相吐绿，鲜花争奇斗艳，潋滟的碧波也泛起了鳞片一般的金色光芒……春潮正涌动，充满生机与希望！

岐江河是中山的母亲河。20世纪八九十年代，岐江一河两岸已是中山最繁华的地段。1982年，中山国际酒店在岐江河畔动工兴建，1986年正式对外开业，成为当年中山酒店业中的翘楚，颇有名气。中山市重大的接待活动、会议主要安排在这里进行。

1994年4月27日，国家科委、广东省人民政府、中山市人民政府三方在中山国际酒店共同签订创办国家健康科技产业基地协议。国家健康科技产业基地正式落户中山，给这个欣欣向荣的季节增添更多喜庆。

关于1994年4月27日的签约，1994年4月30日的《中山报》在头版以《首家国家健康科技产业基地签约》为题进行了大篇幅的报道。文章写道：

1994年4月30日的《中山报》在头版以《首家国家健康科技产业基地签约》为题进行了大篇幅的报道

本月27日，国家科委邓楠副主任，省委常委、副省长卢钟鹤，中山市人民政府汤炳权市长代表三方签订了共创全国首家健康科技产业基地的合约。

正在规划中的国家健康科技产业基地位于我市环城区树涌村、沙田村一带，控制面积6.6平方公里。除了享受与中山市高新技术产业开发区同等的优惠政策外，国内企业在基地设厂所生产的产品还可直接走向国际市场，并均列入国家级新产品，享有国家级新产品的优惠政策。

该基地将按国际标准建设GMP药厂、GIP实验室和GCP临床基地及ISO9000的医疗器械厂，使之成为我国的创新药物、医疗器械、保健产品的研究与开发、临床试验和生产基地。其中首期将招20家中外制药企业、科研机构进入基地，所选择的医药产品项目主要包括计划生育药物、防治恶性肿瘤药物、心脑血管病药物、防治病毒性肝炎药物、老年病药物等10多类。

系统性的研究开发能力薄弱是制约我国医药产业发展的因素。由于未能建立起从事新药研发与生产的一系列软硬件环境，到目前为止，我国生产的药品不少是仿制的。因此，迅速调整我国医药产业结构，建立产业化、国际化医药研究开发及生产基地，加速我国医药科技成果的商品化、产业化和国际化，已成为发展我国医药产

业的当务之急。这也正是落户中山的国家健康科技产业基地的发展
方针。①

　　凝视着泛黄的签约图片和报道，仿佛时光倒流，让人置身于那个激
动人心的场面。只见图片的上方悬挂着"国家科委、广东省人民政府、
中山市人民政府共同创办国家健康科技产业基地签约"的鲜红横幅，横
幅下方是见证签约的嘉宾，他们内心深处的开心、自豪、激动，溢于言表，
最前方是签约的三方主官在握手庆贺。

　　据国家健康科技产业基地签约见证者回忆，在当天的签约仪式上，
国家科委副主任邓楠指出，发展国家健康科技产业基地，是我国医药产
业结构调整的需要，国家科委将从政策、人才、启动资金等方面给予大
力支持。

　　国家健康科技产业基地档案室至今完整地保存着这份签约协议。打

　　1994 年 4 月 27 日，国家科委副主任邓楠（前排中），广东省委常委、副省长卢
钟鹤（前排右），中山市市长汤炳权（前排左）代表三方签订了共创全国首家健康
科技产业基地的合约

① 叶凯、尚前：《国家科委、广东省人民政府、中山市人民政府共同创办
首家国家健康科技产业基地签约》，载《中山报》，1994 年 4 月 30 日 A1 版。

开《国家科委、广东省人民政府、中山市人民政府共同创办国家健康科技产业基地协议书》，可以看到协议中共有13条。该份协议提到，基地应贯彻"项目起步，从小到大"的方针。根据我国产业发展政策，结合地方经济发展规划，以市场为导向，以经济效益为前提，主要选择年产值规模在1000万元人民币或300万美元以上，并能形成一定规模产业的医药项目；三年内，每年由国家科委、广东省人民政府、中山市人民政府向基地各出资200万元；国家科委、广东省人民政府应提供推荐适合基地宗旨和要求的医药

《国家科委、广东省人民政府、中山市人民政府共同创办国家健康科技产业基地协议书》扉页

项目，并对进入基地的项目给予资金（主要是贷款）上的支持；国家科委、广东省人民政府同意为基地介绍推荐所需的各种人才，提供兴办基地的经济和科技信息，在产业国际化上予以支持和帮助。

时间就是金钱，效率就是生命。速度，就是那个激情年代的真实写照。4月27日签约，随后的5月1日，国家科委、广东省人民政府和中山市人民政府共同聘请边振甲、肖梓仁、甘师俊等五人为国家健康科技产业基地咨询专家。国家科委聘请的专家组成员有沈家祥、张礼和、张佩瑛、陆蕴茹、边振甲、张致平等，这些专家主要是来自北京医科大学药学院、北京中医药大学、中国医学科学院药物研究所、中国医学科学院医药生物技术研究所等的教授。紧接着，在8月9日，广东省科委同意成立国家（中山）健康科技产业基地广东省专家小组，聘请潘启超、王建华、陈士昌、傅家钧、翁明瀚、林剑、陈一岳、吴曙光八人为小组专家。这批专家主要是来自中山医科大学肿瘤所、广州中医学院、广州市药品检验所、广东省医药科技发展公司、广东省药物研究所、暨南大学、广东省药学院、第一军医大学药物研究所的教授博导、高工、研究员。

国家健康科技产业基地的创办，预示着中国在创新药物发展上找到了一块"试验田"，中山健康医药产业进入一个全新的时代。可以说，1994年是中山，甚至是中国健康医药园区发展史上值得大书特书的一年。1月，国家新药研究与开发管理办公室发文，同意中山关于筹建健康产业基地的有关决定，基地正式定名为"国家健康科技产业基地"（又称中山医药基地）。基地位于中山市环城（现南区街道），是全国最大的国家级健康科技产业基地。4月7日，全国人大常委会副委员长吴阶平视察国家健康科技产业基地；26日，国家科委副主任邓楠视察火炬高新区和国家健康科技产业基地……

1994年，从年头到年尾，关于国家健康科技产业基地的大事频频。《中山火炬高技术产业开发区志》记载的1994年20件大事中，关于国家健康科技产业基地的共10件，占了一半的比例，可见其重要性。

第三节 滩涂上，追逐医药工业梦

改革开放之初的几年，全国各地产业发展尚未真正做到"入园入区"。

被誉为中国"硅谷"的北京中关村科技园，是我国第一个国家级高新技术产业开发区。其起源于20世纪80年代初的"中关村电子一条街"。1988年5月，国务院批准成立北京市高新技术产业开发试验区，即中关村科技园区的前身。

从珠江三角洲来看，进入20世纪80年代中后期，各地市在乡镇企业、"三来一补"业务迅速发展的基础上，根据企业大量增加的实际情况，专门划出一些地方来办工厂，一批企业逐步聚集，形成连片加工出口的工厂区。中山第一个国家级高新区是1990年创建的中山火炬高技术产业开发区，第一个国家级主题产业园为1994年创办的国家健康科技产业基地。

一、打通城市向东的"经济走廊"

横门水道位于中山市东部，起于港口镇大南尾（即鸡鸦水道与小榄水道汇合处），于横门山入海，蜿蜒曲折，流淌不息，全长19公里，因横门山得名。

20世纪90年代之前，这里还是一片滩涂和焦地。中山火炬高技术产业开发区和国家健康科技产业基地的创办，唤醒了横门水道南岸边这块"沉睡"的土地。

中山原本是农业大县，位于中山东部，临海一带的区域主要以农业种植和水产养殖为主。1983年，中山县获批准成为中山市（县级市），就在这一年，中山县也开始由农业县向工业市转向。

中山东部既具有天然的水域资源，又毗邻港澳，是中山引进外资，发展外向型经济的重要区域。撤县建市后，中山加快了城市向东的步伐。

中山港作为交通先行的主力军，率先推进。1981年，中山港经广东省计划委员会和省政府办公厅批复同意，建设石岐横门作业区第一期工程和征用建港用地，同年8月动工。1983年11月5日，经广东省人民政府批准，横门作业区改名中山港。同年，中山筹建进港路（现中山港大道）。1984年，中山港经国务院批准为对外开放的国家一类口岸。1984年5月22日，《南方日报》和《人民日报》还刊登了"中山港对外开放"的相关消息。报道说，中山港原名横门港，是珠江口八大门之一，是一个水深浪静的天然良港，从这里到香港仅55海里，到澳门仅52海里。同年6月，中山港全面动工建设。

1985年2月，中山市政府建成中山港公共码头，第一期工程竣工。1986年，中山港建成货运码头4个。1987年11月12日，中山市批准成立中山港出口加工区，迈出了中山外向型工业发展的重要一步。1988年3月8日，经国务院批准，举行国轮货运开港典礼，正式接办货运业务。1991年底，中山港货运码头扩建，建造5000吨级码头1个、3000吨级码头2个、1400吨级码头4个，年货物吞吐能力达125万吨。

中山港、中山港大道、中山港加工区"三大组合"，成为20世纪80年代中后期，中山向东发展的一条"黄金经济走廊"。后来的中山港大道，接上沿江路，变成从中山市区通往国家健康科技产业基地的交通要道。

1985 年 3 月，《中共中央关于科学技术体制改革的决定》中明确提出，依托国内智力密集的部分地区，采取特殊政策扶持，探索新兴产业开发区的建设，从而加快新兴产业的发展，标志着建设高新技术产业开发区正式纳入国家战略。1988 年 5 月，《国务院关于深化科技体制改革若干问题的决定》进一步鼓励智力密集的大城市试办新技术产业开发区，研究制定配套扶持政策。8 月，在北京召开的全国第一次火炬计划工作会议标志着火炬计划正式出台，我国开始自上而下地主动推进高新区建设。是年，中关村科技园获批成为全国首个国家级高新区。

关于建立高新区的重要性，1990 年 2 月 7 日，《科技日报》头版刊发的《大家都来高举火炬》一文做了很好的注解。文章中提到：中国的振兴，最终要靠高科技和新技术产业的发展和壮大。当熊熊"火炬"照亮中国大地之时，我中华民族将以崭新的风貌屹立于世界民族之林。[①]

1988 年，中山升格为地级市，中山港加工区破土动工。经过前期交通先行，至 1988 年，中山已加快了城市向东，以及发展外向型、科技型企业的步伐，也为后来创办中山火炬高技术产业开发区做了准备。

1990 年，中山港码头完成第二期工程。1990 年初，中山火炬高技术产业开发区创办，1991 年成为国务院批准建设的首批国家级高新区之一。这里从此与高新产业结缘，走上了一条"发展高科技　实现产业化"的创新发展之路。1992 年，火炬高新区在参与"863"计划中第一个产业化项目竞标中成功夺标。1993 年被授予"先进高新技术产业开发区"。到 1994 年时，火炬高新区在科技成果转化方面已小有名气。

---

① 薛强：《中国高新区发展（1988—2012）》，科学技术文献出版社 2023 年版，第 54 页。

二、迁入横门水道南岸

1994年8月，中山市委、市政府和国家健康科技产业基地决定将基地从中山环城区（现南区街道）迁至中山港区东部横门水道南岸，紧邻民族工业园，占地面积13.5平方公里。原因是，在这里可以充分利用火炬高新区进出口的地理优势和国家级开发区的政策、科技、人才、招商等优势。

在中山日报社策划的"纪念改革开放30周年中山之路"主题采访进行时，远在北京的甘师俊通过电话向媒体回忆了国家健康科技产业基地迁入横门水道南岸时的情况。

甘师俊说："当初，他们第一次到火炬高新区考察时，虽然当时的交通并不发达，周围还有很多水田，但觉得这里很舒服，除了横门水道外，里面还有一条河，后面还有山，环境很美，视野很开阔，后来就决定把基地从环城区搬到火炬高新区来。"

甘师俊看到的这个河就是小隐涌。小隐涌源头在中山长江水库，从村东向北流行，上游接大环河，下游流经海傍、灰炉、东利等村，注入横门水道，河宽20米，水深3米，可航行50吨级船只。[①]1996年，火炬高新区兴建小隐水闸，1998年加高河堤和疏浚扩宽。

国家科委考察组认为，这里地理条件非常好，水系发达，是一个有山有水的好地方，视野开阔，给人一种心旷神怡的感觉。考察组认为这样的环境非常适合发展健康科技产业，而且当时火炬高新区建设如火如荼，国家健康科技产业基地可以和国家级高新区连成一片，在人才、资金、科技、项目等方面容易形成聚集，实现资源共享。同时这里又有中山港码头，去香港、澳门都很方便。

---

① 中山火炬高技术产业开发区志编纂委员会编：《中山火炬高技术产业开发区志》，广东人民出版社2017年版，第71页。

1994 年的国家
健康科技产业基地
园区风貌

"这个地方发展健康产业是最好不过了，"甘师俊说。

三、成立国家健康科技产业基地管理委员会

1994 年 9 月 6 日，广东省政府批准成立国家健康科技产业基地管理委员会，中山市市长汤炳权任管委会主任。这个管理委员会成员由国家科委、国家新药办，广东省人民政府及广东省科委、卫生厅、医药管理局、国土厅，中山市人民政府，国家健康科技产业基地等领导组成，管理委员会下设办公室，负责基地的日常具体工作。

9 月 9—10 日，三方领导组成员在中山国际酒店组织召开国家健康科技产业基地介绍会，来自美国，法国，比利时，中国香港、台湾等代表和客商共 100 多人参加。介绍会后，客商前往火炬高新区国家健康科技产业基地园区实地考察。10 月，中山市委决定成立中山健康科技产业总公司，隶属国家健康科技产业基地管委会领导，负责基地的开发、生产、服务和经营等业务具体实施工作。12 月 5 日，三方领导组成员在香港主办召开"粤港医药产业合作与座谈会"，重点介绍发展计划和投资环境，与会的有国外金融界、投资药厂驻港机构、香港医药学会、药厂代表及美国驻港总领事馆代表等。

从当年的"大事记"来看，国家健康科技产业基地所有的工作都在紧锣密鼓地进行中。1994年出版的《科技商报》第37期以《广东建立国家级健康科技产业基地》为题做了相关报道，内容如下："广东省在中山市建立国家级健康科技产业基地，不久前举行了招商会。这次招商会吸引了20多家世界著名药厂及金融商、投资商。广东有关部门负责人在招商会上透露，广东将抓住中山基地这支旗杆，把医药产业提升为支柱产业发展。据悉，自今年4月基地签约后，主办三方即国家科委、广东省人民政府、中山市人民政府已注入600多万元启动资金。"

四、"一区两园"探索

国家健康科技产业基地迁入火炬高新区时，火炬高新区的各项工作正"快马加鞭"地积极推进中。1995年1月29日，中山市委决定将中山港区委员会更名为中山火炬高技术产业开发区委员会，中山港区管委会更名为中山火炬高技术产业开发区管理委员会。

彼时的国家健康科技产业基地也加快了建设步伐。1995年1月，国家健康科技产业基地党支部成立。2月8日，国家健康科技产业基地管委会和中山健康科技产业总公司迁往火炬高新区康乐大道新址。3月中旬，中山市市长、国家健康科技产业基地管委会主任汤炳权，中山健康科技产业总公司总经理孙浩添等人赴北京，向国家计划委员会请示"国家健康科技产业基地"立项事宜，得到国家科委副主任邓楠接见和支持，并提出把"国家健康科技产业基地"作为医药园区设在火炬高新区内。7月25日，国家健康科技产业基地被纳入火炬高新区发展计划，享受国家高新技术产业开发区的优惠政策。8月21日，中山市人民政府办公室同意在国家健康科技产业基地成立中健药业有限公司项目立项。

1995年10月25日，广东省人民政府办公厅印发的《关于将国家健康科技产业基地纳入高技术产业开发区发展计划的复函》（粤办函〔1995〕361号）中有如下表述：

一是同意国家健康科技产业基地立项，并纳入中山国家火炬高技术产业开发区发展计划，按照"一区两园"模式管理，享受有关高新技术产业开发区政策；二是在遵守法定程序和规定的前提下，省有关部门可优先审批基地内兴办的企业；三是有关贷款事宜，由企业直接向有关商业银行提出申请。

1996年10月30日，国家科学技术委员会印发《关于同意将中山健康科技产业基地纳入中山火炬高技术产业开发区的复函》（国科发火字〔1996〕486号）。该复函内容如下：

> 贵省为发展新医药产业，建设国家药物研究开发、临床试验和生产的基地，在国家新药研究开发协调领导小组的支持下，与我委和中山市人民政府共同创办了中山健康科技产业基地。该基地的建设对于我国医药领域高新技术产业的发展，将会起到重要的示范和推动作用。经研究，同意将中山健康科技产业基地纳入中山火炬高技术产业开发区（以下简称中山高新区），享受国家高新技术产业开发区的有关优惠政策，作为中山高新区的重要组成部分，由中山高新区管理委员会实行统一规划、统一管理，实现高新区的协调发展。

国家健康科技产业基地的区域范围为，东至珊洲玻璃围冲，南于火炬高新区与南朗镇分界，西至孖涌河、玉泉路，北至横门水道。其中起步区面积两平方公里。火炬高新区应严格控制开发面积，做到开发一片，建成一片，滚动发展。

当时优惠政策是诱人的，但对项目的要求标准也是较高的，制定了相应的详细条文款项。此外，从中央到地方，在每一个环节、每一个关键点上，都制定了详细的相应政策条文。凡到基地办工厂的企业，经论证和筛选，优先办理生产企业合格证、许可证、营业执照"三证"，手续简便，几天就可办妥。优惠政策涉及面广而且详细实惠，共有 15 条之多。国家健康科技产业基地园区总体规划由美国 AEPA 建筑工程设计公司设计，和中国城市规划设计院合作完成，符合美国 FDA、NIH 和中国 SFDA 标准。园区的整体规划于 1996 年完成。

第三章

招商破局：外资企业率先入园

《中国医药研发40年大数据》中《第一个"引进来"的制药企业》一文写道：1978年冬天，中央制定了改革开放的战略决策，国家医药管理总局刚刚成立，《中外合资经营企业法》尚未颁布，做合资企业碰到诸多困难。

1980年2月，国家医药管理总局和天津市有关部门向国家计划委员会和外商投资管理委员会提出合资计划。中日双方签署了《合资经营中国大冢制药有限公司合同书》《技术合作合同》和《中国大冢制药有限公司章程》三份文件。中国医药工业公司和日本大冢制药株式会社共同出资7100万元，成立合资公司中国大冢制药有限公司。[①]次年，中国大冢制药有限公司在天津成立，标志着中国第一家合资制药企业诞生，公司首届董事会召开。这是中国制药工业史上开天辟地的大事，是中国改革开放在制药行业"开放"的历史开端。国家健康科技产业基地的招商也是由成功引入外资企业而破题的。

---

① 陆涛、李天泉主编：《中国医药研发40年大数据》，中国医药科技出版社2019年版，第14页。

第一节　万事开头难

1994年国家科委刚批下"国家健康科技产业基地"时，只是给了一块牌子。彼时，中山医药工业基础还相对薄弱，全市还没有大医院，更没有搞新药研发的高校和科研院所资源，园区基础设施建设要大投入但资金并不宽裕，国内尚无任何可借鉴的健康产业园区开发经验，健康基地总公司作为园区运营主体，缺政策、资金、人才等要素……回首国家健康科技产业基地初期的发展过程，可谓筚路蓝缕。

"本以为拿了国家级的健康产业基地牌，企业就会自动找上门来，财源滚滚，但没想到办产业基地是那么难的事。"国家健康科技产业基地早期负责人回忆，基地起步阶段很多药厂都来考察过，但是因为起步基础设施不完善，缺乏相关资源和经验，很多大企业考察后就没有回音。

上述现状，确实让初期开拓者们无比"焦虑"。中山健康科技产业总公司首任总经理孙浩添，国家健康科技产业基地创建初期参与者梁宏森、方迎、徐建平等谈及当时的艰难均感慨万千。

1988年，徐建平从中国医科大学药物分析专业硕士研究生毕业。1994年，30岁出头的他从中山市区单位被派遣到当时偏远的中山港，参与国家健康科技产业基地早期的开发建设工作。据徐建平回忆，在他派遣下来之前，中山市政府召集相关的部门开会，他也参加了，当时是说要在中山搞一件大事，项目会跟美国接轨，建设5P都全的一个园区（5P是指在医药产业链上分为药材种植"GAP"、临床前研究"GLP"、临床研究"GCP"、药品生产"GMP"、药品销售"GSP"）。这个会相当于动员会，希望相关部门全力支持。徐建平来到国家健康科技产业基地上班的第一天，便是到中山港玉泉酒店开会，会议内容是专家论证，会上请了很多国际国内专家来谈园区规划。

作为一件新事物，在前期推动的进程中总会遇到坎坷，更何况是在属于"慢热"的健康医药产业。虽然大家都很重视，但当时摆在大家面前的只有一个往"健康科技产业"发展的大方向，但基地怎么建、项目如何招引、先期从哪里下手，并无一个具体可操作的方案。

在国家健康科技产业基地创办之时，中山的医药工业只有石岐制药厂等零星几家制药企业。而几乎是同期创办的上海张江生物医药产业基地，招商则更为容易。上海是中国近代医药工业的发祥地。1950 年全国共有 269 家药厂，上海就有 171 家，占 63.56%，当时上海生产的药品，约占全国产量的 80% 以上。到 20 世纪 90 年代初，位于上海老城区的一些老药厂，因土地空间不大、用地贵等因素，愿意往浦东新区的张江生物医药产业基地搬迁。况且上海作为大城市，园区招商自然也容易很多。

《朝阳产业的朝阳之路》写道：1994 年，国家科委在全国批准了两家生物医药产业基地，中山国家健康科技产业基地就是其中一家。含着"金钥匙"出生的中山国家健康科技产业基地，在很长一段时间内，并没有明显的发展。

第二节 "雅柏路"背后的故事

从国家健康科技产业基地园区现有的道路命名来看，足可以看出当地政府对招引企业的重视。行走在国家健康科技产业基地园区内，会发现有雅柏北路、雅柏南路、辉凌路、厨邦路、欧亚路、九州大道等很多以企业名称命名的道路。

雅柏路的命名，源于国家健康科技产业基地首家入园企业——香港雅柏药业有限公司。

1995 年初，香港雅柏药业有限公司考察人员到国家健康科技产业基地考察时，国家健康科技产业基地园区内大部分地方还是香蕉地。由于园区基础设施建设缓慢，加上医药产业发展周期较长、审批较难等现状，健康产业起步之初颇显艰难，招商难度可想而知。

徐建平回忆，1995 年春节后，园区领导让他独立展开招商。当时招商部门都是大学刚毕业的小伙子，没干过招商这事。那个时候招商瞄准

2023 年的雅柏药业工厂（谭华健／摄）

的都是国外企业，接触国外人士。刚开始，招商团队尝试着给一些发达国家驻中国领事馆发传真、向国外大型医药公司寄资料等，后来逐步掌握一些招商引资工作技巧，工作推进还算顺利。

雅柏药业是国家健康科技产业基地招引的第一家外资企业[①]。1995年，国家健康科技产业基地在香港召开基地推介会，吸引了很多企业来参加，招商部门与雅柏药业接触，并促使项目在国家健康科技产业基地投资。雅柏药业（中国）有限公司是 1995 年 10 月成立的外商独资制药企业，厂房完全按照美国 GMP 标准设计建造。

1995 年 10 月 30 日，国家健康科技产业基地举行三项工程奠基，雅柏药业（中国）有限公司由香港国际公司兴办，中山贝尔康药业有限公司由中山南光实业（集团）公司、武汉东湖生物技术发展有限公司和火炬高新区二洲管理区合办，中山治德实业有限公司扩建工程由健康科技

---

① 改革开放早期，珠三角的外资企业是指外来投资企业，包括香港、台湾等地前来投资的企业，而不单指外国资本投资的企业。

产业基地总公司兴办。

从当时所拍摄的一张现场奠基仪式图片来看，最前面是几位嘉宾拿起铁锹培土，嘉宾身后是舞狮队，现场只能见到一大片平整的黄泥土工地，空荡荡的，没有一幢高楼建筑。

三项工程奠基打破了园区往日的"沉寂"，也给当初的建设者们增添了信心。国家健康科技产业基地从"零"起步，在一年多的时间里，已引来了项目"先头部队"，这个成绩还是令人鼓舞的。

时隔一年多，作家曾小瑛采写的一篇《健康基地掠影》被收录在《中山火炬》一书中。文章对早期的国家健康科技产业基地进行了一番描述：参观完快完工的香港雅柏药厂的建筑区，时任基地总公司工程管理部经理、招标办公室主任梁宏森还介绍了其他项目。比如，辉凌、格兰泰等十几家企业已经签约。这些企业是首批进入基地的"先头部队"。[①]《健康基地掠影》一文对国家健康科技产业基地早期的政策条文等做了一番描述：早在 1991 年和 1993 年，国务院和广东省委便下达了文件精神；国家新药研究与开发领导小组，国家科委，广东省人民政府，中山市委、市政府已研究制定了一系列国家健康科技产业基地发展产业和投资的优惠政策。文末写道：国家健康科技产业基地的竞技场是广阔的，比赛的项目也是丰富的，各出奇招，各献技艺，大展拳脚，大显身手的机遇已摆在面前！

1999 年，雅柏药业与德国默克公司合作成立默克雅柏药业（中国）有限公司，占地 50 亩，建筑面积 1 万平方米，项目总投资额 9500 万港币。主要生产经营控释、缓释酰剂，胶囊剂等产品，年产值约 5 亿元。[②]德

---

① 广东省社会科学院文学研究所编：《中山火炬》，中国华侨出版社 1997 年版，第 71 页。

② 中共中山火炬高技术产业开发区党史研究室编：《中共中山火炬高技术产业开发区工作委员会大事记（1990—2014）》，广东人民出版社 2016 年版，第 36 页。

国默克集团是世界上历史悠久的家族型医药化工企业，其历史可追溯到 1668 年。其专注于医药健康、生命科学和电子科技三大领域。早在 1900 年，默克便展开了其在中国的业务。

位于园区沿江路边的雅柏药业（中国）有限公司，经过近 30 年发展，已是一家现代化的健康医药企业。

第三节　"寒冬"中的一抹"暖阳"

1997 年，东南亚金融危机的爆发给尚处于"幼小"阶段的国家健康科技产业基地带来重重困难。方迎曾回忆国家健康科技产业基地创建最初六年间的情景："当时条件真是艰苦，到处是农田和蕉地，交通不便，一些地方还要划船才能过去，医药工业基础薄弱，技术研发资源缺乏。面对这张白纸，很多企业看了后，就走了，没法留下来，发展举步维艰！"

虽然面对东南亚金融危机，但外资制药企业在这一时期对我国的投资热情依然不减。《外资制药企业在华投资大事件年表》中记载，1997—1998 年两年间，共有七家外资企业在华投资，包括葛兰素史克、默克、雅培等国际知名品牌企业。其中，1997 年，丹麦制药企业诺和诺德在北京设立研发中心。这是第一家跨国生物制药企业在我国设立研发中心。

一、"老五家"的示范带动作用

在中国医药工业史上，有个出名的"老五家"之说，即天津大家、上海施贵宝、无锡华瑞、西安杨森、苏州胶囊，这五家是中国最早投资建厂的中外合资企业，行业内称为"老五家"。

在合资制药企业方面，以 1980 年天津大家的正式签约为开端，1982 年 5 月 15 日，美国施贵宝公司、中国医药对外贸易公司、上海市医药工业有限公司签约，中美上海施贵宝制药有限公司正式成立。

1982 年 9 月，中国与瑞典的第一家合资企业——无锡华瑞制药有限公司成立。1985 年 7 月，中美合资企业苏州胶囊有限公司成立，为中国引进了高质量空心胶囊技术。1985 年 10 月，西安杨森制药有限公司成立，由美国强生公司全资子公司比利时杨森制药有限公司与陕西省医药公司、陕西汉江药业股份有限公司、中国医药工业公司和中国医药对外贸易公司合资兴建。《中国医药研发 40 年大数据》为此专门点评道："老五家"的成立，见证着中国制药工业改革开放的开端，是中国现代制药工业发展中重要的一步，是改革开放中"开放"的重要一步。有了"老五家"的成功合作示范，一大批跨国制药企业纷至沓来。

继"老五家"后，在 1987 年至 1989 年间，又新增了五家外资企业：1987 年成立的北京汽巴－嘉基制药有限公司和中美天津史克制药有限公司，1988 年成立的上海强生有限公司和葛兰素威康中国有限公司，1989 年辉瑞在大连建立的辉瑞制药有限公司（惠氏）。

有了第一批合资制药企业的示范，世界各国的制药企业第一次看到了中国的潜力，感受到了中国改革开放带来的巨大历史机遇。

20 世纪 90 年代以来，一大批的外资制药企业在我国设立办事处、成立投资公司、兴建工厂，有些跨国企业开始设立研发中心。到 1998 年时，在我国投资的外资制药企业已达 37 家之多。

二、国际制药"巨头"选择中山

国家健康科技产业基地有条凌辉路，路两旁是整齐的细叶榕，旁边还有一座小山，绿树成荫，路的尽头便是横门水道，环境惬意。

20 世纪 90 年代中期，辉凌、格兰泰等国际医药龙头选择落户于此。这里曾是国家健康科技产业基地早期的园区生活区，建有园区集体宿舍，楼下还有一条小食街，中山市的 1 路公交车终点站曾在这里停靠，这里还保留着略显古朴和历史味道的停车站点。在私家小汽车还未普及的年代，对于彼时尚处于偏远位置的国家健康科技产业基地里的工作人员，公交车自然成为重要的交通工具。可以想象，附近工厂的员工，有的从市区早早乘搭公交车上班，下班后又匆匆忙忙赶回家的场景。

可以说，凌辉路承载了一代健康医药人的青春记忆。

20 世纪八九十年代，国际医药巨头主要集中在欧美等发达国家，如德国的格兰泰、瑞士的辉凌制药。

1996 年 8 月 29 日，辉凌制药（中国）有限公司成立。次年 1 月，格兰泰 - 三环制药（中国）有限公司入驻国家健康科技产业基地。两家外资制药企业的到来，好比金融危机下的一抹"暖阳"，让国家健康科技产业基地的开拓者坚定了信心，看到了新希望。

这两家企业"来头"不小。辉凌集团创办于 1950 年，是世界上首批生产人工合成肽的公司之一，世界上五大肽类药物生产商之一，并在不同的治疗领域上，包括泌尿科、生殖医学、妇产科、胃肠道疾病和内分泌系统疾病等，开发各类创新药品。辉凌集团的总部设于瑞士，在瑞士、瑞典、丹麦、德国和捷克共和国均设有生产厂房，研发中心则设在英国和美国，分支机构遍布世界 40 多个国家。20 世纪 90 年代初，创始人在

辉凌制药（中国）有限公司

香港成立辉凌制药有限公司，作为亚太区总部，并成功将产品引进亚洲区内多个主要市场，令更多的病人获得最新及适当的药物治疗。

辉凌制药（中国）有限公司 2003 年开始在国家健康科技产业基地建设，总投资 2300 万美元，首期投资 1300 万美元，按 GMP 标准建设占地 50 亩生产基地，厂房面积约 20000 平方米。辉凌还计划在中山建立研发中心，作为公司在亚洲的基地，重点开发亚洲市场。2005 年 3 月 23 日，由瑞士辉凌控股有限公司全资成立的辉凌制药（中国）有限公司在国家健康科技产业基地举行新厂落成典礼，成为辉凌集团在亚洲地区第一家药品生产工厂。瑞士辉凌表示，一直希望在亚洲兴建厂房，中山给他们的印象相当深刻，因为这里有完善的创业和生活环境，同时，还拥有一个集中制造、销售和开发的健康医药园区——国家健康科技产业基地。

与辉凌制药相隔一条"华佗路"的是德国格兰泰厂区。

格兰泰集团于 1948 年成功生产出第一支青霉素，是德国历史上第一家工业化生产青霉素的制药企业、德国最大的抗生素和镇痛药生产企业之一，拥有现代化的研究所和生产工厂，具有独立完备的新药开发能力。格兰泰的药品研究开发范围主要包括镇痛药、抗生素、激素、治疗心血管疾病的基因工程药物、神经疾病药物等。自 1990 年开始，格兰泰开始在中国市场销售，1996—1997 年期间考虑在中国建工厂，通过多次考察后最终于 1997 年在国家健康科技产业基地设立工厂。

格兰泰制药（中国）有限公司成立于 1997 年 1 月，是格兰泰集团在亚洲地区的第一家子公司，其市场营销中心设在上海，医学科学部设在北京，生产基地设在国家健康科技产业基地。公司拥有符合 GMP 标准的、先进的药品制剂技术和生产设备，按照国际标准进行管理和质量控制。格兰泰－三环制药（中国）有限公司由格兰泰集团与香港三环国际有限公司共同投资兴建，占地 70 亩，首期建筑面积 8000 平方米，项目总投资 2500 万美元。主要生产经营曲马多缓释胶囊、片剂，降血脂新药苯扎贝特缓释片等，年产值约六亿元。[①]2005年4月16日，格兰泰制药（中国）有限公司在国家健康科技产业基地举行投产庆典。

有趣的是，两家工厂签约入驻的时间和新厂落成投产的时间几乎都是同步的。凌辉路上这两家国际医药"巨头"的新厂建成投产后，为当时的国家健康科技产业基地园区发展增加了更多的"底气"。

格兰泰在国家健康科技产业基地设厂，是对国家健康科技产业基地招商环境的肯定。在当年的招商中，为了帮助格兰泰制药厂办理入驻前的手续，促进职能部门提前审批，国家健康科技产业基地招商部工作人员想方设法促成主管部门当面签字同意。这种高效的服务令德国格兰泰公司非常满意。项目签订进口设备合同的时候，国家进口设备减免关税即将结束，从签合约到完成进口设备减免关税备案，国家健康科技产业基地只用了七个工作日。格兰泰项目落户后，其项目主管对国家健康科技产业基地招商人员说："我真没想到你们能办成。"

在德国医药巨头格兰泰中山建厂10周年时，格兰泰制药（中国）有限公司企业负责人表示，格兰泰在国家健康科技产业基地的发展空间还很大。"当年格兰泰在中国考察了很多城市，最后选择了中山，这里距离香港近，具有港口优势，而且国家健康科技产业基地有很好的品牌影响力，这十年来企业在这里发展很好。"这位负责人表示，位于火炬高新区的国家健康科技产业基地具有完善的基础设施、配套的产学研体系和优质的服务，这是吸引他们把现代化厂房建在中山的主要原因。

诺华集团旗下子公司、非专利药山德士公司2007年12月20日宣布正式收购德国格兰泰制药公司位于广东中山的制剂工厂，并同时成立广东山德士制药有限公司。山德士是瑞士诺华集团的子公司，诺华集团是

---

① 中共中山火炬高技术产业开发区党史研究室编：《中共中山火炬高技术产业开发区工作委员会大事记（1990—2014）》，广东人民出版社2016年版，第24页。

世界第三大制药公司、世界500强企业，是全球唯一在专利药、非专利药、疫苗和非处方药业务上都拥有领导地位的制药公司。

诺华集团成立于1996年，由瑞士两家具有百年历史的世界著名制药公司汽巴－嘉基与山德士合并而成。山德士主要从事非专利药品的研发、生产和销售，业务涵盖原料药、制剂和生物制品，是全球第二大非专利药公司。山德士公司亚太区总裁曾表示，收购中山这家工厂是山德士公司亚洲整体发展战略的重要组成部分。作为诺华旗下专门经营非专利药的子公司，山德士通过一系列收购而成为全球第二大非专利药生产商。

2022年9月27日，浙江九洲药业股份有限公司与山德士（中国）制药有限公司签署《股权收购协议》，收购山德士（中国）所属中山制剂工厂100%股权，加快推进公司CDMO（合同定制研发生产机构）"原料药＋制剂"一体化平台建设。山德士（中国）所属中山制剂工厂是诺华下属的山德士集团在中国设立的制剂生产基地。完成收购后，九洲药业将进一步对其进行CDMO制剂项目改造与扩建，同时完善配套设施，

2008年的山德士公司

打造低能耗、低排放、高效率的绿色工厂。

第四节 《战略研究》描绘蓝图

经过前期两年来的开发建设，国家健康科技产业基地发展到什么程度？遇到哪些困难？下一步该如何走？这些问题时常困扰着建设者们。

1996年，"中山火炬高技术产业开发区经济社会发展战略研究"课题组在《中山火炬高技术产业开发区经济社会发展战略研究（1996—2010）》（简称"《战略研究》"）中对火炬高新区创建之初的6年情况，以及未来15年的发展做了研判与部署，同时对国家健康科技产业基地面临的上述问题作了回答。

该份《战略研究》开头提到：火炬高新区创建于1990年3月，1991年3月得到国务院批准。为使高新技术产业有更大的发展空间，创造更宽敞的环境，有更强的实力依托，1993年，中山市委、市政府决定将集中新建区和当地镇区合并，进一步拓展了高新区。1994年4月，经国家新药研究与高新区协调领导小组和国家科委批准，又在火炬高新区内创办了国家健康科技产业基地。经过六年的艰苦创业，火炬高新区已经初具规模，迈出了坚实的第一步。

这份《战略研究》对当时医药产业发展有如下分析：医药产业是火炬高新区最富有潜力的高科技产业。国家健康科技产业基地建设，取得了长足的进步；美国AEPA公司和中国城市规划设计院已经共同完成了基地的总体规划；首期开发面积两平方公里的"三通一平"工程已经完成；招商引资工作取得了进展，雅柏药业有限公司、辉凌药业（中国）有限公司等正在筹建，另有十余个项目正在洽谈之中。[①]基地外还有三家

---

① 广东省社会科学院文学研究所编：《中山火炬》，中国华侨出版社1997年版，第181页。

先期成立的企业：理科、京祥和生物工程。

该《战略研究》指出，医药产业的发展目标为积极引进国内外先进的健康科技，加强创新药物、医药器械、保健产品的二次开发（工程化开发），加速健康科技成果转化，使火炬高新区的医药产业集群真正成为我国健康科技商业化、产业化、国际化的示范基地。

发展思路主要从进一步扩充国家健康科技产业基地的支持基础、采用BOT（Build-Operate-Transfer，即建设－经营－转让，中国一般称"特许权"）解决前期投入的资金启动、按照基地建设和产业发展的需要大力引进素质高的人才、建立健康科技创业中心四个方面着手。《战略研究》指出，基地建设的最大拦路虎是资金不足，起步区两平方公里的土地开发，因资金缺口，基础设施建设无法完善。这样严重制约了招商引资工作，招商引资速度延缓，又使前期投入无法回收而背上了沉重的利息包袱，有陷入恶性循环之虞。在土地开发上要集中力量打歼灭战，对起步区再做进一步分割，投资一块，"三通一平"一块，商品化一块，另外在生产、基建上本着把钱用"活"的原则，做好统筹。人才投资是效益最高的投资。除了要有一批搞基本建设的人才，还要有一批熟悉医药的通才。另外，要引入一些熟悉使用各种金融工具的金融人才。在引进外资建立外向型医药企业的同时，要积极建立起自己的研究开发队伍，必须勇于创新，拥有自己的知识产权。仿照创业中心的模式，提供优惠的全方位服务和风险基金，吸引一批医药研究院和高校到这里来办各种开发型的、以孵化项目为目的的小企业，项目孵化成熟后，再以它们作为对外合作基点，吸引直接投资或间接投资，建立起自己的医药产业。

国家健康科技产业基地的规划由美国FDA认可的建筑设计机构——美国AEPA公司和中国城市规划设计院合作完成。所有的项目设计、建筑施工、装修工程和设备安装等，严格按照GLP（药品试验室规范）、GCP（药品临床试验规范）、GMP（药品生产规范）标准实施。当时的总体规划中还设计了科教中心区。按照规划，科教中心区具体分为"两院三中心"五个部分。其中，包括国家级新药研究开发机构——中国生命科学研究院，主要设立药物研究所、中药研究、医药生化研究、肽类物质研究、动物饲养、毒理、筛选和试剂中心等。在研究开发新药的同时，还为基地企业提供服务。另一个是中国现代化的大型综合医院——中国健康医院。其主要任务包括承担国家级新药的临床试验，中国新、特药展览交流中心，中国出口药品基地，教学中心等功能。

《战略研究》在战略定位中明确指出，要把国家健康科技产业基地建设成为华南最主要的创新药物、医疗器械、保健产品的研究、开发、临床试验和生产的基地。在十大战略工程中提出建立十大国内一流的健康科技企业。

第五节　"一年一小变化，三年上规模"

时间走到了 1999 年。20 世纪的最后一年，成了国家健康科技产业基地发展史上的一个重要转折年。

其一是交通硬件条件提升，路通财通。1999 年 1 月，中山港至茂生沿江公路全线贯通，意味着国家健康科技产业基地园区从西到东的交通命脉已打通，给健康基地园区带来极大的便利。这段沿江路没有打通前，国家健康科技产业基地好比一个"孤岛"。参与火炬高新区初期开发建设的老一辈亲历者回忆，当时公交车只能开到中山港码头处，再往前要么靠脚步行，要么骑自行车。从中山港码头走到健康基地，还有好几公里路。有了这条沿江路，基地与外界的交流就顺畅多了。

其二是战略层面，思路决定出路。《关于加快健康科技产业基地发展的决定》（中开委〔1999〕56 号，也称"56 号文"）正式印发。

何为"56 号文"？为什么要在 1999 年印发？这个文件有何重要性？这还得从当时的大环境说起。

国家健康科技产业基地建设之初的六年，的确是困难重重。除了国内尚无任何可借鉴的健康产业园区开发经验，园区运营主体缺资金、人才等"硬"条件外，还有就是 1997 年受亚洲金融危机的影响，投资者信心明显不足，很多客商到园区现场转了转，便杳无音信，有些是签了约或搞了个简单的奠基仪式后，迟迟未动工。到 1999 年底，转眼六年过去了，虽签约了好几家企业，但真正动工或投产的医药企业少之又少。当时的心情，一个字，急！

1999 年也是中山工业发展史上具有标志性意义的一年。今天回想起来，都会令中山很多老工业人心潮澎湃。这一年 3 月 31 日，中山市委、市政府召开全市工业发展会议。会议确定了"工业立市"的战略目标，提出工业发展的主要措施。中山成为当时广东省第一个提出"工业立市"的城市。"工业立市"战略推动了中山工业加快结构调整，走新型工业化道路，提高发展水平和竞争力。

在"工业立市"战略下，作为国家级高新区、全市高新产业发展龙头区域的火炬高新区全面实施工业立区、科技兴区和可持续发展战略。其中，工业立区方面，制定《关于进一步搞好城区建设和管理，增创投资环境新优势的若干意见》，重点规划建设"一区五园"，即中心城区和高科技园、电子信息产业园、包装印刷基地、健康医药基地、民营科技园，打造五大产业支撑平台，优化投资环境。作为国家级的产业基地，国家健康科技产业基地更是被寄予厚望和高度重视。

1998 年，国家科委改名为"中华人民共和国科学技术部"。1999 年 10 月，科技部副部长邓楠再次到中山视察工作。针对园区发展面临的困难，她鼓励中山市政府要鼓足干劲，以"政府办产业"的决心和魄力，推动健康基地实现"一年一小变化，三年上规模"的发展目标。

1999 年 10 月 29 日，火炬高新区党工委、管委会印发《关于加快健康科技产业基地发展的决定》（简称"《决定》"）。《决定》指出，为实现科技部对国家健康科技产业基地发展要达到"一年一小变化，三年上规模"的目标，进一步落实广东省人民政府、省科委和中山市委、

2023年，沿江路两边的厂房（谭华健／摄）

市政府关于加快国家健康科技产业基地发展的要求，区委和管委会在今后三年内要把工业发展、科技创新、园区建设的重点放在健康医药基地，将领导、人才、政策、资金向健康基地倾斜，尽快把基地建设成为具有一定规模的现代化医药保健品新型科技生产园区。

《决定》分为建立精干高效的领导班子，积极筹集国家健康科技产业基地的建设启动资金，高标准规划建设健康基地，引进一批医药项目到健康基地落户，赋予国家健康科技产业基地特殊的优惠政策、大力培养和引进人才，加快健康医药科技创新步伐六个方面的内容。以高标准规划建设健康基地为例，《决定》指出，2000年要完成园区范围内2.5公里中心干道和园区道路的建设。园区内主干道要完成路灯、绿化和给排水设施建设。2002年前，完成整个起步区的"五通一平"，形成规划起点高、建设标准高、绿化面积大的现代化医药生产园区。

《决定》指出，2000年起三年内，区属各大工业公司每年要分别引进两个医药或与医药有关的项目进入国家健康科技产业基地。到2001年底前，力争在国家健康科技产业基地落户的项目达12个以上。此外，为配合项目的引进，争取银行贷款，在国家健康科技产业基地起步区内兴建 5 万平方米的单元式适合健康产品和食品生产的标准厂房。国家健康科技产业基地除享受国家、省、市给予高新技术产业开发的各项优惠政策外，火炬高新区在本级经济管理权限所允许条件内，尽可能多给予国家健康科技产业基地优惠政策。建立国家健康科技产业基地创业服务中心，大力引进医药研发机构，在健康基地划出一块地，由火炬高新区投资建立国家健康科技产业基地创业服务中心，免费为国内外医药研发机构提供科研场所。拨给进入创业服务中心的医药研发机构一定的科研经费，并引进各种投资基金，帮助国家健康科技产业基地创业中心的医药研发机构将其成果尽快产业化。同时大力引进国内外优秀科技人才。

从《决定》内容可以看出，这是国家健康科技产业基地自创办以来，最齐全、最具体、力度最大的一次支持。为了实现"一年一小变化，三年上规模"的目标，《决定》在交通、配套、产业载体、招商引资、资金扶持等多个方面都有具体的分工，每一项都有具体的指标要求。

后来也证明，这次的力度确实起到了重要的推动作用，使得国家健康科技产业基地园区进入第一次发展高峰期。

随着"56 号文"的推出，国家健康科技产业基地加快发展的大幕徐徐拉开。一个崭新的世纪，即将到来。

第四章

步入新世纪："金凤"来栖

期盼已久的 21 世纪，来了！

《人民日报》在 2000 年 1 月 1 日发表了题为《迎接新世纪的曙光——元旦献辞》的社论。社论说，当新年钟声敲响，全中国人民、全世界人民都怀着无比兴奋的心情迎接将要到来的新世纪曙光。20 世纪，即将过去，两千年间人类所创造的文明成果及为此付出的沉重代价，激励和警示着我们更加坚定地去开拓未来。

《E 药经理人》杂志在 2019 年 9 月刊登的中华人民共和国成立 70 周年纪念特刊中写道，从 1978 年改革开放到 2000 年的 22 年间，中国医药工业实现了迅速的提升发展。这 22 年里，我国医药工业产值年均递增 16.6%，是国民经济中发展较快的行业之一，并形成了科研、开发、生产、贸易相结合，原料药、医药中间体、制剂、药用辅料、药用包装等相匹配的较为完备的工业体系。

2001 年 2 月 28 日，第九届全国人民代表大会常务委员会第二十次会议通过了新修订的《中华人民共和国药品管理法》（简称"《药品管理法》"），并于同年 12 月 1 日起施行。新《药品管理法》的推出，对中国卫生医药事业的发展具有十分重要的意义。

第一节 新世纪吹响发展新号角

21 世纪，是生物学的世纪。

站在世纪之交，回眸过去百年，可以看到，20 世纪是医学、医疗技术大发展的 100 年。由医疗、医药进步而给人类生活带来的影响几乎无处不在。人类的生活质量、健康状况得到极大的提高与改善，寿命也由世纪初的 40 岁左右提高到 70 多岁。抗生素击败疾病、疫苗纷纷问世、医疗技术日新月异⋯⋯

2000 年，既是新世纪的开启之年，又是我国"九五"计划的"收官"之年。1995 年 9 月 28 日，中共十四届五中全会通过了《关于国民经济和社会发展"九五"计划和 2010 年远景目标建议》。这是中国特色社会主义市场经济条件下的第一个中长期计划，是一个跨世纪的发展规划。"九五"计划国民经济和社会发展的主要奋斗目标确定为：全面完成现代化建设的第二步战略部署，2000 年加快现代企业制度建设，初步建立社会主义市场经济体制。

从中山来看，"九五"计划时期是全市工业跨世纪发展的关键时期，市委、市政府坚持实施"工业立市"战略，推动中山工业加快结构调整，走新型工业化道路，提高发展水平和竞争力。"九五"期末，中山市全市拥有四个市级工业区及"一区一园三基地"（火炬高技术产业开发区、民营科技园、国家健康科技产业基地、精细化工基地和包装印刷基地），发展势头强劲，产业化水平和自主创新能力有较大提高。2000 年，中山市制订《中山市工业发展"十五"计划和 2015 年远景目标纲要》，确定着重培育电子信息、电气机械、纺织服装、化学工业、金属制品五大支柱产业，以及发展包装印刷、食品饮料、医药等传统特色产业的总体规划，不断完善和延伸产业链条，以此培育产业集群。同年，火炬高新区提出实施"大工业、大流通、大经贸"和"小城镇大战略"决策，全面完成"九五"

计划目标。其中包括加大招商引资力度，提高利用外资水平，整合建设五大工业园。新成立的中山市健康科技产业基地发展有限公司负责开发国家健康科技产业基地规划区的园区建设、招商引资、科技创新及资本经营，为投资者及基地企业提供咨询、融资、报批、工程建设、科研技术、后勤配套、人力资源与宣传和产品销售等服务。

2000年4月7日，中山市健康科技产业基地发展有限公司成立，撤销原中山健康科技产业总公司。4月28日，科技部副部长邓楠到国家健康科技产业基地指导工作，提出要加快国家健康科技产业基地的发展。同月，卫生部领导也来到国家健康科技产业基地考察。11月23日，国家开发银行广州分行与火炬高新区签订贷款合同，支持国家健康科技产业基地基础设施建设。次日，国家健康科技产业基地与人民日报社主办的《健康时报》共同举办"面向新世纪中药产业发展研讨会"。这一年，国家健康科技产业基地发起举行中国天然保健药物市场前景与投资策略论坛，来自加拿大、日本、马来西亚等国家和地区的专家参会。

中山市政府开始不断加大支持力度，国家健康科技产业基地走上了发展的快车道：首先，市政府加大投资力度，完善基地基础设施；其次，制定各项政府优惠政策，建立各种专项基金；最后，充实基地领导班子，从市里各个部门抽调精干力量担当基地发展大任。从大环境来看，2000年开始，随着中国医药产业新一轮快速增长，这个附加值高、环保压力小的朝阳产业引来了各地的追捧，中山基地在"二次起飞"时遇上了上海张江、深圳高新区、海口药谷、北京生物产业园、浏阳生物医药产业园区等全国各地药谷和医药产业园如雨后春笋般遍地开花。这对走过了六年发展历程的国家健康科技产业基地来说，是机遇更是挑战。

"筑巢引凤"，曾是2000年之初各地招商引资工作中常用的宣传口号。栽好梧桐树，引得凤来栖。"筑巢引凤"强调先搞好以基础设施为主的市场硬件环境，解决好路、水、电、通信等基础设施，以此招引投资者。

经过创办初期六年的探索，并结合 21 世纪全国健康医药产业发展的态势，国家健康科技产业基地招商团队认为，当一家企业同时接到数个城市园区伸来的"橄榄枝"时，简单地以税收和土地优惠已不能打动客商了，客商需要的是产业链的互补和园区配套的软件服务，以及园区品牌带来的良好成长氛围。1999 年底，国家健康科技产业基地开始明确提出"招商引资、基地建设、科技创新、资本运作"的十六字工作重心，并提出"优惠不如优势"，争创健康基地的产业优势，促进产业聚集。

基于对新形势的分析和研判，国家健康科技产业基地此时强化了"优惠不如优势"的招商发展理念，打出了六大优势：优良的区位环境、广渠道行业信息汇聚、高效率的报批通道、系统的医药销售网络、强势的融资渠道、高品位的产业园区。从"六大优势"布局来看，国家健康科技产业基地不是简简单单地筑"巢"，而是要构筑企业发展所需的"全生命周期"的服务体系。为此，国家健康科技产业基地开始建立一套独特的服务体系，包括企业落户、厂房建设、投产营运、税务、工商、人员招聘、产品进出口、项目申报等一条龙服务。

2001 年 3 月，九届全国人大四次会议通过了《国民经济和社会发展第十个五年计划纲要》。中山市在实施"十五"计划中强调，着力抓好体制创新、科技创新和投资环境创新。坚持走工业化、城市化、信息化发展之路，全面提升火炬高新区工业经济、城市建设、科技创新的整体竞争力，实现提速发展。2001 年，中山市委、市政府在"工业立市"的基础上提出"工业强市"战略。2001 年起，中山市按照"高标准规划、高强度投入、高效益产出"的要求整合镇村工业园区，建设工业集聚区，引导工业项目进园入区。国家健康科技产业基地等工业园聚集了一批企业，初步形成产业规模优势。2004 年，中山市提出在办好工业园区的基础上，积极创办国家级产业基地，同时，把国家健康科技产业基地等已有的 18 个国家级产业制造基地打造成为国内同行业的产品制造中心、产业创新研发中心、信息中心、人才中心、价格形成中心和物流中心。

俯瞰国家健康科技产业基地园区

2002年6月5日，中山市人民政府在国家健康科技产业基地科技楼召开市长办公会议，为国家健康科技产业基地理清了发展思路。中山市、火炬高新区为推动国家健康科技产业基地发展，专门设立了国家健康科技产业基地科技专项经费，由市政府和火炬高新区管委会每年共同出资1500万元，年限为五年（2002—2006年），支持国家健康科技产业基地的科技发展项目，注重对医药产品及医疗器械开发、建立公共实验平台等科研配套设施建设项目的补助；对起点高、投入大、预计投产后具有较大市场需求的医药工程项目，采取借贷贴息补助方式；对科技型中小企业中具有科技含量高、有较好市场前景的项目，采用低息借贷的辅助方式。通过各种投入方式，加强对科技创新的扶持，为国家健康科技产业基地科技项目的快速发展提供了优越的物质条件。经过四年的努力，国家健康科技产业基地初步建立了科技创新平台，摸索出一套适合实际情况的科技发展模式，为下一步的发展准备了良好的科技服务条件和环境。

加大财政支持基地基础设施建设、全力推进招商引资、加强创新创业公共平台建设三大举措，使得国家健康科技产业基地有了更清晰的目标、方向和实施路径。

政府各级部门的重视，各类政策的出台等有利因素，使国家健康科技产业基地逐渐打破招商僵局,来园区考察和签约的客商开始增多,之前签约的项目也加快厂房建设和投产进程。除了直接引进有实力的项目入园区购地建厂房生产外,国家健康科技产业基地还通过搭建产业平台,提供科创基金等方式,为项目落户园区,加快成长提供另一条通道。2002年1月2日,国家健康科技产业基地被广东省科技厅批准为"国家中药现代化科技产业(广东)基地——广东中药现代化研发基地",一年后挂牌。2002年,中山市政府对国家健康科技产业基地的科技创新基金从200万元提高到500万元,火炬高新区也每年配套1000万元资金,投入到国家健康科技产业基地,国家健康科技产业基地每年投入500万元,从而形成每年2000万元的科创基金,支持国家健康科技产业基地的科技创新和人才培养工作。同年8月,国家健康科技产业基地生物谷大厦、中山市药品检验所新址落成,系列配套设施加快动工建设。中山市药品检验所搬进国家健康科技产业基地,在科研合作、仪器利用等方面与国家健康科技产业基地互为补充,并为进入国家健康科技产业基地的项目提供相关的检验服务。国家健康科技产业基地进一步强化了药厂立项、新药审批、工程建设的"绿色通道"建设,使进入基地的项目审批工作在第一时间得到处理。同年9月,国家健康科技产业基地与省、市药监局合作承办全省制药企业GMP工作会议,组织300多家企业到会参观考察健康基地。2022年11月29日,科技部火炬计划生物医药产业基地企业品牌保护措施经验交流会在火炬高新区举行。来自科技部和全国20多个医药产业基地的专家、企业家出席,探讨企业品牌和自主知识产权保护等问题。

第二节 企业入园进入第一次"高峰期"

从"零"起步,到首期园区开发完毕,国家健康科技产业基地只用了七年时间,作为全国首个健康科技产业基地,没有任何经验可循,而且是在一张白纸上画画,能取得这样的成绩实属不易。

到 2001 年时，国家健康科技产业基地两平方公里的首期园区，已吸引了雅柏药业、辉凌制药（中国）、格兰泰、中山市美捷时喷雾阀有限公司（简称"美捷时"）等入驻。

在中华人民共和国的民营企业发展史上，1992—2010 年被称为"快速增长期"。1992 年党的十四大召开，正式确定我国社会主义经济体制改革的方向是社会主义市场经济体制，民营企业迎来了更好的舆论环境，获得了更大发展的体制空间，开始进入快速增长通道。2002 年，党的十六大提出了"两个毫不动摇"：必须毫不动摇地巩固和发展公有制经济，必须毫不动摇地鼓励、支持和引导非公有制经济发展。

随着民企创业潮起，国家健康科技产业基地也进入了崭新的发展阶段。

一、沿江路成了"财富路"

1999 年 1 月贯通的沿江路，对国家健康科技产业基地招商引资起了很大的作用。除了早期入驻的香港雅柏药业，2000 年初，中山市南方新元食品生物工程有限公司（简称"南方新元"）、中山市生科试剂仪器有限公司（简称"生物试剂"）、广东九州通医药有限公司（简称"广东九州通"）等企业沿着国家健康科技产业基地沿江路两旁布局。这些企业有着共同的特点：在各自细分领域是数一数二的"实力派""隐形冠军"。

"隐形冠军"的概念是德国著名管理学者赫尔曼·西蒙教授提出的。现在普遍认为，"隐形冠军"是一种新类型的企业，企业规模为中小型企业，业务规模稳居世界前列，业务范围辐射全球，它们并非仅专注国内市场的典型小型企业，而是开展全球业务，是公众知名度较低、近乎隐形的企业。

国家健康科技产业基地沿江路边的南方新元，从厂房外表来看并不起眼。作为较早落户国家健康科技产业基地的企业之一，南方新元已成为酶系列产品领域中的佼佼者。南方新元于 1991 年创立，1998 年签约落户国家健康科技产业基地，专注于小麦粉及谷物食品改良剂的研究、开发、制造和服务。2001 年，在国家健康科技产业基地投入近 2000 万元建设新厂，扩大生产规模。2003 年，南方新元新址在国家健康科技产业基地正式落成，同时，公司在新址投入生产。这为国家健康科技产业基地生物工程类产品生产和销售增添了一支新力量。

目前，全球酶产业相关市场前景广阔。然而，生物酶产业核心技术专利一直掌握在欧美少数几个国家手中，而工业分子酶是被进口"卡脖子"的关键技术领域。南方新元一直重视生物酶的技术研发，并于 2013 年起联合美国科学家投资开发生物酶系列产品，建立了大分子表达体系。拥有中美双研发和双生产基地的南方新元，也是业内能实现脂肪氧化酶量产的企业。在"2023 第 25 届中国国际焙烤展创新产品奖"评选活动中，南方新元的产品"脂肪酶（脂肪氧化酶）"，在数百款申报产品中脱颖而出，荣登榜单。

与南方新元一路之隔的，是中山市生科试剂仪器有限公司。生科试剂成立于 1999 年，2001 年落户国家健康科技产业基地。中山市美捷时喷雾阀有限公司自 2001 年落户国家健康科技产业基地以来，一步步实现了从"中国最大的喷雾阀生产基地"到"全球最大的分配生产中心"的跨越。

二、月均招引 1.25 家企业

2002 年，火炬高新区贯彻市委、市政府"三个进一步提高"和"两个增强"的工作方略，提出拓宽招商引资领域的坚持"四个为主"：以招引跨国公司、大企业集团为主，以招引技术含量高、资金密集型企业为主，以招引龙头企业为主，以招引高效益、纳税多的企业为主。

同年 2 月 28 日，国家健康科技产业基地有关人员赴欧洲招商，与德中友好协会和 IBC 展览公司合作，在德国法兰克福召开推介会，与 1000

多家生物制药企业建立联系，邀请11个国家的150多家生物制药企业参会。4月，国家健康科技产业基地与韩国相关机构在首尔签约，在新药开发、人才交流、技术转让等多方面建立合作关系。5月，日本制药企业参观团到国家健康科技产业基地参观。8月，由国家健康科技产业基地举办的首届中国中山（国际）保健品博览会在火炬国际会展中心开幕，来自法国、加拿大、日本、韩国等国家和地区的近200家企业参展。

2002年，国家健康科技产业基地加快"走出去"招商的步伐。通过"走出去""引进来"，不仅吸引了一批项目入驻，还进一步扩大了国家健康科技产业基地在国际上的影响力。据统计，2002年全年，国家健康科技产业基地引进了广东九州通、广东欧亚包装有限公司（简称"欧亚包装"）等15个项目，月均招引1.25家企业落地，是园区自1994年创办以来取得的历史最好的招商成绩。

这批落地的项目，已成长为国家健康科技产业基地的重要骨干企业，有些已在行业内处于领军地位。

广东九州通、欧亚包装等企业，是当年招引的重点企业代表。

广东九州通是上市公司九州通医药集团股份有限公司的全资子公司、华南总部。当初，国家健康科技产业基地负责人远赴武汉登门拜访九州通集团总部时，湖北九州通完成了在华中、华东、华北、西北、西南等区域布点后，正在计划建设华南基地，进军港澳市场，进而向海外市场扩张。国家健康科技产业基地的地理位置和招商诚意，让双方一拍即合，迅速达成合作框架。2002年中山"3·28"招商经贸洽谈会上，双方进行项目签约，之后立即投入项目建设。广东九州通于2003年2月12日建成开业。建成营业半年后，公司负责人感言：当初九州通在中山设立基地，一是看到国家健康科技产业基地地处改革开放前沿，当地政府支持企业的态度非常明确，适应市场经济发展的管理体制、市场机制、人才机制等，能为企业构筑很好的发展平台；二是因为中山医药产业具有一定的聚集效应，在生产、流通、交通等方面具有比较优势。企业进驻

2020 年的广东九州通（林家裕／摄）

健康基地后发展很不错。

扎根国家健康科技产业基地以来，广东九州通如鱼得水。早在 2009 年 9 月，广东九州通就启动了"关灯无人智能仓"项目建设。这个"关灯无人智能仓"具有空间利用率高、速度快、节能、准确、智能化程度高等特点，是中山企业较早向数字化、智能化转型升级的典型。

在国家健康科技产业基地园区康泰路上有一幢外墙呈金黄色的工厂，颇引人注目。这是欧亚包装一期厂房。欧亚包装在中国铝罐界颇具知名度，其合作伙伴覆盖云南白药、中国完美等国内知名企业，产品远销中东、欧美和东南亚等地区。

欧亚包装的历史可以追溯至 20 世纪 90 年代创立于广东汕头的潮阳市欧亚铝罐工业有限公司。2002 年，欧亚包装收购法国普基集团在中国的铝罐业务，将西博尔（中山）有限公司两条全自动铝气雾罐生产线收入囊中，并以此为契机将工厂从岐江河边整体搬到国家健康科技产业基地，设立欧亚包装（中山）有限公司。当时的法国普基集团是一家大型跨国公司，欧亚包装作为一家民营企业收购一家大型外资企业，在当时引起经济界的广泛关注，一时成为"蛇吞象"并购的经典案例。落户国家健康科技产业基地后，欧亚包装的企业规模不断壮大。

三、应对"非典"考验

2003 年，国家健康科技产业基地迎来发展史上的第十个年头。这一年也面临着"非典"的考验。在"非典"的影响下，产业发展与人类健康、社会发展的关系被提上议程。

2003 年，应对"非典"疫情对经济和社会环境带来的影响，火炬高新区坚持"四个树立"。在"树立发展是第一要务的思想，高度统一对加快发展的共识"中，火炬高新区提出，为降低"非典"对招商工作的影响，领导带头走出去招商，动员机关干部和全社会招商，先后派出 20 批招商人员到境外，把客商请到无"非典"区洽谈项目。同时，集中资金完善园区基础设施建设，改善投资环境，进一步加快健康基地二、三期等建设，促进一批企业落户。而园区企业响应政府号召，发挥健康医药企业的优势，积极抗击"非典"。截至 2003 年 4 月，国家健康科技产业基地引进的企业包括德国默克雅柏药业（中国）有限公司、辉凌制药（中国）有限公司等医药生产企业 45 家，广东九州通、三才医药公司、中智药业等医药贸易企业八家，以及研发机构若干家。

在相当一部分企业展开以知识产权为核心的创品牌活动的同时，国家健康科技产业基地的产业集聚优势还吸引了越来越多的科研教育机构的加盟。中山大学药物研究开发中心、中山大学博士后工作站等十多家医药科研单位进驻国家健康科技产业基地，聚集了具有独立知识产权的核心技术和创新项目。

2003 年 3 月，中山市医药行业协会成立。协会由全市从事化学药品原药制造业，化学药品制剂制造业，中药材及中成药加工业，生物制品业（包括疫苗、菌类等的生产），医疗器械制造业，医用包装材料制造业，药品批发等企业，相关社团组织和医药研究人员等有关人士组成。

2003 年 5 月，由中山大学药物研究开发中心、国家健康科技产业基地中山市维健生物技术有限公司研制的全国首个防"非典"间接传播药械"隐形手套"获政府批准生产。首批价值约 10 万元的 3000 对隐形手套被送往北京。

这一年，国家健康科技产业基地还承办了国际中西药论坛等多个论坛。国家健康科技产业基地已形成了一条从研发、临床试验、新药申报到原料供应、成品生产、包装，再到市场推广的产业链。

业内人士认为，医药行业从研发、生产到销售，产业链各部分的企业都能在国家健康科技产业基地找到合适的发展土壤。园区进入快速发展阶段，面对产业环境和增长方式的变化，开始寻求新的战略思路和发展规划。

国家健康科技产业基地在 2003 年金秋十月邀请国内生物医药产业专家召开"国家健康科技产业基地发展研讨会"。与会人员是来自行业主管部门的领导和生物医药产业研究、资本运营等领域的权威人士。这次研讨会上，专家对调整健康基地发展思路，修订战略发展规划、国家健康科技产业基地体制、机制改革和资本运作等方面提出了建议方案。

四、请来行业"领军人物"

招商引资中的"头雁"作用十分重要，特别是园区建设的起步阶段，若能引进行业领军人物或龙头企业，将对园区产业和人才的集聚效应形成带来重要的推动作用。2000 年以来，国家健康科技产业基地在招商引资上，形成了招引"头部"，带动产业上下游集聚的思路。

在 20 世纪 90 年代，广东医药界有两个"先"颇具知名度，其中之一是珠海丽珠集团创始人徐孝先。当时，国家健康科技产业基地的招商工作计划是先把两个"先"引入园区，从而提高园区的知名度、影响力，带来产业集聚。经过多方努力，国家健康科技产业基地招商工作人员找到了徐孝先，并用真情打动了这位医药界的前辈。

2003年6月19日，国家健康科技产业基地举行八项工程奠基仪式、九个项目签约仪式。[①]同年7月15日，安士制药（中山）有限公司（简称"安士制药"）落户国家健康科技产业基地。

21世纪初，来到珠海市，问起知名企业，很多人会提到"丽珠"。丽珠医药集团股份有限公司创建于1985年1月，是集医药研发、生产、销售于一体的综合医药集团公司，也是珠海健康医药行业的一颗亮丽明珠。而来到"丽珠"，人们首先提到的是他们的董事长徐孝先，说他带领一帮弄潮儿，托起了"丽珠"。

徐孝先是资深的"医药人"，他曾在中华人民共和国成立初期于广州成立的国家医药局任厂长，后又任广东制药工业公司副经理，之后到珠海经济特区建立丽珠医药集团股份有限公司，历任公司总裁、董事长、党委书记等职务。

2003年离开丽珠集团时，年逾六旬的徐孝先来到国家健康科技产业基地考察。国家健康科技产业基地有很好的服务软环境，提供优越的招商条件，加上基地领导的重视，让他又一次心动。作为"老医药人"的徐孝先，选择在国家健康科技产业基地创建安士制药（中山）有限公司，定位为外向型的国际化处方药生产基地。徐孝先决定要在医药行业再大干一番。在他看来，选择在国家健康科技产业基地落户，就是看中基地产业化的发展特点和全方位的服务理念。2003年9月，安士制药注册成立；2004年2月，安士制药生产基地正式动工，在火炬高新区和国家健康科技产业基地的大力支持下，一年后就完成了建筑面积1.3万多平方

---

① 中共中山火炬高技术产业开发区党史研究室编：《中共中山火炬高技术产业开发区工作委员会大事记（1990—2014）》，广东人民出版社2016年版，第62页。

2023 年的安士集团厂区（谭华健／摄）

米的厂房建设，包括处方药口服制剂车间、冻干粉针车间、口服固定制剂包装车间、口服固定制剂生产车间及国际化标准实验室、检验室，通过 GMP 检证后，逐步投入生产。

在 2008 年 10 月广东省举办的食品（医药）行业改革开放 30 年总结表彰会上，中山有九家企业获"广东省食品行业突出贡献奖"。安士制药（中山）有限公司执行董事长徐孝先获得"广东省医药行业风云人物"称号。

"我是 2009 年从广东一家医药集团公司到安士集团的，进入安士集团的初衷是将处方药打入美国市场。当时，敢走国际化之路的药企凤毛麟角，可以说安士集团是第一批吃螃蟹的人。"安士集团研发团队带头人、副总经理邱科先说。据他介绍，制剂国际化首先要建立与国际接轨的质量体系、研发体系，此外，生产、厂房设施及相关管理也要与国际接轨，难度很大。经过多年摸索，安士集团现已形成一套具备自身特色的研发体系及质量、生产管理体系，聚集了一批志同道合的研发人员，研发效率不断攀升。随着研发投入及人才引进力度的不断加大，安士集团还建立了广东省工程技术研究中心、省企业技术中心等平台。公司研发方向聚焦肝胆类、抗精神类及抗感染类、骨健康三大类的细分领域，研发有复杂性、门槛高的制剂，在某些细分领域形成引领，使公司保持持续的竞争力，驶向发展"蓝海"。

如今，崭新的安士集团大厦屹立在横门水道旁、永春滨江公园西端，颇为大气。工厂背后是三洲山，门前是横门水道，隔壁是中山港货运码头。坐在办公室，透过大玻璃窗，可见绿草茵茵的长堤、开阔的江面，风景优美，令人神清气爽。徐孝先曾笑言："健康基地当时把靠近江边的最好的一块土地给了安士，所以安士也要好好地发展下去，进一步做大。"

五、"选择健康基地是明智的"

在国家健康科技产业基地园区，中山未名海济生物医药有限公司（简称"未名海济"）和中山百灵生物技术股份有限公司（简称"百灵生物"）是两个斜对门的"邻居"，两家企业都于 2004 年入驻园区，并经过近 20 年的成长，成为行业内的知名企业。

未名海济是一家拥有自主知识产权的基因工程生物制药企业，致力于生物制品的研发、生产及销售。公司现主导产品为注射用重组人生长激素，属于基因重组蛋白类药物，为国家二类新药，应用于因内源性生长激素缺乏所造成的儿童生长缓慢等多个治疗领域。

生物医药产品附加值高，但同时带有高投入、高技术、高风险、周期长的特点。一种药品的成功率通常只有 5%-10%，药品要经历实验室研究，中试生产，临床试验（I、II、III 期），药证审批，规模化生产等较长的周期，成果转化的时间长达十年左右，且成功的概率并不高。

对"漫长"二字，未名海济人深有体会。早在 1993 年，注射用基因重组人生长激素由上海细胞所构建并研发。长达八年的时间里，注射用基因重组人生长激素进入了漫长的研发及临床研究阶段。2001 年，未名海济获得国家食品药品监督管理局批复的注射用重组人生长激素新药证书。次年，用于治疗儿童生长障碍的药物——"海之元"冻干粉针剂正式面世。

2004年，创始人从上海张江高科技园区来到国家健康科技产业基地，创立中山海济医药生物工程股份有限公司（未名海济原名）。这是国家健康科技产业基地首个基因工程生物制药企业。这家公司的前身是上海海济医药生物工程有限公司。公司落户国家健康科技产业基地后，用了约一年的时间，于2005年7月完成现代化厂区的整体建设，并正式投产。正式投产运营的当年就实现了骄人的经营业绩，成为中国生物制药业的后起之秀。现任公司副总经理于占东回忆时说，他们最早是在上海研发，后来带着研发成果在国家健康科技产业基地购建厂房，进行成果转化。他说："2004年，很多省会城市的生物医药产业还是一片空白，国人对于基因工程制药的概念还不太清晰，中山拥有国家健康科技产业基地，园区对于生物医药行业的认知比较深入，为了实现长远发展的目标，我们来到中山建厂，时间证明，当时海济选择中山是明智的。"

2005年，厂房正式投产标志着进入产品产业化的阶段。但直到十年后的2015年，未名海济才迎来发展史上的关键转折点。2015年，在国家健康科技产业基地牵线搭桥下，海济生物被北大未名集团并购，成为未名海济。在北大未名集团的帮助下，企业的研发、销售及综合管理能力逐步提高。公司在2016年实现扭亏为盈，走上高速发展的新轨道。

2017年，未名海济获批组建"广东省生物制药（未名海济）工程技术研究中心"，重点开展基因工程新药、生长激素新剂型和新适应证的研发。2018年其销售额首次突破一亿元。此后，产品行销东南亚、南美等多个国家和地区，经营业绩、产值及销售额每年增长超过30%，在生长激素细分"赛道"跑出加速度。2019年1月20日，未名海济举行新研发生产综合大楼落成典礼暨启动仪式。未名海济新综合大楼集研发实验室、检测实验室、中试线和大规模生产线于一体，具备研发、中试、商业化生产、检验实验室和仓储等功能。

生长激素细分赛道竞争非常激烈，到2021年时，国内获批生产及销售注射用重组人生长激素的企业共计七家，其中国产四家，包括安科生物、金赛药业、未名海济、联合赛尔；进口三家，包括诺和诺德、LG生命科学、辉瑞。专家预测，未来，生长激素的主要研发趋势为长效剂型，长效重组人生长激素或将占据大部分的市场份额。2022年，全球处于临床在研状态的长效生长激素药物生产企业有11家，未名海济也位列其中。

"海济刚来健康基地时，工厂周边还有很多空地，有一种孤独感，那时园区健康医药类企业不多，生物医药类企业更少，自2012年康方生物落户以来，带动了一批生物医药类上下游企业集聚，健康产业发展氛围日渐浓厚，大家有了更多交流与合作的机会，这样对产业的发展非常有帮助。"于占东有时会打开窗户眺望园区，发出感叹。

2013年，于占东加盟未名海济，此时是未名海济爆发式增长的"前夜"。十多年来，他不仅见证了未名海济的发展，也目睹了国家健康科技产业基地甚至是中山健康产业的大跨越发展。

同在2004年，百灵生物入驻国家健康科技产业基地。企业致力于胆酸类原料药、高纯度动植物提取物、化妆品原料及食品添加剂等产品研发与生产，是国内胆酸类产品行业的佼佼者。其致力于高纯度动植物提取物、原料药、化妆品原料及食品添加剂等产品研发与生产，主导产品熊去氧胆酸原料药，市场份额居国内首位、世界第二。

百灵生物扎根园区，依靠科技和人才走出一条创新之路。2013年，百灵生物被评为广东省动物药用成分工程技术研究中心，2015年成功通过了熊去氧胆酸的新版GMP认证。2016年，公司引进以张广明博士为带头人的"胆酸类药物研发及产业化团队"，使用生物酶法替代传统化学法工业化生产熊去氧胆酸产品。团队的引入，优化了公司产品结构，研究合成胆酸类创新药及高端仿制药；同时为保证质量，摸索创新了胆酸类活性物质的中控及产品质量研究方法。2018年5月，公司被认定为广东省省级企业技术中心，2019年8月取得欧盟CEP证书。

2020年"中山人才节"上，百灵生物"胆酸类药物研发及产业化团队"成为中山市首批"企业优秀创新创业团队"。团队的引进，大幅提升了公司的创新研发能力和市场竞争力。团队核心成员感言："从上海来到中山，加入团队参与研发，见证研发成果推出市场并取得很大的市场价值，感受到了自身的价值。在中山，我们找到了自己的价值。"

第三节　本土企业"飞"至园区续写传奇

20世纪90年代末，一批集聚在中山岐江河边青溪路、凤鸣路一带的地方国有企业陆续进行企业转制。2000年以来，国家健康科技产业基地成为本土健康食品、医药类企业进行扩容发展的"不二选择"。

咀香园健康食品（中山）有限公司（简称"咀香园"）、广东美味鲜调味食品有限公司（简称"美味鲜"）、广东三才医药集团有限公司（简称"三才医药"）、中山市中智药业集团有限公司（简称"中智药业"）、中山市天天动物保健科技有限公司（简称"天天动物"）等企业纷纷选择国家健康科技产业基地发展，并成为早期推动中山经济由"沿江经济"向"沿海经济"新跨越的主力军之一。

一、食品企业沿江布局

在国家健康科技产业基地沿江路的北边，靠近横门水道南岸大堤畔，咀香园健康食品（中山）有限公司和广东美味鲜调味食品有限公司两家中山本土食品、调味品企业熠熠生辉。

2001年11月23日，咀香园在国家健康科技产业基地举行奠基典礼，两年后在国家健康科技产业基地举行新厂房落成庆典暨咀香园2003年名优月饼展示联谊会。咀香园始创于1918年（《中山市志》记载），是中山少有的经历百年无断代传承的金字招牌，是集开发、生产、加工、销售、专卖连锁、旅游观光、科普教育于一体的现代化食品制造企业。2003年，走过85年历程的咀香园，全面完成了从老字号向现代化龙头食品企业的质的跨越。位于国家健康科技产业基地的新咀香园，厂房面积是过去的5倍，车间完全按照 GMP 标准设计，其中 80 多米长的现代化月饼生产线，是当时国内长度数一数二的月饼生产线之一。有了新工厂，咀香园开始尝试进行数字化转型升级。

谈到当年的选址，咀香园董事、首席技术官张延杰坦言："来健康基地之前，公司高层去过市内的港口、南下等多个地方考察选址，最终还是看中了国家健康科技产业基地。这一决定，对咀香园可持续发展起到了关键性的作用。"

入驻国家健康科技产业基地后，作为"老字号"的咀香园迎来腾飞。利用现代化的厂房空间，咀香园加大创新发展步伐，持续增强"老字号"发展的动力。其先后与华南理工大学、江南大学、广东省农业科学院、长春理工大学中山研究院等多家高校、研究机构建立产学研合作关系，组建"食品科学与技术国家重点实验室分室"、咀香园企业博士后科研工作站、广东省焙烤食品工程技术研发中心等"一室、两站、三平台、四基地"的科技创新平台，打造焙烤行业科技公共服务平台，促进传统烘焙食品的产业升级。

早在 2004 年，咀香园就创建了工业旅游项目，把食品文化融入旅游文化之中。2012 年成为中山市首家"国家 AAA 级工业旅游景区"。2022 年，咀香园逆势拓展，投入近千万元引入自动化设备、理料线、十万级车间，进行技改升级，同时投入 3000 多万元建设二期厂房，提高生产效能，满足市场需求。同时，为全面提升景区工业产业竞争优势，提升品牌知名度，咀香园决定打造以"饼文化"为主的"咀香园饼文化博览馆"及园区升级改造建设项目。2023 年 5 月 1 日，咀香园饼文化博览馆正式开馆。在这里，游客可以了解咀香园饼文化和体验百年非遗工艺。

与咀香园一路之隔的广东美味鲜调味食品有限公司也是从石岐岐江河边搬至国家健康科技产业基地的。

美味鲜起源于清末民初的香山酱园,中华人民共和国成立后,国家对私营工商业实行社会主义改造,企业经营国有化。石岐大大小小的十来家酱园在 1956 年实行公私合营,起名为公私合营石岐酱料厂。1958 年改为地方国营石岐酱料厂。石岐酱料厂在 20 世纪 60 年代至 70 年代末期,经历过数次整合,工艺、设备多次改革,逐步进入半机械化生产阶段。1989 年,按照中山市政府的统一部署,石岐酱料厂正式更名为"中山市美味鲜食品总厂"。2000 年 6 月,中山市美味鲜食品总厂转制为上市公司——中山火炬高新技术实业股份有限公司〔2001 年名称变更为中炬高新技术实业(集团)股份有限公司〕的全资控股公司。从 2001 年开始,美味鲜开始实施品牌升级战略,着力开发高品质的新产品,并推出了"厨邦"系列酱油。

2005 年,美味鲜选择在国家健康科技产业基地横门水道边建设新生产基地,进行技改扩产。2006 年 10 月,美味鲜厨邦分厂酿出第一罐酱油,这是美味鲜 20 万吨扩产项目首期工程首次放油。为了更好融入高质量发展的浪潮,美味鲜先后建立了省级企业技术中心、国家认可实验室、省级工程中心、微生物技术国家重点实验室美味鲜中山联合实验室、博士后创新实践基地、发酵调味品协同创新中心等创新平台。通过上述平台先后开展系列产学研项目的研究,率先在行业内掌握了酱油渣处理的核心技术。2015 年 1 月,其国家 AAA 级旅游景区——厨邦酱油文化博览馆建成并对外开放。这是美味鲜酱油文化的一块金字招牌,承担了对酱油文化科普与传承的责任,也是宣传普及食品安全知识的阵地。

二、"老企"发"新枝"

自 2001 年以来,广东石岐制药厂、中山市中药厂、小榄制药厂等一批中山早期制药企业,先后通过改制、改组等方式,变成现代化的医药企业集团,相继迁入国家健康科技产业基地,实现快速发展,续写新的传奇。

与咀香园、美味鲜两家企业一样，中智药业和三才医药有着相同的发展背景，也几乎是在同一时期进驻国家健康科技产业基地的，新建的工厂同处于基地泰康路，也是相邻在一起。

1998 年，广东石岐制药厂连同中山市医药联合总公司下属企业中山市医药公司、中山市医药联合总公司经营部、中山市药品供应公司等联合转制创建广东三才医药集团。1999 年 1 月 21 日，三才医药集团在石岐制药厂举行成立典礼。转制后的三才医药成为一个集科研、生产、销售、物流、零售终端等于一体的现代化医药集团，旗下拥有广东三才石岐制药有限公司等多家企业。

2001 年 5 月，广东三才石岐制药厂签约落户国家健康科技产业基地。同年 12 月 3 日，举行新厂建设奠基典礼。2002 年新厂开始建设，2003年新厂 GMP 大楼封顶，2004 年成立企业技术中心，2005 年 2 月升格为广东三才医药集团有限公司。

三才医药的新厂房高起点设计和规划，引进国内外先进的生产线和设备，综合考虑绿色环保、现代物流等因素，致力从技术、工艺、人才、管理等各方面进行升级。新厂采取先通过国家 GMP 认证，然后再通过美国、欧盟 GMP 认证的方式，在做好国内市场的同时，将来还可以走出国门，实现产品出口。新厂房在生产环节引进智能设备替代人工操作，尤其在质量、生产最重要的环节使用智能设备，减少人为出错，增强标准化和规范化操作。2008 年，三才医药全面启动 ERP 系统，实现集成化、信息化管理。这些举措为三才医药的发展提供了新动能。

"弘扬中医药文化、复兴中医药产业"，这是位于国家健康科技产业基地泰康路中智药业集团新大楼上的一句宣传语，也是中智药业发展的新使命。

当国家健康科技产业基地走过近六年的发展后，中智药业创始人赖智填决定在国家健康科技产业基地设立中智药业生产基地，开启中智药业崭新的一页。2001 年 3 月，中智药业落户国家健康科技产业基地。

中智药业创办于 1993 年，其成立的时间与国家健康科技产业基地相仿。入驻国家健康科技产业基地时，中智药业进入发展的第八年，对创新发展有着更强的需求。中医药的传承创新决定着产业未来。2003 年，中智药业建立了专家团队，组建中药破壁粉体研究室，开始从事细胞破壁技术研究。细胞破壁技术就是通过打破植物细胞壁，使其活性成分更好地被人体吸收的技术。中药破壁饮片是对传统中药饮片标准化的系统创新，将传统中药饮片的安全性、有效性、稳定性和可控性提高到了符合现代药品的技术要求。这一年后来也被称为中智药业转型升级"元年"。

2006 年，广东省委、省政府提出建设中医药强省的目标。这让中智药业更加坚定了要走创新之路。2008 年，国务院出台政策，让广东省在中医药发展方面先行先试，中智药业又抓住了这次机会实现快速升级。2011 年，历经多年技术攻关的破壁草本成功面市。2013 年，国家提出发展"大健康"产业，系列产业政策出台，让已具备技术实力的中智药业如鱼得水。2014 年，中智药业获得国家中医药管理局批准组建"国家中医药管理局中药破壁饮片技术与应用重点研究室"。2015 年 3 月，国家中医药管理局中药破壁饮片技术与应用重点研究室与澳门科技大学中药

中智药业厂房

质量研究国家重点实验室合作创建"联合实验室"。

"有了国家级科研平台就能够吸引更多人才，有了人才就可以继续研究，特别是行业知名科学家愿意到这个国家平台来做中医药创新。"赖智填说，有了国家平台之后，中医药研发力度更大了。

中医药的传承与创新离不开人才。在中智药业还流传着一个"五顾'茅庐'请贤，中药'破壁'前行"的故事。中智药业总工程师、国家中医药管理局中药破壁饮片技术与应用重点研究室主任成金乐与中智药业董事长赖智填的故事，成为中智药业引才的一段佳话。1982 年，成金乐毕业于湖北中医学院，来中智药业之前，是湖北一家医院的主任药师。2003 年，经人介绍，赖智填认识了成金乐。在赖智填五次登门拜访之后，成金乐决定加入中智药业，并成为破壁草本技术研发带头人，带领团队开启技术攻关的漫漫长路。经过十余年的努力，中智药业的破壁中药项目，先后获得了国家火炬计划立项、国家发明专利技术授权和行业标准的制定等丰硕成果。

成金乐坦言："之所以能来中智，而且能发挥自己的才能，首先缘于公司创始人对中医药事业的热爱和执著，这样才会吸引专业人才。"

志同道合使得赖智填与成金乐聚到一起，走上了中医药创新之路。

与中智药业现厂房一路之隔，一幢标有"草晶华"三个大字的现代化厂房十分气派。2019 年 7 月，集团下属的中山市中智中药饮片有限公司两个新车间获得 GMP 证书。国家重点实验室加上智能化的生产车间，中智药业正加速打通中医药产业化、现代化、国际化的中医药守正创新之路。

在国家健康科技产业基地 20 多年的发展中，中智药业已成为集中成药、中药饮片、食品科研、生产、销售及药品零售连锁于一体的大型医药工贸企业，拥有多个中药材定点采购基地，药品生产经营产业链完善。公司在 2021 年度中国中药企业 100 强中排名第 68 位。2022 年 7 月，国家知识产权局下发第二十三届中国专利奖奖牌和证书，中智药业首创的

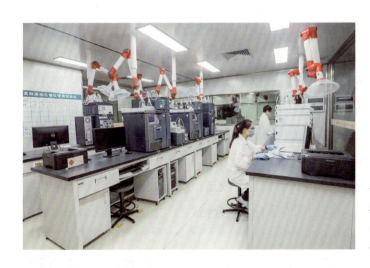

2017 年的中智国家中医药管理局中药破壁饮片技术与应用重点研究室

"一种无添加中药材破壁粉颗粒制剂的制备方法"获中国专利银奖，引发业界广泛关注。

2023 年 2 月，中智药业全资子公司——中山市恒生药业有限公司（简称"恒生药业"）在国家健康科技产业基地园区购地新建生产基地。恒生药业的前身是中山市的一家老药厂。1969 年，中山诞生了"石岐中区化工制药厂"。1984 年改称"中山市中药厂"。2000 年，中山市中药厂按照国家 GMP 规范易地改造要求，在中山市西区广丰工业大道新建生产基地，并最终变更为"中山市恒生药业有限公司"。2007 年 6 月，中山本土医药龙头企业中智药业全资收购恒生药业，恒生药业加入中智大家庭。恒生药业新建项目将打造现代中成药生产基地，建设内容包括智能化中药提取车间，自动化制剂车间，智能化自动仓储、数据化检测大楼。恒生药业扩产项目建成后，计划将现有 59 种中成药处方药、OTC 品种集聚在国家健康科技产业基地实现产业化，有利于中药产业向火炬高新区集聚发展。

"对于中智来说，可以借助'双区'驱动，抢抓机遇，守正创新，在中医药产业路上走得更好更快。"赖智填说，五千多年来，中医药一直福荫着中华民族，这么好的中医药宝库，可以通过粤港澳大湾区、"一带一路"，把优秀的草本，带到全世界各地，这也是中智药业的梦想。

中山生物工程有限公司是一家与火炬高新区几乎同龄的体外诊断试剂企业。1990年9月14日，卫生部批复了关于中山医科大学（现并入中山大学）立项筹建中山生物试剂厂的报告，批准中山医科大学立项筹建生物试剂厂，主要生产血型系列等单克隆抗体诊断试剂。这份批复报告指出："你校在筹建'生物试剂厂'期间，按照我国'药品生产质量规范'要求，对生产车间进行设计、改造；要建立健全生产和质量管理体系。筹建完成后，再组织专家论证，合格后按《药品管理法》的规定，发给药品生产企业许可证。"

1991年5月18日，中山医科大学科研处向广东省高等教育局写去报告，内容如下：我校"血型系列单克隆抗体"的生产制备已列入1990年国家火炬计划，为保证该项火炬计划的实施，中山医科大学与中山火炬高技术产业开发区总公司决定在中山火炬高技术产业开发区内联合开办"中山生物工程有限公司"。公司主管单位是中山医科大学，挂靠中山火炬高技术产业开发总公司。

1991年7月3日，中山医科大学与中炬高新技术实业（集团）股份有限公司联合创办"中山市中山生物工程公司"。1992年，中山生物公司正式投产并首次被认定为高新技术企业，这也是我国最早认定的一批国家高新技术企业。1998年10月，更名为"中山市中山生物工程有限公司"。2001年6月，公司董事会决定将公司名称更改为现用名"中山生物工程有限公司"。同年，首次通过国家药品GMP认证。2005年，中山生物工程有限公司新厂选址国家健康科技产业基地生物谷大道边，并进行新工厂奠基。同年被认定为广东省医疗器械工程研究中心。2006年，公司由原址"中山市火炬高新区沙边路5号"搬迁至现址"中山市火炬高新区国家健康科技产业基地生物谷大道1号"。2007年10月，公司与中山大学达安基因股份有限公司实现股权并购，成为中山大学达安基因股份有限公司的全资独立子公司。

2021年，中山生物全面进入体外诊断POCT（现场即时检测）领域。这一年，也是公司成立30周年。在中山生物《三十年激情跨越》的纪念册中写道：三十年的风雨与沧桑，三十年的求索与成长，中山生物从小到大、从弱到强，是国家级高新技术企业，完成多项国家重点科研项目，获得过国家、省、市、行业的多项奖励和荣誉。展望未来，生物行业前景光明，任重道远，机遇与挑战并存。

位于国家健康科技产业基地欧亚路的中山市天天动物保健科技有限公司颇有故事。这家企业源自1959年，是由当时全国三大兽药厂之一的国有企业——中山兽药厂于1983年创立，2001年改制而成，是专门从事动物保健品生产和经营的高新科技民营企业。改制后，公司选择在国家健康科技产业基地发展。2003年，其生产基地动工建设，2004年顺利通过GMP验收，2005年成立中山市动物医药工程技术研发中心，2006年成立中山市迪扬畜禽疾病研究所。扎根国家健康科技产业基地以来，天天动物已和华南农业大学、佛山科学技术学院、北京农业大学（现中国农业大学）等建立产学研平台。公司把产品研发的重点方向转向古老传统中医药与代表现代先进技术的生物技术结合，助力绿色养殖。

这批土生土长的中山企业，在"二次创业"的关键节点上，选择国家健康科技产业基地，在崭新的平台上，乘势而上。经过近20年的发展，这些企业都成为各自行业的佼佼者。

第四节　谋划更大的发展空间

《中国初级卫生保健》2004年1月第1期刊登了一篇以《蓬勃发展中的国家健康科技产业基地——中山健康科技产业基地介绍》为题的文章。文章总结了国家健康科技产业基地优质的一条龙服务、多层次的销售网络、完善科技创新条件打造基地核心竞争力等多个特点。

文中写道，当今世界，科学技术发展日新月异，市场竞争颇为激烈，能否提高效率、抢占先机成为企业生存发展的关键。为了完善投资软环境，国家健康科技产业基地建立了专业高效的服务队伍，为园区企业提供一条龙专业服务，包括提供法律法规咨询、土地购买、公司成立、证照申领、厂房设计和报建、厂房建设、GMP和GSP等认证、产品研发和报批、市场开拓、税务规划、科研资助、成果转让、科研资金申报、项目融资等全方位服务和协助，大大地减轻了企业许多繁杂的对外事务性工作的负担，使落户企业建设和产品经营成本显著降低。

2004年，国家健康科技产业基地成立十周年时，园区企业年总产值比上年增长了105%，产学研贸体系逐步完善，形成了一定的产业集群，凸显基地对知名企业的莫大吸引力。

2005年是国家健康科技产业基地的又一个收获年。这一年，北京星昊医药股份有限公司的子公司广东星昊药业有限公司入驻国家健康科技产业基地。星昊药业现已成为中山生物医药领域的龙头骨干企业。

2000—2005年，既是国家健康科技产业基地项目引进的第一次高峰期，也是科技创新的第一次高峰期。林霞、张少鹏曾在《广东科技》杂志发表《加强科技创新，打造中国健康谷——记中山国家健康科技产业基地》的文章。文章重点讲述了2000年以来，园区科技创新的重要举措。2002年底，国家健康科技产业基地在药物研究所的工作基础上，加大投入，创建国家健康科技产业基地研究院发展计划。该计划经过专家充分论证，并得到了省、市有关领导的肯定和支持。国家健康科技产业基地研究院的发展目标是建立医药产品研发的公共平台及其相应的配套服务体系，包括公共实验室、医药产品中试基地，在此基础上建立至少五个大学实验中心等。

这一时期，国家健康科技产业基地建设和完善了一批科技基础设施，专门成立了药物研究所，建设中试基地，负责国家健康科技产业基地科技创新工作的开展。2000—2005年，除了企业的"批量"入驻外，还有高校的赋能。2004年9月底，位于五桂山下的广东药学院中山校区举办开学典礼。广东药学院中山校区的开学对中山储备人才发展健康产业，以及企业开展产学研合作具有十分重要的意义。

2005 年开始，GMP 车间建设得到园区企业的高度重视。GMP（Good Manufacturing Practice of Medical Products）逐字译为"良好的药品生产标准"，我国称之为"药品生产质量管理规范"，是为确保药品质量万无一失，而对药品生产经营过程中影响质量的各种因素所规定的一系列基本要求。

在第一次世界大战期间，美国社会上出现了许多涉及食品和药品的不良行径，促使美国成立食品药品监督管理局（Food and Drug Administration，FDA）。食品药品监督管理局是美国国家级食品、药品质量监督机构。美国 FDA 在 1963 年颁布了世界上第一部 GMP。1969 年，世界卫生组织（WHO）在第二十二届年会上，建议各成员国药品生产均采用 GMP 制度，以确保药品质量和参加"国际贸易药品质量签证体制"。世界卫生组织提出的 GMP，是药品质量全面管理的一个重要部分，很多国家都各自制定了 GMP 制度，用于药品生产管理和质量管理。

实施 GMP 的目的是把影响药品质量的因素降到最低限度，保证药品安全、有效、稳定、优质。我国的 GMP，是由 1982 年中国医药工业公司制定的《药品生产管理规范（试行本）》开始的。于 1986 年修订，由国家医药管理局颁布执行。1988 年，卫生部颁布《药品生产质量管理规范》，于 1992 年第一次修订，1998 年第二次修订，2010 年又进行了修订。[①]

从全国来看，2005 年被称为医药业发展的"井喷年"。

《中国制药业发展战略》一书中提到，2005 年全国医药工业实现

---

① 王恒通、王桂芳主编：《药厂 GMP 应知应会》，中国医药科技出版社 2019 年版，第 34 页。

现价总产值 4508 亿元，比 2000 年增加 2637 亿元，2000—2005 年年均递增 19.2%。化学制药工业占中国医药行业的比重最大，2005 年中国化学制药工业完成现价总产值 2405.9 亿元，2000—2005 年年均递增 16.7%。①

2005 年，国家健康科技产业基地把自身纳入中山经济发展的快车道。在以原有园区建设为核心的基础上，重点打造科技含量高、更具规模的品牌园区，突出健康基地的产业特色。2005 年 6 月，国家健康科技产业基地赴美国旧金山举行招商会，以商引商，吸引了 300 多家企业、客商参加会议，反响强烈，80 多家与会企业表示愿意投资。同时，组建以基地人员为基础的招商队伍，面向全国招聘精英，加强对招商从业人员的业务培训和管理。训练有素的招商队伍为基地招商引资提供了强大的人才支撑。此外，还加大了基地的立体宣传力度，通过各种渠道进行全方位的推介，有力促进了国家健康科技产业基地招商工作的开展。

国家健康科技产业基地不仅引进好的企业和好的科研项目，还帮助企业提高核心竞争力，让企业在基地做大做强。国家健康科技产业基地重点加强与国内外高等院校和研发机构的交流与合作，设立博士后流动站、教学实习基地，帮助企业招聘、培训人才。吸引高等院校和海外留学生在基地设立研发机构，合作进行新产品研发。并相继建起了科技大楼和生物谷大厦，为企业和研究人员提供科研平台。国家健康科技产业基地还建立了中健药物研究所、中试基地、公共实验室，投入科创基金重点扶持科技含量高、产业化拉动大的项目。组织企业与企业之间、企业与国外研究机构之间的交流与合作，帮助企业了解和掌握世界最新的生物医药技术，引进风险投资和产业化资金，使科技成果迅速转化成产品并进入市场。

---

① 赵月华、刘忠良：《中国制药业发展战略》，吉林人民出版社 2009 年版，第 17 页。

到 2005 年 8 月，国家健康科技产业基地已完成一期 1.8 平方公里的开发建设，有德国默克药业、美捷时、三才医药、中智药业、咀香园、启泰中药、南方新元、腾骏动物药业、广东九州通医药等 30 多家企业、机构建成投产或营业。二期近 3 平方公里的用地已有生物谷大厦等企业建成，盈亮医疗器械等 30 多家企业在建。三期 2000 多亩正在开发中。

从 "1995—2005 年中山市国家健康科技产业基地工业经济指标统计表" 上可以分析出，11 年来国家健康科技产业基地产业招商和发展的情况：在项目招引方面，1997 年受到东南亚金融风暴的影响，合同利用外资有所下滑，并持续至 1999 年，连续三年处于低谷。1999 年，火炬高新区党工委、管委会印发《关于加快健康科技产业基地发展的决定》，将国家健康科技产业基地的发展摆到十分重要的位置。2000 年，国家健康科技产业基地的工业总产值、工业销售产值、合同利用外资均得到明显回升。2003 年虽然受到 "非典" 影响，但国家健康科技产业基地加大 "走出去" 招商力度，吸引了一批企业进驻，合同利用外资在前十年发展中处于最高峰。产能方面，到 2005 年时，随着之前引进的一批企业产能得到进一步释放，工业总产值、工业销售产值、税收等指标达到十年的最高峰。从 2000 年至 2005 年，火炬高新区健康产业每年的产值均实现翻一番。

《中山市志》提到，2005 年，中山市形成以国家健康科技产业基地为中心的医药制造产业集群，集合中西药、中成药、生物工程类、保健品、医疗器械、医药商贸等多种类型，形成从研发、临床试验、新药申报到原料供应、成品生产、包装，再到市场推广的产业链。全市医药制造业企业 35 家，其中医药制造业规模以上企业 15 家。[1] 至 2005 年，国家健康科技产业基地建成华南地区最大的药品物流配送中心——广东九州通

---

① 中山市志编纂委员会编：《中山市志 1979-2005（上册）》，广东人民出版社 2012 年版，第 632 页。

医药物流中心，引进三才医药、中智药业、德国默克雅柏药业、瑞士辉凌制药和美国安士等 120 家医药企业及广东省中山市食品药品检验所、中山大学药物研究开发中心、中山大学医学院博士后工作站等医药科研单位。①

2005 年，国家健康科技产业基地加快了园区建设步伐，在以现有园区建设为核心的基础上，重点打造科技含量高、更具规模的品牌园区，突出基地的产业特色。国家健康科技产业基地制定出跨越式的发展战略和发展目标：今后一个时期，产业园区将突破医药的单一概念，实施"大健康"的产业发展理念，朝着国际化、规范化的方向发展，逐步与国际接轨。

---

① 中山市志编纂委员会编：《中山市志 1979-2005（上册）》，广东人民出版社 2012 年版，第 632 页。

第五章

战略选择：向支柱产业跃升

中山东部毗邻港澳，与广州、深圳隔江相望，具有独特的地理位置。2006年3月1日，中山市委常委会（扩大）会议在火炬高新区召开。会议研究加快推进东部沿海整体开发工作，强调要把东部沿海开发成为增强中山综合竞争力的"支撑点"、优化提升产业结构的"切入点"、推进组团发展的"启动点"和建设"两个适宜"城市的"示范点"。

在《关于整体推进东部开发的建议（提纲）》中提到，东部开发必须发展优势产业。所谓优势产业，就是能够形成产业集群、大规模、高税收的现代制造业，能充分发挥区位优势的产业，成长空间大的产业。生物医药产业被列入优势产业中。在《中山火炬高技术产业开发区"十一五"经济社会发展规划（2006—2010）》中还特别提到要继续加快国家健康科技产业基地二期园区建设。

第一节　健康与发展中山论坛搭建新平台

2006年3月14日，第十届全国人民代表大会第四次会议批准《中华人民共和国国民经济和社会发展第十一个五年规划纲要》（简称"'十一五'规划"）。"十一五"规划提出，要加快发展高技术产业，按照产业集聚、规模发展和扩大国际合作的要求，加快促进高技术产业从加工装配为主向自主研发制造延伸，推进自主创新成果产业化，引导形成一批具有核心竞争力的先导产业、一批集聚效应突出的产业基地、一批跨国高技术企业和一批具有自主知识产权的知名品牌。在培育生物产业方面，要求发挥我国特有的生物资源优势和技术优势，面向健康、农业、环保、能源和材料等领域的重大需求，重点发展生物医药、生物农业、生物能源、生物制造。实施生物产业专项工程，努力实现生物产业关键技术和重要产品研制的新突破。

2006年是"十一五"规划实施的开局之年。此时，经过12年发展的国家健康科技产业基地已具备向创新寻求突破的产业基础，以及向更宽广的领域寻找资源的现实需求。中山作为"联合国人居奖"健康型城市和首批全国文明城市之一，优美的生态环境等与"人类健康与可持续发展"的主题不谋而合。健康与发展中山论坛的背后聚焦了产业、城市发展等诸多话题，为健康城市可持续发展提供了新思路。

一、"健康与发展"相结合

健康与发展中山论坛为何要选择在中山常设论坛？这得从2003年说起。

2003年，一场突如其来的"非典"让关心国内健康医药业发展的专家们认识到，健康产业的发展不仅是人们广为熟知的健康医药、医疗产业的发展，还应该更多地关注疾病，即关注医药与医疗向前和向后延伸的产业部分，其中包括健康维护、健康管理等，它们的"合二为一"才是完整的健康产业。

"真正让大家把健康与发展联系起来是2003年'非典'暴发，从那时开始，我们就与中山有关方面探索举办论坛的途径、议题等，最终决定举办健康与发展中山论坛。从论坛策划到举办足足有三年时间。"健康与发展中山论坛主要策划人之一的甘师俊回忆说。

2003 年 9 月，在中山举行的 21 世纪初级卫生保健论坛上，科技部、广东省科技厅、中山市政府及有关部门官员一起讨论，感到健康与发展是世界上最受关注的两个潮流，既不能脱离发展来谈健康，又不能脱离健康来谈发展，这引发了将健康与发展两个主题结合起来举办论坛的思考，并希望借助论坛推动发展。

甘师俊说："健康概念是我们一直在思考的问题。早在 1994 年国家健康科技产业基地创办时，我们就没有取名叫医药基地或生物医药基地，而是叫健康科技产业基地。当时隐约感到维护健康是产业发展的目的，发展健康产业是一份社会责任。"

只有完整的健康产业予以发展，才能够谈得起对人的生命全程的维护，健康产业的发展才具有价值意义。为更好地在全社会倡导以人为本的可持续发展模式和现代健康观念，推动健康产业和健康经济发展，提高全民身体素质和健康意识，最后确定由中山市人民政府与中国可持续发展研究会、中华医学会、中国城市规划学会、中国市长协会、中国农村卫生协会、中国健康促进与教育协会、世界中医药学会联合会、中国国际跨国公司研究会、中国太平洋经济合作全国委员会、中国医学装备协会、中国保健协会、中华预防医学会 12 家全国一级学会主办，火炬高新区、国家健康科技产业基地承办健康与发展中山论坛（简称"中山论坛"）。

谈到中山论坛缘何选择中山时，原卫生部副部长、健康与发展中山论坛原秘书长朱庆生也谈到，中山是中国民主革命先行者孙中山先生的诞生地，在海内外具有非常广泛的影响。改革开放以来，中山的经济发展和社会事业取得很大进步，经济社会协调方面做得非常好。中山又是最早的国家卫生城市之一，也是少有的获得"联合国人居奖"的城市，在国内具有典型意义。

朱庆生说，他多次到中山，创建卫生城市时就来过中山，在卫生部工作时也多次来中山，对中山留下了深刻的印象。中山的人文地理环境也决定了这座城市与海外华侨有着根与叶的联系，将中山论坛选择在中山，具有明显的地理优势，通过努力可以把论坛推向国际社会。

二、"中山论坛把握了最核心的东西"

"中山论坛探讨的话题比较广，始终扣住了'以人为本'这个最根本的东西。其实，一切东西都是从'人'的健康出发的，健康是最重要的，对于人来说，哪怕你是百万富翁、千万富翁、亿万富翁，如果没有健康就什么都没有了。从这点上讲，中山论坛把握了最核心的东西。"钟南山院士说道。

2006 年 11 月 6 日，中山论坛的各项筹备工作就绪。中国工程院院士、中华医学会会长钟南山来到中山论坛举办地——中山市。

钟南山此行的缘由是，中山论坛开幕日，他需要赴日本出席亚洲太平洋胸肺会议，因此，原计划在中山论坛上做的主旨演讲只能委托一位教授进行。但他领导的中华医学会是中山论坛联合主办单位之一，他对中山论坛寄予很高希望，期待中山论坛在关系人类健康的诸多问题上达成共识。于是，钟南山提前来到中山论坛举办地考察，并和媒体就公众关心的诸多问题展开对话。

《中山日报》对钟南山的此次中山之行以"焦点新闻"的形式做了一个整版报道。[①] 文中写道：

> 钟南山通过考察之后才发现与原来思考的有些不一样，以前以为中山论坛主要谈健康，现在知道中山论坛议题还包括了健康科技产业、健康城市理念等许多内容，感觉中山论坛已跳出了健康理念，

---

① 文智诚、谭华健、程明盛：《中山论坛：钟南山提前开讲》，载《中山日报》，2006 年 11 月 7 日 A3 版。

话题涉及药品、保健产品、健康城市、健康社区等概念。

对于可持续发展，钟南山认为主要从三个方面考虑。一是经济环境。有了好的经济环境，才会有更多人来投资，来这个地方共同发展。二是社会人文环境，比如安全性，必须是适合人类发展的。第三是具有健康的生存环境。比如 SARS 对人类造成威胁，生存环境受到影响。从这三个方面来说，国家健康科技产业基地就不仅仅是关注健康科技

2006 年 11 月 7 日《中山日报》对钟南山中山之行的报道

产业，不仅仅是关注产值的增加，不仅仅是注重物质的东西，还要关注更多精神的东西。如何营造一个健康的、生态的环境是非常重要的。健康城市的建设不仅仅是规划等工作，还需要做更多的研究。

钟南山认为，中山论坛应在公众中建立一个健康的科技平台，对"健康硅谷"的评价不单是看经济效益，还要看社会效益，不能以经济指标作为唯一的衡量标准，而应考虑人文的因素。以中山论坛这个平台作为依托，提供一些新的理念给政府做参考。

在钟南山看来，从医学的角度来说，健康不仅仅是医药，还有健康心理、环境等多个领域的研究。钟南山建议，中山论坛最好每期设定一两个专题，从更细的角度进行交流，还需要邀请更多的国际性专家，让国内、国际上很多经验丰富的人士参与进来，增强中山论坛的影响力。中山经济条件好，是一个经济发展较快的城市，应为发展中国家如何营造一个健康、可持续发展的环境提供一个样本。

三、发表《健康与发展中山宣言》

对国家健康科技产业基地来说，2006年是"论坛年"。这一年从年头到年尾，国家健康科技产业基地上下紧紧围绕"健康与发展中山论坛"的召开展开工作。当年5月18日，"健康与发展中山论坛"新闻发布会在北京人民大会堂广东厅召开。来自卫生部、科技部、国家中医药局、国家食品药品监督管理局等部门和中山市人民政府的官员、专家，以及从事健康产品及健康服务的企业家代表等参会。

新闻发布会上，论坛组委会主任表示，"健康与发展中山论坛"旨在创建健康城市和健康社区，倡导"健康强国"；推动健康经济和健康产业迅速发展；弘扬中国传统健康文化和现代健康观念；搭建中国健康城市与健康经济国际交流与合作的平台。作为大会的主办方代表，中国可持续发展研究会负责人表示，希望能将"健康与发展中山论坛"办成常设性的国际性专业论坛，更好地在全社会倡导以人为本的可持续发展模式，寻求中国健康事业发展的正确路径，并为之提供一个持续实践和探索创新的公共平台。论坛也将为中国经济、社会发展过程中与健康相关的公共政策汇集知识、人才、观点和实证经验，为中国医疗卫生体制整体改革建言献策，并力求利用自身的影响力，带动健康产业和健康经济的全面快速发展。

这次大会吸引了各大媒体的关注并报道，"健康与发展中山论坛"开始走进人们的视野。半年后，论坛"来"到伟人故里——中山市。

"健康与发展是人类共同的理想。为了倡导现代健康理念，促进经济社会和人类健康的可持续发展，加强国际交流与合作，我们，首届'健康与发展中山论坛'的参与者，集聚于中国民主革命先行者孙中山先生的故乡——广东省中山市，通过公共论坛，达成广泛共识，发表《健康与发展中山宣言》……"

2006年11月17日，由中山市人民政府和12个国家一级学会联合主办，火炬高新区、国家健康科技产业基地承办，主题为"健康、和谐、发展"的健康与发展中山论坛在火炬高新区开幕，当天发布了广受关注的《健康与发展中山宣言》。

这一年，适逢孙中山先生诞辰140周年。100多年前，"以学堂为鼓吹之地，借医术为入世之媒"的孙中山先生，从治病救人开始逐步走上救国救民的道路。在孙中山先生的家乡举办健康与发展中山论坛，正是肩负起振兴民族医药，实现健康发展的使命，向全社会倡导以人为本、可持续发展模式和现代健康理念，有着特别的意义。

历史上很多重要的会议最终都会以发表宣言的形式，对外公布理念、主张等。健康与发展中山论坛也不例外。这份《健康与发展中山宣言》，共分六部分，聚焦人类健康与可持续发展两大基本命题。细细品读这份宣言，有很多引人深思、深受启发的地方。为了分享这一成果，全文摘录如下。

健康与发展中山宣言

一、健康与发展 相互依存

人类健康与可持续发展是当今世界关注的热点。将健康与发展两大目标协同推进，构建和谐社会，是国家、社会长远发展的重大命题。健康地生存，是人类的基本权利和永恒追求。健康既是社会发展的重要目标，又是生产力的基本资源和决定因素，关系经济社会的发展，关系国家和民族的未来。经济发展为人类创造生存的物质基础，而只有可持续性的发展，才能持续地保障人类的身心健康。没有人类健康，就没有可持续发展；没有可持续发展，就没有人类健康。

二、公共卫生 面临新的挑战

在世界经济持续增长和全球化过程中，公共卫生的总趋势不容乐观。城市化进程加速，生态环境恶化，社会过度商业化，健康不公平性逐步扩大，以及人们生活方式和消费模式的非理性趋向等因素，已明显地危及人类健康。贫困、人口老龄化、传染病及慢性病等社会问题，则进一步加剧了这些影响。面对公共卫生负担日益加重的严峻挑战，全球都在为建立一个提高卫生保健质量、减少不公平性和控制卫生成本过度增长的健康保障体系，进行着不懈的努力。

三、政府主导　社会参与

不断提高人民群众的健康水平，实现"人人享有健康"的目标，是政府的重要职责。在引导社会转变健康观念、加强公共卫生管理、提升健康促进能力建设的水平、加速医药健康产业的发展等方面，政府都处于主导地位。与此同时，政府与民间社团建立起多元化的合作伙伴关系，对于推动全民健康也是至关重要的，这不仅有利于调动多方面的积极因素，促进公众健康水平的提高，还有利于建立有效的筹资机制。实现全民健康不仅需要物质资本、人力资本的强力支持，还特别需要培育和发展社会资本，广泛的社会参与对于发展健康事业具有重要的作用。

四、健康促进　社会广泛关注

"健康促进"是一项综合提升全民健康意识与健康新观念的战略，世界卫生组织号召将"健康促进"列为全球发展议程的中心。它包括开展健康教育、制定健康政策和创造支持性环境等公众参与的实践活动。人的健康是社会、经济及个人素质与行为等各种因素相互影响、共同作用的结果。人人都需要提高健康意识，转变不利于健康的行为和生活方式。鉴于此，必须从人、自然、社会构成的大系统来定义健康。一方面，健康意味着人对不断变动着的自然和社会环境的动态适应；另一方面，只有国家具备了可持续发展能力，保持自然、经济和社会协调发展的良好状态，健康问题才可能得以持续而合理的解决。

五、全民健康 依靠科技进步

全民健康必须依靠现代科技的支持，与健康相关的科技发展战略，必须面向社会最紧迫且不断变化的卫生需求，相关科技资源应大幅度地向公共卫生领域倾斜。努力将医药卫生干预的重点从疾病治疗转向健康维护，真正实现"预防为主"的目标。应该特别关注公众生活的基础社会单元，充分运用信息技术，把支持建立包括农村和城市社区在内的公共健康信息服务基础设施放在科技工作的优先地位。

六、中国和世界 协同共进

改善健康的全球治理机制，共享各国的经验，将成为开展国际合作的新机遇和重要领域。在科技促进健康、健康推动发展、建设高效公平的医疗卫生体制、加速医药产业的发展等诸多方面，中国都是国际社会积极而充满活力的一员，是国际合作可信赖的伙伴。在中华民族生生不息世代繁衍的历史长河中，中医药发挥了特殊的作用，在新的历史条件下，发展中医药及民族医药，提倡"中西医并重"、现代医学与传统医学共同发展，和世界卫生组织倡导的现代健康理念一脉相承，和"从疾病医学向健康医学发展"的主流方向并行不悖。在推进健康与发展的伟大进程中，中国将与国际社会协同共进，为人类做出应有的贡献。

中山论坛是一个公众论坛，其宗旨是：创建健康城市和健康社区，倡导"健康强国"；推动健康经济和健康产业迅速发展；弘扬中国传统健康文化和现代健康观念；搭建中国健康城市与健康经济国际交流与合作的平台。论坛主要阐述健康与发展两个主题，健康与发展的关系是相互依存的关系，没有健康，就不可能有可持续发展。中山论坛不以发展会展经济为目标，而是力求利用论坛的形式和影响力带动健康产业和健康经济的发展。

首届"健康与发展中山论坛"在中山火炬国际会议中心举行了为期三天的会议。国内外知名专家学者、健康医药产业界 CEO 云集中山，纵论健康与发展这一世纪命题，思想碰撞、产业对接，无疑将把国家健康科技产业基地塑造成为中国乃至世界健康医药产业界的"高地"。论坛围绕"人类健康与可持续发展"这一关系全球发展的重大命题展开研讨，搭建了高层次的健康经济国际交流与合作平台。

四、鲜明的"产业标签"

2006 年至 2023 年间，中山成功举办了十六届健康与发展中山论坛，搭建了健康产业交流与合作的平台，在海内外产生了广泛的影响。健康与发展中山论坛已成为中山市在健康医疗领域内高端响亮的产业文化品牌。

每一届中山论坛都能吸引国内外行业专家云集，不仅促进了中国健康产业在中山的深层次的交流，还直接推动了大奖带来的高端医学成果

2023 年 10 月 26 日，第十一届中国医药生物技术论坛暨第十六届健康与发展中山论坛在中山市开幕，图为活动现场

在中山的产业化合作。自 2009 年吴阶平医学奖和 2012 年吴阶平医药创新奖颁奖与中山论坛同步举办以来，共评出包括钟南山院士、张伯礼院士、王辰院士等在内的 25 位医学奖获奖者（含 22 位院士）和王松灵、董晨、蒋建新、王俊等在内的 51 位医药创新奖获奖者（含 5 位院士）。2022 年，因抗疫杰出表现而获得"共和国勋章"的钟南山院士、获得"人民英雄"国家荣誉称号的张伯礼院士，分别是 2011 年、2016 年吴阶平医学奖获得者。吴阶平医药创新奖获奖者中，董晨、王松灵、蒋建新、王俊、杨正林近年来成功入选院士，15 人曾获得院士提名。获奖者在肿瘤学、分子生物学、流行病学等医学细分领域持续深耕，为我国的医药卫生事业发展、为全人类健康福祉做出了重大贡献。

中山论坛与颁奖联合举办，大量专家、学者、企业家、投资界人士到达中山感受和美中山城市形象，中央及省级行业媒体等广泛报道，使中山创新创业、和美宜居的城市形象得到有效和广泛的传播，扩大了中山的品牌影响力，是中山市在健康医药领域内的城市名片。

通过论坛，生物医药、医疗器械领域新技术、新应用在论坛上得到展示及探讨，关于医疗机制体制改革创新、医院管理模式，以及城市和产业发展等建言献策的言论从中山向世界发声。

在梳理历届中山论坛主题时，可以看到论坛主题背后那些鲜明的"产业标签"，以及各界重量级嘉宾对健康产业的前瞻分析，对未来发展趋势的敏锐的智者之光。

延伸阅读：历届中山论坛聚焦主题

◎ 2006 年，首届健康与发展中山论坛召开，聚焦"健康·和谐·发展"，并发布《健康与发展中山论坛》。

◎ 2007 年，第二届中山论坛立足中医药发展，聚焦"中医药与国民健康"，并促成了华南现代中医药城的启动。

◎ 2008 年，全球经济危机爆发，第三届中山论坛以"健康与资本"为主题，组织超 80 家知名风投机构与 100 个健康产业优质项目对接。

◎ 2009 年，中山论坛与吴阶平医学奖颁奖大会首次联合主办，将医学科研、临床等先进技术与医药健康产业有机结合，推动了医药技术成果转化。

◎ 2010 年，第五届中山论坛以"以人为本·创造未来"为主题，业界精英聚集中山，探讨健康产业未来发展趋势。

◎ 2011 年，第六届中山论坛高度关注我国健康产业的"医疗产业、医药产业、保健品产业、健康管理服务产业"四个基本产业集群的发展。

◎ 2012 年，第七届中山论坛以"城市与健康"为主题，探讨打造健康人群、健康环境、健康社区、健康产业四位一体的健康城市。吴阶平医学基金会首次增设吴阶平医药创新奖。

◎ 2013 年，第八届中山论坛以"发展健康服务产业，促进经济转型升级"为主题，通过解读国家生物医药产业和创新药发展战略，为中国健康产业提供发展方向。

◎ 2014 年，适逢国家健康科技产业基地成立 20 周年，第九届中山论坛开幕式上举行庆祝国家健康科技产业基地成立 20 周年仪式。本届论坛聚焦经济新常态下的大健康产业，并寻找国内外大健康产业发展的趋势与机遇。

◎ 2015 年，第十届中山论坛邀请论坛举办者、参会者共同回顾论坛举办十年来的成果及经验。论坛以"创新、资本、跨界互联——健康产业新动力"为主题，研讨大健康产业领域的新机遇、新动力，促进健康产业在经济新常态下加快产业转型升级。

◎ 2016 年，第十一届中山论坛以"构建生命健康产业国际合作新机制"为主题，研讨中国医药监管政策变革期间国际健康产业合作的新模式、新机遇。这一届中山论坛被定义为"国际年"。

◎ 2017 年，第十二届中山论坛以"健康中国·湾区先行"为主题，在健康中国 2030 和粤港澳大湾区等政策利好下，探讨加强粤港澳大湾区城市在生物医药产业和医疗服务领域的深度合作。

◎ 2018 年，第十三届中山论坛以"大湾区·大健康·大机遇"为主题，紧抓"十三五"粤港澳大湾区战略规划机遇，以及中国正在实施的"健康中国"战略，通过研讨推进粤港澳大湾区健康产业、医疗卫生深度融合，搭建粤港澳国际化健康发展平台。

◎ 2019 年，第十四届中山论坛以"共建国际化创新型健康湾区"为主题，共商粤港澳大湾区医药产业优势互补、融合创新之路，助力我国健康事业高质量发展。

◎ 2020 年，第十五届中山论坛以"抗疫与健康"为主题，聚焦国家公共卫生体系建设、城市应急体系能力提升、健康产业发展新机遇和新挑战等话题，探讨疫情之下完善公共卫生治理体系建设、流行病防控合作，并寻求健康产业投资与发展的机会。

（2021 年、2022 年因新冠疫情影响，中山论坛停办两年）

◎ 2023 年，第十六届健康与发展中山论坛暨第十一届中国医药生物技术论坛以"融合创新·缔'健'未来"为主题，聚焦医药生物技术重点领域和关键技术，强化创新引领，推进学科发展与产业的结合，汇聚政、产、学、研、医等领域的人才，展示新成果、新技术，为技术交流、项目合作、资本对接创建平台。

第二节 以更高的战略定位发展健康医药产业

孙中山纪念堂于 1982 年 2 月动工建设，1983 年 4 月竣工，同年 11 月 12 日揭幕。整座纪念堂建筑，鸟瞰呈一"中"字，平视呈一"山"字。两侧是幽廊曲径和园林小景，前面是公园。孙中山纪念堂公园原称仁山，纪念堂又称"仁山玉宇"，为中山市的旅游点和新十景之一。

中山的党代会、市两会等大型会议曾在这里召开。2007 年元旦过后，位于中山石岐孙文中路的孙中山纪念堂已开始弥漫新一年的气息。1 月 10 日，中国共产党中山市第十二次代表大会在孙中山纪念堂召开。中山市第十二次党代会明确提出要将生物医药产业打造成中山市又一支柱产业，要利用好国家健康科技产业基地这个国家级的"金字招牌"，提高其知名度，跳出中山，用更高的战略眼光来发展健康医药产业。

彼时，在国家健康科技产业基地的带动下，健康医药产业已成长为火炬高新区五大支柱产业之一，每年以超 100% 的速度增长，这充分说明健康医药产业良好的发展空间和美好前景。

一、跻身广东省医药制造业前三

1994 年国家健康科技产业基地创办，从"零"艰难起步，为何在短短 13 年后，中山市提出要把健康医药产业打造成全市的又一支柱产业？有几组数据是有力的说明。国家健康科技产业基地 2006 年年终报告数据显示：2006 年，园区经济总量占火炬高新区的比重持续上升，成为第二大支柱产业，所占比重达 14%。经济贡献不断攀升。招商领域得以拓宽，引资后劲不断增强。2007 年 2 月 8 日，火炬高新区召开 2006 年年度总结表彰暨新年度工作部署大会。大会报告提出，火炬高新区电子信息、包装印刷、化学工业、生物医药、汽车配件五大产业进一步发展壮大，产值占全区工业总产值的 78%。生物医药产业同比增速达 112%。[①]

经过 12 年的积累，国家健康科技产业基地最初的梦想有了清晰的轮廓。有专家这样评价：从某种程度上讲，中山的生物医药产业弥补了中山、广东乃至全国的空白。

---

① 《深入贯彻落实科学的发展观，为实现开发区又好又快发展而努力奋斗——在开发区 2006 年度总结表彰暨新年度工作部署大会上的讲话》，2007 年 2 月 8 日。

历经 12 年开拓，至 2006 年，国家健康科技产业基地强大的产业聚合效应已显现其威力，同时找到了一些产业发展的规律。譬如，资本、人才及技术是高科技产业成功的基础，建立良好的高科技投资市场、生物风险投资基金及独立的评估机构是生物医药产业最重要的资本基础；重视生物医药行业复合型管理人才及技术人才，以形成国际化的管理团队，是中山生物医药行业成功的关键。同时，以企业为主导的资本流向，是中山生物医药产业发展的根本出路。以发展原创科技为企业核心竞争力的生物医药研发企业，更需要具有战略眼光的投资者及战略行为的政府支持。

国家健康科技产业基地在发展自身的同时，还与其他镇区合作，共同把中山的健康医药产业做大做强。2006 年 1 月 5—6 日召开的广东省建设中医药强省大会对建设中医药强省做了全面部署，《省委、省政府关于建设中医药强省的决定》（讨论稿）明确提出："支持中山国家健康科技产业基地、广东省药学院、中山市政府联合共建一个官、产、学、研、贸'五位一体'的现代化中药城。"广东发出了建设中医药强省的最强音，作为中医药强省建设的重要组成部分，位于中山市的华南现代中医药城项目以国家健康科技产业基地为依托，以广东药学院为合作方建设实施。作为广东省中医药"十一五"规划重点项目和中山市"十一五"规划重点项目的华南现代中医药城正式启动。

国家健康科技产业基地完善全球招商网络的构建，加大宣传力度，提升基地的品牌影响力，以吸引更多的知名企业落户。

在国家健康科技产业基地的带动下，中山市医药健康产业的发展进入了一个新阶段。辉凌、山德士、曼秀雷敦、完美、中智药业、三才医药、安士制药、广东九州通……这些与健康产业相关的企业名称如雷贯耳。中山市围绕着健康产品的研发、生产、包装、销售和信息交流等各个方面形成了较完整的产业链，产业集聚效应初步显现。有了国家、省的支持以及中山市致力将生物医药产业打造成为全市又一大支柱产业的雄心和决心，国家健康科技产业基地前景更为可期。为实现基地产业集群发展，国家健康科技产业基地计划用5年的时间全面推进园区建设，形成以生物医药、中成药、保健品、健康食品、医疗器械等为特色的五大产业集群，培育一批龙头企业。

从中山全市来看，除了国家健康科技产业基地健康医药企业逐渐形成集聚之势外，至2006年底，中山已招引了一些健康医药类的明星企业，医疗卫生事业也有了长足的发展。比如，1991年，曼秀雷敦（中国）药业有限公司在中山设立生产基地；1993年，由香港联邦制药厂投资兴建珠海联邦制药中山制剂厂；1994年，完美（中国）有限公司成立；1995年，好来化工（中山）有限公司成立；等等。这些企业到2006年，已具有较大规模和知名度。

从全省来看，2006年，广东省医药制造业产值排名前五位城市分别是广州、深圳、中山、佛山、珠海，中山位居第三位。

二、有选择性地挑选项目

随着国内医药园区的不断发展，各园区的竞争早已超越了原先的层面，一位研究国内药谷发展的专家表示，前几年药谷刚起步的时候，大家只是在硬件的层面竞争，依靠土地、税收等条件来吸引企业投资，现在则更多是在"软实力"层面展开竞争。

到2007年，积累了较好基础的国家健康科技产业基地开始重新审视定位，有选择性地挑选入驻企业，往大健康产业方向进行布局。这一年，国家健康科技产业基地在招商引资、基地建设、科技创新、资本运营方面成绩不错。招商引资紧盯大项目，吸引一批大企业入驻。

国家健康科技产业基地正是在打造这种软实力，营造基地良好的配套环境方面下功夫。2007年，诺华旗下山德士制药的进驻，恰恰就是看中了国家健康科技产业基地良好的投资环境和配套服务。同年，中山奕安泰医药科技有限公司（简称"奕安泰"）在国家健康科技产业基地成立。

奕安泰是一家致力于利用手性技术生产医药中间体及精细化学品的生产商。公司与世界顶尖的国际科学顾问团队进行密切的合作，一直致力于不对称催化技术开发和应用，以及手性原料药和中间体的研发与生产。成立当年，中山大学与中山奕安泰医药科技有限公司在国家健康科技产业基地设立化学药及中间体合成联合实验室。

2007 年，国家健康科技产业基地与暨南大学校企合作暨中药与天然药物联合实验室签约。同年，中山市创艺生化工程有限公司（简称"创艺生化"）选择搬入国家健康科技产业基地谋发展。

国家健康科技产业基地 2007 年年终总结报告显示：2007 年底，国家健康科技产业基地共有企业 249 家，规模以上企业 108 家。中西药、保健品与健康食品、生物工程、医疗器械、医药包装材料、化妆品六大产业板块合计工业总产值占全市工业总产值的 6.4%，工业增加值占全市工业增加值的 6.8%。

第三节　金融危机下寻找新突破

2008 年虽然受到全球金融危机的影响，但健康医药产业却实现了良好的增长势头。这一年，国家健康科技产业基地在政策、招商、平台建设、对外交流等方面不断创新，寻求突破。

一、入选省市共建健康科技产业基地

面对金融危机，各级政府对自主创新更加重视，各类扶持创新的政策相继出台。

2008 年 3 月，中山市实施《广东省中长期科学和技术发展规划纲要（2003—2020 年）》的意见中提到，构建"创新型中山"，全市高新技术产业规模和技术水平居全省上游水平，实现从制造中山向创新中山的转变。在加大科技投入，优先发展重点主导产业中，生物医药产业排在第二位。

这份规划纲要提到，以国家健康科技产业基地为重点，积极引进国内外大型医药制造名牌企业，鼓励国外著名医药企业、大学和科研院所在中山市建立生物医药研究开发机构。充分发挥市健康基地专项基金的引导和支持作用，不断建立和完善生物医药产业的公共技术服务体系，鼓励企业加大科研投入，依靠科技实力不断做大做强。①

同年，广东省经贸委与中山市人民政府签订《省市共建健康科技先进制造业基地框架协议》，并于当年5月发布《省市共建先进制造业基地工作方案》（简称"《方案》"），提出对全省支柱产业、战略产业实行共建，对地区支柱产业、特色产业实行共建，以及对重大项目实行共建，从而加快把广东省建设成为国际先进制造业基地。国家健康科技产业基地作为广东省五大医药产业基地之一，被选定为全省唯一的省市共建健康科技产业基地。

《方案》提出，省经贸委和中山市政府在未来四年将各自拿出5000万元，支持基地发展。计划到2012年，实现中山健康科技产业工业总产值达800亿元，形成以中西药、保健品与健康食品、生物工程、医疗器械、医药包装材料、化妆品为特色的六大产业板块，培育6—8家大型健康科技产业企业集团等。这一共建计划再次推动中山健康医药产业崛起。

省市共建健康科技先进制造业基地主要扶持的具体项目，包括企业的技术改造、设备升级、研发平台、现代物流、创新项目等多个方面。譬如，企业的新药研发、信息平台的建立方面存在资金困难，急需要资金扶持的优质项目。省市共建以各种方式给予项目支持，鼓励企业项目创新，促进企业升级、扩大规模。企业是省市共建培育的重点，从而加快企业的发展。为了使资金对产业真正起到推动作用，省经贸委成立项目组，对扶持项目进行规划、执行效果评估等全程跟踪。

---

① 中山市科技局、中山市人事局、中山市经贸局合编：《增强自主创新能力，建设创新型中山政策汇编》，2008年3月内部编印，第5页。

2008 年，在外贸出口压力大、金融危机等多重压力之下，健康产业却逆势上扬，成为名副其实的"健康"产业。比如，在项目招引上，中山和佳医疗科技有限公司（简称"和佳医疗"）等项目选择落户国家健康科技产业基地发展。此前落户国家健康科技产业基地的几家出口型企业，在应对金融风暴冲击中采取了有效措施，取得显著的成效。比如，2006 年 5 月落户国家健康科技产业基地的奥德美生物科技（中山）有限公司（简称"奥德美"）是亚洲规模最大的软胶囊及片剂生产基地，在 2008 年金融危机时，订单却签到了 2010 年。

在园区平台建设方面，2008 年"中国化妆品之都"正式落户火炬高新区。"中国化妆品之都"是中华全国工商业联合会美容化妆品业商会授权由国家健康科技产业基地、广东省美容美发化妆品行业协会、中国医药质量管理协会化妆品质量管理工作委员会及国际化妆品（亚太）联合研究发展中心等机构合力打造的高规格化妆品专业园区。

彼时，国家健康科技产业基地已吸引了国家级的保化检测中心、国际化妆品优质原料交易中心及一批化妆品企业落户。"中国化妆品之都"揭牌成立，无疑为国家健康科技产业基地，乃至中山化妆品产业的发展起到至关重要的推动作用。自 2008 年中山市获得"中国化妆品之都"称号以来，中山市委、市政府高度重视化妆品产业高质量发展，多个镇街也将化妆品产业作为重点发展产业。在国家健康科技产业基地，已有中山德尚伟业生物科技有限公司（简称"德尚伟业"）、美捷时包装等一批龙头企业落户。基于"中国化妆品之都"的品牌优势，中山不断加大政策扶持，加快推动化妆品产业转型升级和高质量发展、加快产业创新步伐、提升中山化妆品的竞争力，从而带动产业积极良性的发展。从全市来看，中山现已拥有好来化工、诺斯贝尔、馥琳等一批行业领军企业及完美、曼秀雷敦等国际知名品牌，打造了全国最早、最全、最大的气雾剂产业链。2022 年，中山化妆品产值位居广东省地级市第一。

二、《规划纲要》增强发展信心

2008年是中国改革开放30周年。2008年底，《珠江三角洲地区改革发展规划纲要（2008—2020）》（简称"《规划纲要》"）出台。《规划纲要》多处提及大力发展生物医学、生物与新医药、创新药物的筛选与评价、大力培育医药等产业，明确健康产业纳入珠江口西岸中山三大重点发展产业。

国家战略层面的规划，给国家健康科技产业基地的发展注入了一支强心剂，使国家健康科技产业基地在金融危机面前找到化解的方法，树立发展的信心。

2008年，国家健康科技产业基地提出全年计划引进工业项目20个以上的目标。要以"国家创新型园区"为标准建设健康基地。创新招商方法，全力抓好大型项目的引进和培育工作。完善现有科技创新平台建设，加强与高校、科研院所之间的产学研合作，促进基地企业与高校科研项目的市场化对接。当年，科技部带领考察团一行考察国家健康科技产业基地。考察团认为，中山重视"科技兴市"战略，实现了快速发展，成绩喜人。国家健康科技产业基地要加大创新型园区建设，加快以企业为主体的技术创新工作，要积极培养龙头企业，做大做强生物医药产业。并表示，科技部将继续支持基地等高新园区的发展。

企业遇到了技术难题怎么办？企业科技创新遭遇困境如何处理？由教育部、科技部和广东省人民政府联合推动的"关于深化省部产学研结合工作实施省部企业科技特派员行动"的计划于当年实施，广东全省140家科技型企业直接从中受益，而国家健康科技产业基地有5家企业单位作为驻点企业受到相关科技特派员的工作指导。

早在2007年，中山就确定了将健康产业打造成全市的又一支柱产业的目标。2008年11月7日，《省市共建健康科技先进制造业基地框架协议》在中山市签署，对中山市健康科技产业的重点建设项目予以支持。

到 2008 年时，中山市形成了国家健康科技产业基地、中国化妆品之都、华南现代中医药城三大健康产业主板块。《规划纲要》中提到的健康产业发展，正好与国家健康科技产业基地的发展战略相吻合。

全球金融危机对传统制造业冲击较大，各地也开始瞄准健康产业，想方设法地发展健康产业。《规划纲要》的出台无疑是为已做了充分准备的中山健康产业"打气提神"。

2009 年初，中山市 51 家化妆品企业经过公正投票、选举后，举行"中山市化妆品行业协会"揭牌仪式。同年 3 月，国家健康科技产业基地首次向外界发布当时的招商业绩。同年 11 月，位于国家健康科技产业基地的"中国化妆品之都"再添新项目，由北京阿贝尔国际集团投资的中山德尚伟业生物科技有限公司奠基。

"当年有 30% 左右增长，虽然面对金融危机，但我们公司订单特别多。"广东欧亚包装有限公司董事长、总经理连运增回忆说，在金融危机的背景下，2009 年初公司还引进先进的生产设备，以应付大量的订单。同年 12 月，中山市美捷时喷雾阀有限公司再发力。公司在国家健康科技产业基地二期园区正式奠基，欲通过扩建新厂房继续扩大生产，打造行业全球"龙头"地位。

2009 年 1 月 16 日，中山市化妆品行业协会举行揭牌仪式，图为与会嘉宾合影

在 2008 年全球金融危机的影响下，园区企业在数字化、智能化等方面开始探索。其中，广东九州通医药有限公司的"关灯无人智能仓"颇具代表性，成为中山甚至是华南地区，通过技改提升效率、创下奇迹的标杆。

国家健康科技产业基地在 2009 年客商联谊会上，推介基地服务项目的同时，还邀请经贸、科技、药监等政府部门进行政策解读，受到了各界客商的欢迎。国家健康科技产业基地表示，继续为落户园区企业在产学研平台建设、科技创新、技术改造、建立现代服务业、投资融资等方面提供一系列适合企业需要的独特服务，争取各级政府政策支持，落实政府鼓励政策，帮助企业做强做大。联谊会上还表彰了一批优秀企业，包括税收突出贡献奖、科技创新奖、新锐企业奖等。

《火炬开发区健康科技产业专项发展资金暂行办法》于 2009 年实施。这一专项资金每年预算 1500 万元，重点支持火炬高新区内健康医药产业的平台建设；以生物医药产品、医疗器械、健康食品、化妆品为重点的项目研发与产业化；并对获得国家、省级重点科技立项项目进行配套。强化产业引导，鼓励名牌健康产业入园。

依托国家健康科技产业基地的产业发展平台，在火炬高新区成长起来的健康产业类企业此时有不少已经成长为行业"领头羊"。

到 2009 年底，一个以产业结构趋于合理，生物制药、医疗器械、保健品化妆品、健康服务业四大主导产业竞风流，以先进制造业和现代服务业为主体的现代大健康产业格局"浮出水面"。

三、自主创新成共识

2010 年国务院政府工作报告指出，转变经济发展方式刻不容缓。要大力推动经济进入创新驱动、内生增长的发展轨道。继续推进重点产业调整振兴。大力培育战略性新兴产业。国际金融危机正在催生新的科技革命和产业革命。发展战略性新兴产业，抢占经济科技制高点，决定国家的未来，必须抓住机遇，明确重点，有所作为。要大力发展新能源、新材料、节能环保、生物医药、信息网络和高端制造产业。

2010年，在全国转变经济发展方式、实现产业升级大背景下，国家健康科技产业基地加大扶持力度，促进企业加大科技研发，提高自主创新能力。

在"十一五"规划的收官之年（2010年），国家健康科技产业基地将自主创新摆到了重要的位置。这一年，站在新的起点上，国家健康科技产业基地确立了"科技创新和资本运营双轮驱动""先进制造业与现代服务业双业融合"的发展思路。

这一思路主要聚焦于两点：一是把好对外招商引资质量关，在接踵而至的项目接洽中，国家健康科技产业基地以确保经济质量为核心，提升项目入园标准；二是对内增强企业内生动力，开创性地提出大力开展培育十大龙头企业、十大科技型高端企业的工作。培育计划出台的头五年，龙头企业生产总值以30%的速度增长，高科技型企业的各类专利技术成果不断涌现。

早在2007年初，中山市就出台了《关于进一步推进经济社会信息化工作的意见》，将信息产业确定为优先发展、率先发展的高增长型行业。2007年，中山市电子信息产业首次实现总产值超1000亿元。

2010年，广东健康医疗信息技术服务区在国家健康科技产业基地找到了发展的大舞台，吸引一大批健康医疗信息公司落户中山，建立以健康医疗信息为中心，集软件开发、智能医疗器械制造、会展、电子商务等于一体的产业集群。

广东健康医疗信息技术服务区于2009年8月立项，2010年被省政府评为广东省现代产业500强项目。2010年7月，科技部下发《关于下达2010年度国家有关科技计划项目的通知》。火炬高新区共有五个项目获得国家科技计划立项，占中山市立项量的40%。其中，广东美味鲜调味食品有限公司的"酱油渣高值化全利用关键技术及装备研究与产业化"

为国家重点新产品，广东腾骏动物药业有限公司的"霉菌及其毒素新型处理机的规模化生产及推广"、中山市中智药业集团有限公司的"中药破（细胞）壁粉粒"列入国家火炬计划。

第四节　成为全国首批创新型产业集群试点（培育）单位

《中国制药业发展战略》一书分析认为，2005—2010 年，我国医药产业发展经历了从"井喷年"到"振动年""调整年""生死年""变革年""井喷年"的变革调整。其间包括，国家从 2006 年开始出台一系列政策；2007 年医药企业开始进行调整；2008 年医药企业面临生死攸关的困境；2009 年 4 月 6 日和 4 月 8 日，《中共中央　国务院关于深化医药卫生体制改革的意见》和《2009—2011 年深化医药卫生体制改革实施方案》相继颁布，标志着我国医疗体制改革走向完全变革的发展时期。

2011 年，是我国"十二五"规划的开局之年。国家历来十分关注人民群众的身心健康，在"十二五"规划中，把发展生物医药与健康产业列入国家战略性的产业之一。

保障健康产业自身的健康发展是关系到广大人民群众身心健康和生命质量的重要前提。我国健康产业发展迅猛，在国民经济中的比重不断上升。2011 年，对国家健康科技产业基地来说，更是创新发展和产业向高端延伸的重要一年。此时，历经 17 年的发展，在产业规模不断壮大的同时，国家健康科技产业基地主题产业集群加快向创新型产业集群转向。

一、企业实力不断增强

2011 年开始，国家健康科技产业基地越来越多的企业在科技创新的道路上频频出新招、出新成果，推动着产业向高端的方向走。

这一年的 11 月，广东星昊药业有限公司与广东药学院签订产学研合作基地协议，其新厂区一期工程投产、二期工程开工。广东星昊于 2010 年获得全国首批新版 GMP 企业认证，是当时广东省唯一通过新版 GMP

认证的医药企业。新版药品 GMP 自 2011 年 3 月 1 日在全国开始推行，由于参照欧美等国际标准，被业界称为"史上最严的 GMP"。

把"创新"作为城市精神、把"适宜创新"作为城市定位之一的中山在这一年再出大手笔——重奖创新人才团队。国家健康科技产业基地园区企业奕安泰"手性技术与手性药物创新团队"荣获 800 万元科研经费资助。年底，中国（中山）医药技术创新与产业化发展峰会举行，广州医药集团、联邦制药、利君制药集团等全国 30 多家百强医药企业会聚中山，围绕"政府在生物医药创新、技术转移与产业化中的定位与作用"等三大议题，纵论健康产业发展。国家健康科技产业基地计划与中国医药科技成果转化中心携手合作，促进医药科技成果更好地实现产业化。

2011 年，中山市委、市政府提出实施"三个一百"①战略，强化政策导向，坚持项目带动，加快转型升级，要求着力培育引进百亿级行业龙头企业及发展千亿级产业集群。2011 年中山市政府工作报告特别强调，推进战略性新兴产业跨越式发展。加强新兴产业规划引导和政策扶持，重点发展新能源、半导体照明、新型电子信息、健康医药等新兴产业。建设好国家健康科技产业基地和华南现代中医药城。

作为中山战略性新兴产业的健康医药产业，这一年迎来了跨越式发展的新曙光。上半年，国家健康科技产业基地便引进高端项目 7 个，延续了 2010 年品牌企业扎堆、高科技项目成群的良好态势。

为了不让"高门槛"成为健康医药企业发展的"拦路虎"，国家健康科技产业基地通过各类服务帮助企业跨越"高门槛"。在 2010 年提出培育十大龙头企业和十大高端产品的基础上，2011 年又有针对性地提出以服务促发展，通过挖掘潜力，制订"一企一策"的园区企业培育方案，做大做强园区已落户企业，对企业发展中提出的问题及时给予研究解决。

---

① "三个一百"指推动 100 家外商投资企业及来料加工企业转型升级，支持 100 家内资企业做强做大，引进 100 家优质企业。

一批实力企业年产值以 30% 的速度增长。

除了科技创新，国家健康科技产业基地非常注重资本运营对于产业发展的正向激励，通过多种方式，引入战略投资人、机构投资者、VC（Venture Capital，风险投资）、PE（Private Equity，私募股权）等各类型投资人与园区企业和项目进行对接，建立起比较丰富的投资方资源库和项目融资资料库。此外，基地积极构建融资平台和渠道，建立包括健康基地、金融机构、园区企业、担保机构、再担保机构、中介机构的"六位一体"联盟系统，为园区企业寻求多种新型融资方式。2011 年，中山首支行业基金健康科技产业股权投资基金在火炬高新区成立。

二、这个"试点"不一般

2011 年以来，"药谷""医药生物产业园"等概念频频出现于全国各地，但对中国健康产业来说，真正以构筑大健康产业链为主要目标和内容的健康基地实属凤毛麟角。在这方面，国家健康科技产业基地就以打造国内真正的"健康谷"为目标，构筑起一个大健康产业基地的完整脉络。

2011 年底，国家健康科技产业基地成为首批国家级科技创新型产业集群建设试点。当时，广东省进入首批试点的产业集群仅有三个名额，其余两个名额分别由深圳高新区下一代互联网、惠州智能终端与云计算应用获得。

中山市对试点建设非常重视，2011 年 12 月 1 日，中山市促进健康医药产业发展建设创新型产业集群现场工作会议在国家健康科技产业基地召开。次年 3 月，国家健康科技产业基地获科技部认定，成为全国首批创新型产业集群试点（培育）单位。

所谓"创新型产业集群"，是指以创新型企业和人才为主体，以知识或技术密集型产业和品牌产品为主要内容，以创新组织网络和商业模式等为依托，以有利于创新的制度和文化为环境的产业集群。

科技部提出的培育创新型产业集群，有利于国家健康科技产业基地形成自己的产业特色，在特色产业里形成产业聚集。在这个产业集群里，研发、生产、销售、品牌、标准制定、金融、人才支撑、环境友好、生活配套要全面，让产业和整个产业环境组合起来。同样，产业集群成长起来后，也将助推整个特色产业的核心竞争力，落户的企业也能够依托这个平台更好发展。按科技部所发放的"牌照"，全国有41个产业集群得以入选。按照相关政策，列入试点的集群将获得科技部1亿元的资金扶持，并要求地方政府给予一定的配套。

按照当时的发展思路，国家健康科技产业基地主要在培育研发平台、检测中心、品牌认证、园区建设、金融环境及龙头企业方面下功夫。当时，国家健康科技产业基地正规划建设30万平方米的GMP生产车间。此举是为了更好地加快项目建设步伐，缩短项目建设周期，并推动一些优秀项目尽快上马。

这一发展思路是基于当时国家健康科技产业基地发展现状而提出来的。创建于1994年的国家健康科技产业基地，至2011年时，已经引进高精尖项目上百个，累计引进外资数亿美元，项目涉及科技创新、孵化中试、生产销售、现代物流等领域，产品覆盖中西药、生物制药、保健产品、医疗器械、健康食品等，成为火炬高新区优势支柱产业之一，并成为行业领航者之一，战略地位毋庸讳言。已落地的项目，用自身的成功证明了基地的发展价值。2011年，国家健康科技产业基地的孵化平台——科技创新服务体系已经形成。科技大楼与生物谷大厦已经有20多家机构进驻，并成为中山大学药学院等高校的毕业生实习基地；国家健康科技产业基地公共实验室和中国药科大学、暨南大学两个公共实验室都已交付使用；作为研究院固体制剂中试基地的中山市健康基地制药有限公司已投产，而中健药物研究所也成为服务企业的平台。

健康产业作为战略性新兴产业开始表现出较强的竞争力。时隔17年，科技部再次赋予国家健康科技产业基地"国字号"牌子，可见科技部对国家健康科技产业基地17年的发展总体是肯定的，并对未来发展寄予厚望。

数据显示，2011 年国家健康科技产业基地工业总产值约占中山市健康医药产业总产值的 63%。数据指标再一次反映了健康医药产业作为"十二五"规划战略性新兴产业的蓬勃发展态势和强劲的增长势头。

火炬高新区着力发展生物医药产业，紧紧抓住中山健康科技产业集群正式被科技部确定为"创新型产业集群试点"的契机，加快国家健康科技产业基地龙头项目建设，扶持培育生物大分子产业集群、智能化医疗信息及云计算产业集群。另外，国家健康科技产业基地在项目申报方面，尤其是在国家层面取得历史突破。除了已被科技部批准成为首批国家级科技创新型产业集群建设试点外，广东健康医疗信息服务平台获国家支撑计划资金资助。

到 2011 年底时，国家健康科技产业基地已建立国家重点实验室分实验室 1 家，省级企业技术中心 3 家，省级工程技术中心 1 家；新增高新技术企业 2 家，通过高新技术企业复审企业 11 家，累计有 19 家企业通过高新技术企业认定，占火炬高新区总数的 35%。32 项产品被认定为广东省高新技术产品，4 项产品被认定为广东省自主创新产品，国家健康科技产业基地被评为广东省中小企业创业基地。

火炬高新区在 2011 年工作回顾中提到，火炬高新区 2011 年积极落实中山市委、市政府"三个一百"战略，引进、培育和就地转型升级三项工作均荣获全市先进单位一等奖。先进装备制造、高端电子信息、新能源、生物医药等新兴产业在全球经济低迷和日本地震等诸多不利因素影响下仍保持了较快增长，其中生物医药产业产值增长 24%。[①]

国家健康科技产业基地具有区位、产业、服务、投资环境等优势，经过多年发展，知名度不断提高。打造又一支柱产业的决定，不仅仅是

---

① 《继往开来 科学发展，当好幸福和美中山建设排头兵——在开发区 2011 年度总结表彰暨新年度工作部署大会上的讲话》，2012 年 1 月 18 日内部编印。

市委、市政府对国家健康科技产业基地过去 12 年所取得成绩的肯定，还充分说明了中山市在寻找产业新优势、提高竞争力方面的超前战略眼光。

2007 年至 2011 年的五年，是国家健康科技产业基地调整升级的五年，是国家健康科技产业基地瞄准大健康产业方向布局的阶段。2007 年，健康医药产业被确定为中山市又一支柱产业。2008 年，国家发布《珠江三角洲地区改革发展规划纲要（2008—2020 年）》，明确将健康产业纳入珠江口西岸中山三大重点发展产业。国家战略层面的规划，使国家健康科技产业基地步入快速发展期。2011 年，国家健康科技产业基地获批建设国家级科技创新型产业集群试点园区，产业规模、创新实力逐年增强。

扫码获取

◉ 线上药谷·官网入口
◉ 全国药谷·百花齐放
◉ 科普中国·大国崛起
◉ 图文聚焦·百年科技

第六章

一道"分水岭"：驶入生物医药新赛道

从全球范围来看，生物医药产业园区的概念于 20 世纪 60—70 年代最早从美国兴起。20 世纪 60 年代，美国兴起生物科技产业，主流高校开始设立生物科技研究机构，1975 年，美国北卡地区的三角科技园成立世界上第一个生物医药园。20 世纪 90 年代以来，生物医药产业园区在全球范围内蓬勃发展，亚洲生物医药产业起步，逐步形成美国领跑、欧洲第二、亚洲第三的世界格局。

2012 年 7 月 9 日，国务院印发《"十二五"国家战略性新兴产业发展规划》（简称"《规划》"），首次将生物产业确定为国家战略性新兴产业。2012 年 11 月 8 日，中国共产党第十八次全国代表大会在北京召开。党的十八大强调要实施创新驱动发展战略，强调科技创新是提高社会生产力和综合国力的战略支撑，必须摆在国家发展全局的核心位置。

新医改推进和《规划》颁布之后，长期以来广受关注的生物医药产业再一次成为地方政府发展热点，疫苗、基因工程、检测试剂等成为社会资本重点关注领域。2012 年被称为国家健康科技产业基地产业发展的一道"分水岭"，从这一年开始，一批海归科学家相继来到国家健康科技产业基地创新创业，国家健康科技产业基地步入生物医药新赛道。

第一节 确定为国家战略性新兴产业

《"十二五"国家战略性新兴产业发展规划》中提到，战略性新兴产业是以重大技术突破和重大发展需求为基础，对经济社会全局和长远发展具有重大引领带动作用，知识技术密集、物质资源消耗少、成长潜力大、综合效益好的产业。当今世界新技术、新产业迅猛发展，孕育着新一轮产业革命，新兴产业正在成为引领未来经济社会发展的重要力量，世界主要国家纷纷调整发展战略，大力培育新兴产业，抢占未来经济科技竞争的制高点。

这次提到的战略性新兴产业主要包括节能环保、新一代信息技术、生物、高端装备制造、新能源、新材料、新能源汽车等。其中，生物产业主要是指面向人民健康、农业发展、资源环境保护等重大需求，强化生物资源利用、转基因、生物合成、抗体工程、生物反应器等共性关键技术和工艺装备开发；加强生物安全研究和管理，建设国家基因资源信息库。着力提升生物医药研发能力，开发医药新产品，加快发展生物医学工程技术和产品，大力发展生物育种，推进生物制造规模化发展，加速构建具有国际先进水平的现代生物产业体系，加快海洋生物技术及产品的研发和产业化。"十二五"期间，产业规模年均增速达到20%以上。

《规划》中提到的生物产业主要分为生物医药产业、生物医学工程产业、生物农业产业、生物制造产业四大板块。其中，生物医药产业要求提高我国新药创制能力，开发生物技术药物、疫苗和特异性诊断试剂；推进化学创新药研发和产业化，提高通用名药物技术开发和规模化生产水平；继承和创新相结合，发展现代中药；开发先进制药工艺技术与装备，发展新药开发合同研究、健康管理等新业态，推动生物医药产业国际化。

一、全球生物产业发展史

何为生物产业？《国家创新战略与新兴产业发展》一书在《生物产业发展与政策研究》篇章中专门提到，世界范围内，生命科学领域发展日新月异，各国对"生物产业"的理解均不一致。依据国家发展和改革委员会创新和高技术发展司"生物产业发展指标体系及动态监测研究"课题组对生物产业的界定，生物产业是将科学与技术应用于生物有机体及其部分、产物和模型，为改变生物及非生物物质而创造知识、产品及服务的同类生产经营活动单位的集合。

生物产业包括生物医药、生物医学工程、生物农业、生物制造、生物能源、生物环保和生物服务七大领域。其中，生物医药、生物服务和生物医学工程这三大领域以人为中心，直接为人类健康服务，提高全民素质和健康水平，为人类健康提供药物保障、个体基因数据与研发平台基础、精密诊疗仪器。显而易见，生物产业的发展离不开生物技术的发展，特别是在微观层面对生物细胞进行操控技术的发展。

《国家创新战略与新兴产业发展》梳理了世界生物产业发展的大致情况：美国是生物技术的发源地，具备全球最先进的技术水平和最雄厚的技术储备，已形成了完善的发展体系，具备完整的产业链结构。全球首家生物技术公司——美国基因工程技术公司（即美国基因泰克公司）于1976年成立。此后，生物产业在美国蓬勃发展，陆续形成华盛顿、波士顿、旧金山、圣迭戈四大产业基地。英国在生物科技领域已获得20多个诺贝尔奖。英国是仅次于美国的极具活力的生物技术产业基地，位于剑桥、牛津、伦敦的大学形成了世界顶级的生物科技研发集群，具有与美国竞争的强大实力。德国的生物技术在欧洲具有领先优势，生物技术产业的发展水平仅次于英国，位居欧洲第二。2015年，德国在专利、核心生物企业数量方面均位列欧洲第一，吸引的资金总额屈居第二。位于莱茵河北岸的威斯特法伦州和巴伐利亚州是两个生物企业活跃的地区。

一半的生物公司都位于这两个地方，如著名的拜耳集团总部就在威斯特法伦州。在世界范围内，生物产业正经历爆发式发展阶段，美国和欧洲的生物技术收入在 2015 年达到了 1327 亿美元。[①]

我国生物医药产业园伴随高新技术区而生，虽然起步较国外晚了 30 多年，但从 20 世纪 90 年代开始呈现快速发展之势。自 2005 年国家发展改革委开始认定首批国家生物产业基地以来，北京、上海、深圳、天津、广州、哈尔滨、石家庄、济南、青岛、通化等地兴起了近百家生物产业基地园区，园区进一步推动区域产业发展。

"十二五"期间，我国生物产业稳步发展。2015 年，生物产业总产值达 3.6 万亿元，规模是"十一五"末（2010 年）的 2.4 倍，年均增长率超过 10%。生物技术专利数量也逐年增长，2015 年，我国生物技术相关专利申请量和批准量分别达到 22193 件和 10394 件，占世界比例分别为 25.4% 和 21.28%，[②] 均居世界第二位。具体而言，在生物医药领域，"十二五"期间，生物医药制造业收入规模年均增速为 17.5%，主营收入达到 2.688 万亿元。2017 年，我国生物医药制造业主营业务收入达到 3311 亿元。生物医学工程领域，2015 年，医疗仪器设备及器械制造业主营收入约为 2400 亿元，"十二五"期间年均增速达到 17.6%，2017 年主营业务收入规模达到 2828.1 亿元。[③]

二、我国生物产业发展政策演变

生物产业的发展离不开政府政策的支持。《国家创新战略与新兴产业发展》在《国内生物产业相关政策的演变》中提到，我国生物产业起

---

① 周城雄主编，林慧、洪志生副主编：《国家创新战略与新兴产业发展》，科学出版社 2019 年版，第 229 页。

② 同上。

③ 周城雄主编，林慧、洪志生副主编：《国家创新战略与新兴产业发展》，科学出版社 2019 年版，第 230 页。

步较晚，生物医药产业政策支持可分为三个重要阶段。

第一阶段是 1986—2005 年。早在"七五"时期，我国就开始对生物技术加大支持力度，1986 年国家组织实施的"863"计划、1988 年国家实施的支持高技术产业化的"火炬"计划等专项计划均将生物技术领域作为我国高技术研发的重点。此后，生物产业快速发展。"十五"期间，国务院将生物技术列入我国十二大高技术产业工程实施专项支持范围。为完善我国生物技术产业的资本市场运作机制，形成合理产业结构和具有国际竞争力的特色产业，国家发展和改革委员会在 2002—2005 年实施了"生物技术产业高技术工程"。第二阶段是 2006—2010 年。"十一五"时期，国家发展和改革委员会编制《生物产业发展"十一五"规划》，分析我国生物产业发展面临的机遇与挑战，明确生物产业发展的指导思想与发展目标，根据我国生物产业发展基础和比较优势制定了我国生物产业在"十一五"期间的主要任务与发展重点（包括生物医药、生物农业、生物能源、生物制造、生物环保、生物资源的保护和开发利用及生物安全管理体系七大重点发展方向）。规划还从生物产业发展组织领导体系、生物产业技术创新体系建设、生物产业人才队伍建设、生物产业发展资金投入、生物产业发展配套税收政策及生物产业发展市场环境六个方面，确定了生物产业发展的保障措施。2009 年 6 月 2 日，国务院发布《促进生物产业加快发展的若干政策》，调整生物产业发展的重点领域，包括生物医药、生物农业、生物能源、生物制造和生物环保五大重点领域。"十一五"规划中，生物资源的保护和开发利用及生物安全管理体系本质上不属于产业范畴，而是产业发展的科学基础和产业发展的管理机制相关内容。《促进生物产业加快发展的若干政策》这一文件对于生物产业发展规划的适时调整，反映了国家对于生物产业发展的重视，也是国家对于生物产业迅猛发展做出及时的政策调整。第三阶段是 2011 年至今。2012 年 12 月 29 日，国务院发文正式将生物产业确定为国家战略性新兴产业，为推进我国生物产业持续快速健康发展，编制《生物产业发展规划》①。在这一版规划中，除了正式将生物产业确定为国家战略性新兴产业之外，还在《促进生物产业加快发展的若干政策》中确定的生物医药、生物农业、生物能源、生物制造和生物环保五大重点领域基础上，增加生物医学工程和生物服务领域，共同构成生物产业发展的七大重点领域。这一重大而又及时的调整，反映了国家对于生物产业发展的高度重视，同时也反映了生物产业发展研究领域的日新月异。这份《生物产业发展规划》提到，近年来，全球范围内生物技术和产业呈现加快发展的态势，主要发达国家和新兴经济体纷纷对发展生物产业做出部署，作为获取未来科技经济竞争优势的一个重要领域。

我国推动生物技术研发和产业发展已有 30 多年的历史，"十一五"以来，生物产业产值以年均 22.9% 的速度增长，2011 年实现总产值约 2 万亿元，生物医药、生物农业、生物制造、生物能源等产业初具规模，出现一批年销售额超过 100 亿元的大型企业和年销售额超过 10 亿元的大品种。我国在生物技术研发、产业培育和市场应用等方面已初步具备一定基础。

2016 年 12 月 20 日，国家发展和改革委员会发布《"十三五"生物产业发展规划》，这一版规划的一大特征就是"新"，要求推动重点领域新发展（包括构建生物医药新体系、提升生物医学工程发展水平等）。《"十三五"生物产业发展规划》的制定和发布，为我国生物产业发展提供了发展新方向和新目标。除了国家发展和改革委员会发布的《"十三五"生物产业发展规划》，国家能源局发布了《生物质能发展"十三五"规划》，工信部编制了《医药工业发展规划指南》等，系列规划政策的出台有利于生物产业七大重点领域自身的快速、健康、协调发展，从而在整体上促进了我国生物产业的发展。

---

① 见《国务院关于印发生物产业发展规划的通知》（国发〔2012〕65 号）。

在 2006 年到 2016 年的十年间，有四项关于生物产业的政策出台，平均不到三年即有一项政策出台，一方面显示了生物产业发展的快速，另一方面显示了国家对于生物产业发展的高度重视。随着国家对于基础科学，特别是生命领域基础科学的不断投入，以及海外优秀人才的不断回归和国内优秀科学家的不断涌现，中国在生物产业发展领域取得新进展。

"十三五"时期，工信部等六部委印发《医药工业发展规划指南》，明确提出各级政府需要根据行业发展需要，结合各地资源禀赋和环境承载能力，科学规划产业集聚区。在国家顶层设计和战略要求指导下，国内生物医药产业逐渐呈现集聚发展态势，形成了包括长三角地区、珠三角地区、环渤海地区和东北地区在内的产业集聚区。此外，中部地区的河南、湖北，西部地区的四川、重庆也展现出良好的产业基础。北京中关村生命科学园、上海张江药谷、苏州生物医药产业园（BioBAY）、武汉光谷生物城、广州国际生物岛和成都天府生命科技园等是国内生物医药产业园区的典型代表。

2021 年 12 月 20 日，国家发展改革委印发《"十四五"生物经济发展规划》（简称"《规划》"）。《规划》提出，党的十八大以来，我国生物经济发展取得巨大成就，产业规模持续快速增长，门类齐全、功能完备的产业体系初步形成，一批生物产业集群成为引领区域发展的新引擎。生物领域基础研究取得重要原创性突破，创新能力大幅提升。生物安全建设取得历史性成就，生物安全政策体系不断完善，积极应对生物安全重大风险，生物资源保护利用持续加强，为加快培育发展生物经济打下了坚实基础。"十四五"时期是我国开启全面建设社会主义现代化国家新征程、向第二个百年奋斗目标进军的第一个五年，也是生物技术加速演进、生命健康需求快速增长、生物产业迅猛发展的重要机遇期。我国是全球生物资源较丰富、生命健康消费市场较广阔的国家之一，一些生物技术产品和服务已处于第一梯队，新冠疫情防控取得重大战略成果，依托强大的国内市场、完备的产业体系、丰富的生物资源和显著的制度优势，生物经济发展前景广阔。

第二节 "榜样"成长记

"海归"指的是海外留学回国就业创业的人员。2008 年底以来，中国兴起了一股海外留学人才回归的高潮。按照教育部的统计，2008 年我国回国的海归还只有 5 万人，但受国家引才政策的利好和经济的强劲支撑，2009 年回国海归首次突破 10 万人，比 2008 年翻了一番；2010 年回国海归达到 13.48 万余人，2011 年回国海归达到 18.62 万人，创历史新高。[①]

海归不仅带来了先进的管理和技术，也带来了市场和观念。在中国的现代化建设中，他们正发挥着日益重要的作用。

2012 年初，在朋友的邀约下，夏瑜博士第一次来到伟人故里中山。这座南国滨海城市，处处充满鸟语花香，气候宜人，交通便利，距离广州不过一个小时车程，加上火炬高新区和国家健康科技产业基地的专业性、释放的热情、诚意等因素，短短几天时间，夏瑜博士就喜欢上了这座城市。

"这里鼓励创新，宽容失败，火炬高新区领导非常希望我们能来中山创业，我觉得我应该选择留在这里。"短暂的思想梳理后，夏瑜做了人生中重要的一项决定：创业，去中山创业，到国家健康科技产业基地创业。

说干就干，速度犹如闪电，干劲堪比疾风。

在火炬高新区和国家健康科技产业基地的支持下，四位海归博士信

---

① 参见王辉耀、路江涌编著：《国际人才蓝皮书 中国海归创业发展报告（2012）No.1》，社会科学文献出版社 2012 年版。

心满满地投入创业中，并如火如荼地开展各项工作，创造了令人惊叹的"康方速度"：2012 年 3 月，中山康方生物医药有限公司（简称"康方生物"）在中山正式注册成立；6 月，在中山留创园设立 200 平方米的办公、实验场所；7 月，搬到国家健康科技产业基地生物谷大厦，安装全新的、国际标准的仪器设备，20 多个科研人员到位，科研工作正式开展；12 月，国家健康科技产业基地专门为康方生物建起一栋 8000 平方米的现代化实验大楼，采购先进的仪器设备供企业租用。2013 年 3 月，康方生物正式搬进国家健康科技产业基地智汇园新建的研发大楼里；同年 9 月，康方生物与英国一家制药公司形成战略合作协议，承担一种抗体新药开发的全程服务，这是康方生物国外市场第一单。

在康方生物新研发大楼搬迁仪式上，夏瑜博士回忆起在中山的 360 多个日子时，感慨良多："一年前，我和我的创业伙伴来到中山。一年来，我们从零开始，打造出了今天的康方。公司虽然年轻，却像茁壮的幼苗，从火炬高新区国家健康科技产业基地的肥沃土壤中汲取营养并迅速成长。"

康方生物团队的四位联合创始人，在创业之前已拥有超过 15 年的国

康方湾区科技园园区

际制药和生物医药产业经验。其中，夏瑜博士曾任美国加州 PDL 生物制药公司首席科学家，李百勇博士曾任辉瑞公司研发总监，王忠民博士曾任美国加州阿迪亚生物制药公司执行顾问，张鹏博士曾任美国加州 PDL 生物制药公司科学家。

夏瑜博士在英国纽卡斯尔大学获得博士学位以后，在美国几家生物制药公司参与或负责了多个小分子及大分子制药项目。夏瑜博士 2008 年初回国后，在中美冠科生物技术有限公司担任大分子制药的资深副总裁，主持和参与了多个蛋白和抗体制药的项目。2009 年底，她直接主持辉瑞－冠科亚洲癌症研发中心与辉瑞的新药研发合作，建立了具有领先水平的包括生物抗体药物和小分子化合药物的研发平台。

李百勇博士是免疫学和抗体新药研发专家，拥有 20 余年在学术界和生物制药工业界的从业经历。1999 年，他加入美国辉瑞制药公司，从事治疗免疫相关疾病和癌症的新药研发工作，负责或参与了多款新药的药物发现、临床前研究和临床研究。2010 年参与组建辉瑞－冠科亚洲癌症研究中心。担任康方生物执行副总裁、首席科学官，主要负责公司科学指导、药物发现与开发。

王忠民博士在美国贝勒医学院获得结构计算生物学和分子物理专业博士学位，是康方生物高级副总裁，主要负责公司临床运营和外联事务，是蛋白质表达、纯化及蛋白质结构生物学专家。曾任职于多家美国生物制药公司，担任资深科学家或执行顾问等要职，负责结构基础上的药物设计、抗体工程及蛋白药物的大规模生产。

张鹏博士是康方生物高级副总裁，主要负责企业运营。在美国肯塔基大学获得生物化学博士学位，是抗体蛋白生物化学和分析鉴定专家。曾任美国 PDL 生物制药（现雅培制药）的科学家，负责抗体多个分析方法的开发、技术转化及抗体的分析鉴定，以及 FDA 报批材料及数据的准备。2008 年回国加入中美冠科生物技术有限公司担任蛋白科学部高级总监，带领团队成功完成上百个国内外制药公司的新药研发外包服务项目。

2009年，刚回国的王忠民加入中美冠科生物技术有限公司，担任执行总监并兼任太仓冠科生物医药分析检测有限公司副总经理。在这里，他结识了夏瑜、李百勇、张鹏三位博士，后来一起创立康方生物。王忠民说："我们四人各有各的专长，这样可以差异化发挥所长，相辅相成。"

为何情定中山？四位创始人坦言，虽然与上海张江、北京等生物科技园相比，国家健康科技产业基地在生物药科研环境方面才刚刚开始发展，但国家健康科技产业基地有基础，有产业聚集，而且中山对生物制药产业也非常重视，中山的蓝天白云、清新空气让他们感到很舒适。

当然，令四位海归博士更感动的，还是国家健康科技产业基地的那份沉甸甸的真心、真情、真意。创业要从纸上到地上，绝非易事。对创业者来说，创立企业，便意味着"柴米油盐酱醋茶"开门七件事，样样不能少，需要考虑的问题远比打工者的角色要复杂得多。

创业之初，最头疼的要数资金和人才。在国外，作为科研人员，虽然四位海归博士薪金待遇都不菲，但要投入创业，那仅是杯水车薪。为了帮助海归博士专心科研，少为资金烦恼，火炬高新区和国家健康科技产业基地的领导当起了操心的"红娘"，他们很快为康方生物找来股权投资公司。这家为初创型小微企业解决资金难题的投资管理公司，很快与康方生物"一拍即合"，双方随即达成协议，为四位海归博士解决了资金烦恼，他们可以一门心思加快科研了。

资金有了，人才怎么办？说起企业成立之初时的人才招聘，夏瑜感慨万千："当时的招聘会，其实就是火炬高新区管委会免费借给我们一间办公室，摆起四张桌子，就开始招聘了。记得第一次招聘会，我们一点经验也没有，就连做记录的纸和笔都忘记带了，正好有人过来招聘，我们只好委托他们帮我们去买纸和笔，回想起来都觉得有点可笑。创业之初最苦的日子，我们就是这样一步一步地熬过来的。"

起步的阶段虽然一穷二白，但梦想的力量总是伟大的。

四位海归博士进入创业的第三年时，便小有收获。在他们的带领下，

康方生物制药车间

康方生物在这一年踏上了一个全新的台阶。在 2015 年中山市"3·28"经贸招商会开幕式上，夏瑜做了题为《创新沃土成就生物医药梦》的发言。"我是中山康方生物医药有限公司董事长兼首席执行官。康方生物由火炬高新区引进，是 2012 年 3 月 28 日十大签约项目之一。2015 年 3 月 28 日，是我们团队落户中山整整三年的时刻。"

夏瑜坦言，从 2012 年 3 月第一次来到国家健康科技产业基地考察，到创业条件洽谈，再到人才安家落户、临时研发场地安排，甚至是小孩入学等，中山市从市领导、火炬高新区领导到国家健康科技产业基地具体经办人员，无不给予细致入微的关心和帮助。

2015 年 12 月 5 日，康方生物举行"融资·项目签约暨临床药物生产基地启动仪式"。2016 年，康方天成生物大分子药物中试研究服务平台建立，同时，康方生物以 2 亿美元向全球制药巨头默沙东成功转让单抗新药研发成果。这次合作是国产创新药在海外市场的新突破，是第一个中国创新型生物科技公司将完全自主研发的单克隆抗体新药成功授权给全球排名前五强的制药巨头。夏瑜说，康方生物有信心在中山建立一个世界一流的生物制药科技公司，用创新技术驱动发展，用人才引领科技进步。希望康方生物成功落户中山的经历，能给更多怀揣中国梦、希望来广东创新创业的人才带来信心和决心，助其成为敢于做梦、勇于追梦、努力圆梦的创新驱动者。

2017 年 3 月 8 日，在中山市创新发展大会上，夏瑜喜获"中山市科技创新领军人物奖"。此次评选科技创新领军人物，综合考虑了五个因素，"含金量"高。这五个因素包括：企业重视研发活动，加大投入积极建设各类研发平台，并发展成为国家、省级工程实验室、工程技术研究中心、重点实验室、企业技术中心；企业积极开展核心技术攻关，近年来承担了国家、省、市重大科技专项任务，攻克了一批技术难题，研发出一批市场竞争力强的新产品、新设备、新工艺；企业注重知识产权保护和运用，拥有发明专利等自主知识产权，积极与国内外高校、科研院所开展产学研合作，推动科技成果转化和产业化；企业重视研发人才队伍建设，大专以上人员和研发人员占比高，并积极引进省市创新创业团队；企业是行业领军企业或者龙头企业，同行业市场占有率高、经济效益良好或者成长性强，率先使用首台（套）等研发设备或生产设备等条件。

"这次科技创新领军人物，唯独我还在创业的路上。这批很成熟的企业家，很值得表彰。"夏瑜深有体会地说，新药开发要耐得住寂寞，新药开发从 0 到 1，需要十年时间。在那次颁奖大会上，夏瑜说，康方生物扎根中山五年，目前已走到一半。前面四年，一直在不断地研发和投入，从 2016 年底开始到现在，已经陆续有三个抗体新药申请临床试验。从临床试验到新产品推向市场，又将是一个艰辛的过程，"我对获奖很感动，我们绝对是靠创新引领未来的企业"。

事实也正是如此。康方生物的到来，以及其所取得的成绩，显然为海归创业者树立了一个榜样，理出了一个创新药企成长的路径，发挥了示范带动作用。在康方生物的榜样带动下，一批创新药企及上下游配套企业随即而来，形成一个康方带来一群"康方"的新景象。

第三节　走进细胞的世界

"母亲是中山人，20 世纪 80 年代初还经常来中山玩，外婆家在石岐步行街一带，那时我还经常到岐江河里去游水。中山也算是我的故乡，我对中山特别有感情，康晟生物落户国家健康科技产业基地，也算是回乡创业吧。"中山康天晟合生物技术有限公司（简称"康晟生物"）总裁、首席执行官潘洪辉说道。

祖籍佛山、香港成长、美国读博工作、粤港澳大湾区创业，这是年轻的生物化学博士潘洪辉别样精彩的故事。

潘洪辉的父亲是佛山人，母亲是中山人。1996 年，香港中学毕业之后，潘洪辉赴美国读大学，一路读到生物化学专业博士。博士毕业后，潘洪辉任全球知名生物技术公司美国西格玛－奥德里奇精细化工

2024 年的康晟生物厂房（缪晓剑／摄）

（SIGMA-SAFC，全球较大培养基供应商之一）高级研究员、亚太地区技术负责人，负责新一代无血清培养基配方研发，以及支持亚太地区生物制药企业客户，帮助全球多个单抗蛋白药物、疫苗等项目成功完成配方定制或效率优化。

刚回国时，潘洪辉加盟了一家内地知名生物医药企业，担任技术总监、首席科学家。这段工作经历让他更加确信内地的生物医药产业发展空间巨大，并决定走自己的创业之路。2017年下半年，已是这家企业首席科学家的潘洪辉毅然辞职创业。

潘洪辉回到广东，先在江门租用了实验室，解决培养基自主研发细胞的可行性、培养基稳定性和通用性生产的三大难题。在潘洪辉看来，培养基的生产需要细胞，需要解决细胞的自主研发问题，培养基的稳定性没有问题了，就立得住了，而通用性就是自己生产的培养基可以用在多款药品上。

情感的基础，再加上中山所处的区域优势，国家健康科技产业基地的产业集聚，康方生物的示范作用，中山市各级政府和国家健康科技产业基地的专业化服务等多种因素，使潘洪辉最终选择了在中山发展。

康晟生物于2018年在中山市"3·28"招商会上签约。其核心产品为应用于蛋白单抗药物、疫苗药物研发与生产的无血清培养基，包括化学成分限定培养基、无动物来源成分培养基。

公司创立之初，潘洪辉带着家人在火炬高新区租了房子。安顿好家人，他就一心扑在实验室里。

众所周知，生物医药类企业从研发到产品投入市场需要经历漫长的时间。而康晟生物从项目签约到完成高端实验室装修只用了半年。康晟生物于2018年4月正式落地，最初在生物谷大厦免费租用实验室，实现了一边研发，一边装修厂房和实验室。这种模式为生物医药类项目快速落地赢得了宝贵时间。康晟生物团队的组合很科学，有一支研发、生产、市场的全链条型人才队伍，大家各自发挥长处。同年9月底，公司搬入神农路的智汇园内，并与康方生物同在一个"小院"内。

不到半年时间，康晟生物就取得不错的成绩：第七届中国创新创业大赛（生物医药行业）广东省二等奖，参加全国总决赛；第三届"中国创翼"创业创新大赛中成功晋级全国总决赛；第五届"创青春"中国青年创新创业大赛荣获初创组第二名，入围全国总决赛；顺利完成天使轮和 Pre-A 轮融资……

物以类聚，人以群分。创业亦如此。

"此前也去过一些其他城市考察，但最终选择国家健康科技产业基地，这里效率高、园区管理者懂行，有较深的专业背景。"潘洪辉特别提到在与国家健康科技产业基地沟通期间，招商人员很专业，不用做太多的解释，大家有"共同语言"，一说就懂，谈起项目来效率高。这是他们选择国家健康科技产业基地的一个重要原因。

潘洪辉举例说，他们曾到一个城市考察，当介绍培养基时，对方怎么也听不懂，还以为他们是去养"鸡"的。这样沟通的成本太高，而且大家都辛苦，后来就不了了之了。

生物医药企业的前期发展需要耐得住寂寞。彼时，国家健康科技产业基地园区已集聚康方生物、奕安泰等近 300 家相关企业，这让潘洪辉的创业团队感觉不是处于一个"孤岛"上。

在核心团队中，潘洪辉、袁军主要负责研发、生产、质控等，吴帆主要负责市场与运营。

潘洪辉的搭档袁军也是一名海归博士。袁军是康晟生物副总裁兼首席技术官，负责公司技术研发平台建设与管理。2012 年，袁军获得法国里昂中央理工大学的博士学位后归国，凭借着在哺乳动物细胞培养领域的丰富经验，进入海正药业工作，认识从肯塔基大学获得生物化学博士学位、出任海正首席技术官的潘洪辉，并志趣相投。

后来，两位年轻人决定联手创业，希望能为行业提供稳定高质的国产培养基产品。"我们两人的技术联合起来，正好能为客户提供完备的技术支撑。"于是他们一起组建团队，成立康晟生物。

"国内创新药越来越受到重视，对细胞培养基需求也越来越大。但制约国内创新药研发速度的最大痛点是原材料的供应渠道。"袁军认为，近年来随着生物制药行业的不断发展，中国"芯"事件加速了国内企业对细胞培养基自行研发和生产的需求，现在正是入场的最佳时期。

康晟生物是国家健康科技产业基地的"后起之秀"，自入驻至今，借助国家健康科技产业基地服务企业"全生命周期"生态链，展现出"康晟速度"，仅三四年时间，就成为国内首个同时拥有商业化宿主细胞株开发系统和动物细胞培养基、生物医药 CDMO 研发和规模化生产服务的企业。其核心产品细胞培养基——生物制药原液生产核心原料，以高收率、质量稳定性强的特点，填补了国产上游供应链空白。

国家健康科技产业基地沉淀 20 多年的健康产业基础，以及有着培育企业丰富经验的服务团队，对有研发技术经验但缺乏产业化实践经验的企业正是最好的补充。国家健康科技产业基地康晟生物在创业初期提供了"拎包入住"的 GMP 标准厂房租赁，在企业发展阶段协调多方力量并投资 5500 万元，搭建了总投资 2 亿元的康海泰晟生物医药 CDMO（药

康晟生物实验室

物研发生产外包服务）平台，并通过设备租赁形式租赁给企业，加速了企业的发展，不仅使企业业务链条逐步向 CRO、CDMO 外包服务领域拓展，也引荐了更多生物医药创新项目入驻基地。

德国赛多利斯公司（Sartorius AG）是拥有 150 多年悠久历史的跨国企业集团，总部位于德国哥廷根市，由德国哥廷根大学机械师 Florenz Sartorius 在 1870 年创立。赛多利斯集团在欧洲、亚洲及美洲都拥有自己的生产、研发及销售机构，并已在全球 110 多个国家设立了办事处及代表处，自 20 世纪 80 年代进入中国市场。

2019 年 8 月 23 日，中山市健康科技产业基地发展有限公司与中山市康天晟合生物技术有限公司签署投资协议，康晟－赛多利斯生物药 CDMO 平台项目正式落户国家健康科技产业基地。这个项目可提供不同规模的中试、临床样品和商业化 GMP 生产，配合康晟生物细胞培养基定制研发服务，助力国内外创新生物医药成果在国家健康科技产业基地内加速转化和实施产业化。

康晟生物成立以来，一直专注于无血清培养基的开发与制造，旨在成为为全球生物医药企业提供关键原料的国际化企业。除此之外，康晟生物还一直为客户企业提供多种合同研发服务。借助国家健康科技产业基地的区位和产业优势，康晟生物逐渐打开了国际化的市场。

"近年来，国家健康科技产业基地为创新药配套的企业跟了上来，创新药产业链越来越完善。同时，政府在创新药企的扶持方面经验也日益丰富，"潘洪辉说。如今，康晟生物除了为创新药提供培养基等产品外，还带动了中山一些药物中间体生产企业的发展。

令潘洪辉高兴的是，过去公司所需的原材料或辅料要到国外去采购，现在有一些可以直接在国家健康科技产业基地内配齐。

2019 年初，广东君厚生物医药有限公司（简称"君厚生物"）以"拎包入住"的方式来到国家健康科技产业基地智汇园。回忆当初的情形，公司副总经理向华博士说："智汇园这种载体对 GMP 车间的生产工艺、转导效率、安全性、批量生产数量等级要求非常高，在我们高级别的GMP 车间建设中，当地政府给予了很大的帮助，这对一家初创型的生物医药企业来说至关重要。"

君厚生物创始人史渊源博士毕业于中国科学院生物物理研究所，曾在美国哈佛大学医学院病理学系及伯明翰妇女医院做博士后研究。2016年回国之后，筹建了北京中医药大学生命科学学院。他所创立的君厚生物是国内具备临床级逆病毒载体 GMP 工业化生产的 CDMO（研发外包模式）生产服务平台。公司首席科学家王建勋教授在加州大学圣迭戈分校读博士，同时也是美国一家 CAR-T（嵌合抗原受体 T 细胞免疫疗法）公司的资深科学家。

史渊源表示，粤港澳大湾区是国内经济最活跃的地区，非常适合高科技知识成果的转化。中山市将生物医药作为支柱产业，在政策上给予全方位支持，对海外人才回国创业有很大吸引力。

君厚生物落户国家健康科技产业基地智慧健康小镇不到两年时间，公司的 GMP 生产厂房和办公区全部建设完毕并投入使用，逆病毒载体、慢病毒载体等产品生产线于 2020 年 7 月中下旬生产第一批次产品。用向华博士的话说，"不到两年时间能有这个发展速度，离不开中山市、火炬高新区和国家健康科技产业基地的支持"。

如果把 CAR-T 治疗视为一种产品，病毒载体则可视为关键原料，其制备过程及质量控制需要很高的技术门槛。随着 CAR-T 等基因疗法技术的发展，病毒载体已经出现供不应求的情况。

2022 年，君厚生物荣获中山市第九批创新科研团队项目立项并获得数百万元政府支持资金。创立仅三年多时间，君厚生物已与多家细胞基因领域的头部医药公司形成合作。史渊源介绍，公司病毒载体 CDMO 平台扩建项目将与企业在深圳自建的细胞谷实现细胞治疗产业互动，建成符合国际 GMP 标准的病毒载体和细胞产品车间及 GLP（Good Laboratory Practice，药物非临床研究质量管理规范）实验室，企业将逐步实现从载体到细胞再到临床的全产业链有效布局。

2022年9月6日，深圳市珈钰生物科技有限公司（简称"珈钰生物"）的珈钰生物细胞免疫治疗项目签约落户国家健康科技产业基地。珈钰生物成立于2020年8月，由癌症研究领域领军人物徐洋博士创立，主要从事以免疫细胞为核心的肿瘤免疫创新疗法研发、免疫系统人源化肿瘤动物模型开发。珈钰生物已建立免疫系统人源化鼠实体瘤平台，以及打破实体瘤免疫抑制微环境的核心技术平台，自主研发的新型细胞免疫疗法在实体瘤治疗中显现良好治疗效果，有望成为实体瘤治疗的重要突破口。

珈钰生物项目为细胞免疫治疗项目，投资不少于1亿元选址国家健康科技产业基地园区智慧健康小镇，建设肿瘤免疫创新疗法研发及中试平台，预计在2025年前完成两个新药产品IND申报工作（即新药研究申请）。

2023年5月22日，位于智慧健康小镇的珈钰生物细胞治疗产品研发、生产基地建设项目举行开工仪式。作为一种新兴的治疗方式，肿瘤细胞免疫疗法是当前肿瘤治疗领域最具研究前景的治疗方法。截至2023年，全球已有八款CAR-T药物上市，并在血液肿瘤中展现出显著的疗效，然而受到肿瘤微环境和T细胞耗竭等因素影响，CAR-T疗法在实体瘤领域的应用仍在探索之中。

珈钰生物创始团队有着十多年在免疫领域前沿科研的积累。创始人徐洋表示，以项目动工为新起点，继续深耕细作肿瘤免疫创新疗法，不断加大研发投入，树立技术壁垒，努力成为细胞与基因治疗领域的领跑者之一。

作为国内首个、粤港澳大湾区目前唯一的国家级健康产业园区，国家健康科技产业基地正瞄准细胞赛道，举全力集聚技术、人才、资金、政策等产业发展要素，培育或引入了归气丹生物CAR-T双靶点技术、君厚生物CAR-T逆病毒载体、泽辉生物干细胞新药产业化等一批优质项目，积极推动产业链上下游协同创新发展，打造细胞产业集聚地，不断壮大生物医药与健康产业舰队。

第四节　聚焦基因检测细分领域

基因一词是英语"gene"的音译，有"开始""生育"之意。

由王友华、蔡晶晶、唐巧玲、董雪妮四人合著的《基因变迁史》一书提到，基因源于印欧语系，后变为拉丁语的 gM（氏族）及现代英语中 genus（种属）、genius（天才）、genial（生殖）等诸多词汇。遗传学上，基因又称遗传因子，是具有遗传效应的 DNA 片段（部分病毒如烟草花叶病毒、HIV 的遗传物质是 RNA），是控制生物性状的基本遗传单位。它储存着生命的种族、血型、孕育、生长、凋亡等过程的全部信息，可以说，生物体的生老病死、行为、性格和情绪等一切生命现象都与基因相关。对基因的发现和认识经历了漫长而艰辛的过程，而后不断深化，不断发现，才使得今天的人们能够站在科学的肩膀上探索更多未知的基因奥秘。

《基因变迁史》提到，基因信息的探究基于测序技术的发展。通常，人们将基因称为生命的密码，要深入了解基因，首先想到的就是了解基因的序列。1975 年，桑格（F. Sanger）和考尔森（A. R. Coulson）建立了一种从头测序方法，这是第一代 DNA 测序技术。随着技术的进步，很快出现了第二代、第三代测序技术，也被称为"新一代测序技术（NGS）"，其最重要的特征是高通量、高速和低成本，大大加快了对基因功能的各项研究，使得基因研究的深度和广度都获得极大提升。可以说，基因测序技术的迅猛发展为人类研究生命奥秘带来了无限可能。

随着分子生物学和基因工程技术的发展，基因检测逐渐成为可能，并在 20 世纪 90 年代开始应用于临床。随着技术的不断进步，基因检测范围逐渐扩大。《国家创新战略与新兴产业发展》一书以生物服务领域的基因检测为例，2012—2015 年，我国基因检测市场年均增长率达到

25% 左右。^①

海归博士的到来，带动了国家健康科技产业基地基因"新一代测序技术"的发展。

2014 年，美籍华人科学家蔡伟文博士带着 20 多年的研发成果——高特异性高灵敏度的基因芯片制造技术，在火炬高新区国家健康科技产业基地创立中山康源基因技术科技有限公司（简称"康源基因"），并成为 2014 年中山"3·28"招商引资·招才引智洽谈会项目之一。

也在这一年，因海归的到来，基因检测领域产品开始进入到国家健康科技产业基地。

20 世纪 80 年代，蔡伟文进入中山大学攻读化学专业，1987 年研究生毕业后，到华南理工大学担任化学教师，1991 年初，获得奖学金进入美国纽约大学攻读博士学位。

在博士研究期间，他创立了大分子 DNA 单分子限制性内切酶位点表面固定直接定位方法。因杰出的研究成果，1996 年，蔡伟文到美国贝勒医学院从事分子遗传学博士后研究工作，师从国际知名基因技术专家 Allan Bradley 教授。其间开发出独特的基因芯片制备方法并获美国专利，最先开发出实用性的比较基因组杂交芯片技术（aCGH），并代表贝勒医学院作为华人科学家参加国际"人类基因组计划"。

谈及回国创业，蔡伟文说，从留学那一天起，他就决定要学成归来，将所学之长报效祖国。

看到基因检测主要依赖国外的技术，检测的市场门槛相当高，蔡伟文决定把这种技术带回祖国，通过将基因芯片技术、材料、工艺实现国产化，大大降低国内基因检测的门槛，惠及国人。

来中山之前，蔡伟文曾到过深圳、上海等大城市考察，最终把项目

---

① 周城雄主编，林慧、洪志生副主编：《国家创新战略与新兴产业发展》，科学出版社 2019 年版，第 230 页。

落在中山。"生物医药产业前期需要一个比较漫长的时间，不像一般的产业可以快速地生产出来，科研人员需要坐得住冷板凳、耐得住寂寞，中山这座城市很适合搞科研的人静下来搞研究。"蔡伟文坦言，综合比较，中山的创业成本比上海、深圳等大城市要低，这使得初创者的压力小很多，再加上中山城市环境不错，很适合安静下来搞科研和开发。

同年，留美博士杨呈勇也来到国家健康科技产业基地。"2014 年 9 月 9 日入驻国家健康科技产业基地，刚成立时啥也没有，一开始主要依赖达安基因公司和国家健康科技产业基地孵化，后来公司一步一步发展，这也说明中山市在吸引人才方面营造了不错的环境。"杨呈勇博士回忆公司发展历程时充满信心地说，海归创业正迎来新时代，有着更多机遇。

杨呈勇于 2006 年获得美国佛罗里达大学国际计算机学院博士学位，毕业后一直在美国一家生物公司从事基因测序研究工作，是基因测序领域的科学家。党的十九大报告为健康产业发展指明了方向——为人民群众提供全方位全周期的健康服务。基因测序就是健康服务的一种。2014年，在中山大学达安基因技术负责人李明博士等人的邀请下，杨呈勇回国创业。当年 6 月，第一次来到中山考察时的情形令杨呈勇至今难忘："当时从广州来到中山，下车后，感觉人瞬间就舒坦了，很舒服、很放松，是与广州完全不同的感觉。"

考察途中，听完国家健康科技产业基地工作人员的介绍后，杨呈勇才发现自己来到了一块"宝地"——中山位于珠江三角洲的中心位置，距离香港、澳门、深圳、广州都很近，而且这里是孙中山先生的故乡，是福地。

2014 年 9 月，广东腾飞基因科技股份有限公司（简称"腾飞基因"）在国家健康科技产业基地正式成立，杨呈勇担任公司总经理兼首席技术官。腾飞基因主要通过下一代基因测序，分析检测出那些带有先天性缺陷疾病的胎儿，给孕妇及其家庭提供科学的建议。

落户国家健康科技产业基地以来，腾飞基因可谓一年一个新台阶。

公司旗下的中山瑞康医学检验所于 2016 年 6 月 6 日通过验收，是中山市首家致力于基因测序临床应用转化的第三方医学检验所。2017 年 7 月，腾飞基因与美国一家有着全球微流控芯片技术第一品牌的公司宣布达成战略合作关系，共同开发基于微流控技术的分子诊断产品，推进分子诊断在临床和大众健康管理领域的应用。

现在，杨呈勇已完全爱上了中山的生活。他说："中山的天很蓝，公园很多，生活压力不大，交通方便，上完班之后，回到家还可以享受那份工作之余的别样清静。"

与杨呈勇一样，中山百慧生物科技有限公司（曾用名中山百慧基因科技有限公司，简称"百慧基因"）的创始人德籍科学家于浩洋，也是一名海归。2016 年 7 月 26 日，于浩洋创建的百慧基因开业，这意味着中山与德国在产业合作的关系上又迈进了一步。百慧基因的落户开业，是中山与德国在健康医药方面合作的一个标杆例子。

"选择中山，是因为这里环境优美，而且政府对企业和人才表现出足够的诚意，从优惠条件和各种细节上扶持创业。在这里，我找到了超越自我、实现突破的事业平台，以及把企业做大做强的道路，"于浩洋说。

在德国留学 11 年的于浩洋，几年前还在德国的实验室里埋头深耕，没想到回国后能在中山建立起自己的基因科技公司。作为一个在德国深造、打拼多年的海归博士，选择中山作为创业地时，于浩洋毫不掩饰自己和这片异乡土地的缘分：中山有合适创业的土壤。

2016 年，中山拓普基因科技有限公司（简称"拓普基因"）正式签约落户国家健康科技产业基地，是一家专注于基因检测领域研发与生产的高科技公司。

如今，单在基因检测领域，国家健康科技产业基地就已引进了康源基因、腾飞基因、百慧基因、瑞康基因检测中心等，在海归创业的带动下，国家健康科技产业基地基因检测产业链聚集了多家同类型企业。国家健康科技产业基地通过龙头企业的带动和集聚作用，进一步完善基因测序诊断技术产业化平台，打造新一代基因测序技术产业联盟，形成细分领域特色健康产业集群。

第五节　研发突破，实现进口代替

医学影像设备、手术机器人、高值医用耗材、可穿戴设备、远程诊疗设备、3D打印器械等大类医疗器械属于"生物医药及高性能医疗器械"。2018年以来，为进一步深化"放管服"改革，促进医疗器械技术创新，推动医疗器械高质量发展，国家药品监督管理局于2018年11月5日发布新修订的《创新医疗器械特别审查程序》，自2018年12月1日起施行。《创新医疗器械特别审查程序》的实施，极大地推动了我国医疗器械的研发创新和医疗器械技术的推广应用，对产业的高质量发展起到推动作用。

2018年，达影医疗（中山）有限公司（简称"达影医疗"）入驻，标志着国家健康科技产业基地医疗器械产业朝着高端化方向发展。

达影医疗是国家健康科技产业基地2018年重点引进的项目，2020年正式投产，主要从事研究、开发、生产、销售用于乳腺癌、肺癌等癌症筛查的高端医学影像设备。

医疗器械是一个特殊的产品，需要注册证才能进行销售，从研发到产业化的道路十分漫长。"项目落地前期，火炬高新区、国家健康科技产业基地在场地、实验室建设等方面给予了我们很多帮助，"公司副总经理王伟涛说。项目入驻智慧健康小镇后加快了产业化进程。

达影医疗创始人吴涛博士是哈佛医学院下属的麻省总医院博士后，也是数字乳腺体层合成（DBT）技术的最早研究者。吴涛博士是DBT早期发明人和研究者，其DBT工作获得美国医学物理学会（AAPM）青年科学家奖，1997年开发了世界第一台DBT系统。2005年，吴涛博士从医学院进入工业界，将DBT技术产品化，其主导研发的DBT产品在

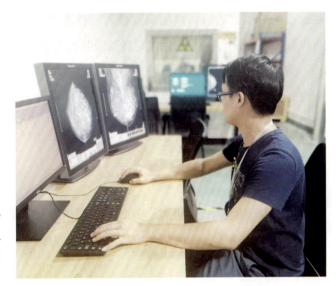

2020 年 11 月 17
日，达影医疗技术人
员在进行产品性能测
试（谭华健／摄）

2011 年即在全球获得第一个 FDA 认证。

　　进入国家健康科技产业基地产业化以来，达影医疗不断突破。2021
年，达影医疗获批乳腺数字化体层摄影 X 射线机产品的医疗器械三类注
册证。其影像设备于 2021 年获得 NMPA（国家药品监督管理局）认证上市。

　　三维数字乳腺机在发达国家已处于成长阶段，而在中国，三维数字
乳腺机市场仍在起步，需要依赖进口，达影医疗产品正好填补了乳腺癌
筛查新技术的空白。2022 年以来，公司步入了快速发展期。2023 年 10
月，达影医疗在第十二届中国创新创业大赛（广东赛区）暨第十一届"珠
江天使杯"科技创新创业大赛总决赛中，从数百家参赛企业中脱颖而出，
获得成长企业组二等奖，并最终成功入围全国赛。紧接着在 2023 年 11
月于江苏泰州举办的全国赛中，达影医疗凭借在乳腺影像领域的创新优
势，荣获全国赛成长组"优秀企业"殊荣。2023 年 12 月，达影医疗获
得由广东省工业和信息化厅审核的 2023 年专精特新中小企业认证。

　　从全国来看，目前，国产医疗设备已逐步突破多项技术壁垒，有些
领域基本实现进口替代。在持续的政策利好下，我国医疗器械逐渐向中

高端市场进军，通过持续的研发投入和技术创新，一些医疗器械龙头企业积累了部分核心技术，并在某些领域开始突破。

医疗器械是国家健康科技产业基地重点发展的板块之一，除了达影医疗外，还有和佳医疗等医疗器械企业开始在技术上寻找新的突破，以加快实现医疗器械的进口替代。

第六节　"组合拳"集中发力

随着海归创业潮的到来，中山不断调整产业政策，国家健康科技产业基地更是搭建平台，优化产业集群环境，为创业者提供加速发展的新动能。

2013 年 8 月底，《中山市健康医药产业引进项目扶持资金管理暂行办法》（又称"旋风计划"）正式启动。这场"旋风"，不仅使园区原有企业受到滋润，对海归创业企业来说更是一场"及时风"。

"旋风计划"旨在整合全市资源，促进健康医药产业快速集聚与创新发展，引进一批健康医药龙头企业项目落户中山，推动一批拥有自主知识产权的新药在中山注册和生产，促进一批本土健康医药企业兼并重组或设立中山总部。

"旋风计划"实施的首年，国家健康科技产业基地招引了 13 个优质项目，促进了广东星昊等 8 个项目实现增资扩产；促成安士制药等 6 个项目完成兼并重组；推动广东九州通等 6 家企业在火炬高新区设立总部。

中山康源基因技术科技有限公司主要业务为研发和生产基因芯片及其他生物试剂和仪器，并从事自产产品同类商品的检测服务。落地中山的当年，康源基因便获得中山市"旋风计划"项目资助。公司创始人蔡伟文坦言，"旋风计划"对初创型企业来说意义重大。有了"旋风计划"项目经费的支持，公司落地之初便可"一步到位"进行规划，不用和大多数初创企业那样，最初从一个小小的办公室或少量设备开始，然后随

2013 年 8 月 22 日，"旋风计划"会议召开

着企业发展，中途又不断搬家。

自创立以来，康源基因一直在原地不断扩容壮大，由于有了足够的发展空间，公司在仪器设备购买、实验室建设、人才引进等方面可以长远谋划。除了"旋风计划"外，康源基因还获得中山市第六批创业创新团队等支持。有了这些支持，蔡伟文的创业之路更为轻松。

2016 年实施的第二轮"旋风计划"，国家健康科技产业基地共有八个项目提出扶持申请，这批新引进项目的一个共同点是科技含量高，企业都掌握制药或医疗器械细分领域的关键核心技术，市场前景广阔。如中昊药业国家 1.1 类新药苯烯莫得软膏项目获国家"十二五"新药创制科技重大专项支持。

2017 年 3 月 17 日，根据"旋风计划"，中山市经信局（现中山市工业和信息化局）举办第二批项目专家评审会，国家健康科技产业基地新引进的八个项目全部通过专家评审。

"旋风计划"的实施对中山市集聚优质健康医药项目、建设国家健康医药创新型产业集群起到了良好的推动作用。通过政府扶持资金的专项投入，加速了国内外创新人才团队和高水平创新产业化成果落地中山，充实和完善了健康医药各细分领域产业链，并推动中山在蛋白抗体药、基因测序与诊断、高端医学影像设备等领域形成全国领先的产业创新中心。

面对海归创业的兴起，国家健康科技产业基地除了落实"旋风计划"等政策外，还着手规划建设系列平台。"旋风计划"推出的当年，国家健康科技产业基地在智汇园产业新载体、产业集群、创新型产业生态系统建设等方面的力度空前。

早在2012年，国家健康科技产业基地面对"无地可供"的情况，开发了健康智汇园产业载体。从某种意义上讲，智汇园是国家健康科技产业基地顺应新时代发展要求，为海归打造的一个全新的创新创业平台。海归扎根在这里，使得一批创新型企业实现快速孵化、成长、壮大，成为国家健康科技产业基地、中山健康产业发展的"加速器"。

随着产业的发展，产业集群、产业生态、创新型产业生态系统等概念日益受到关注。产业集群是产业发展，乃至经济和科技发展的重要载体，自1890年马歇尔阐释这一问题起，学术界、产业界日益关注这一话题。产业生态的概念最早由美国学者艾尔斯提出，20世纪90年代以来开始在研究产业发展领域中使用。产业生态由企业要素、人才要素、技术要素、资本要素四类主要要素组成。

2012年以来，国家健康科技产业基地通过搭建各类软硬件平台，优化服务，助力落户企业缩短产业化时间，让一批创新型企业快乐成长。

2013年5月，国家健康科技产业基地获评"国家新型工业化产业示范基地"，获评项目是以国家健康科技产业基地生物医药产业园为主体着力打造的创新型生物医药产业发展载体，当批次广东省仅有两家。

国家新型工业化产业示范基地由工信部评定，授予主导产业特色鲜明，水平和规模居全国领先地位，在产业升级、"两化融合"、技术改造、自主创新、节能减排、效率效益、安全生产、区域品牌发展和人力资源充分利用等方面走在全国前列的产业集聚区。在已授牌国家级示范基地现有公共服务平台中,工信部还将选择一批重点平台项目予以资金支持,促进公共服务能力和水平的提升,在工业转型升级、技术改造、中小企业发展等专项资金安排上,对符合条件的示范基地内项目予以重点支持。这是继 2011 年国家健康科技产业基地入选国家创新型健康科技产业集群试点后,再次荣获国家级奖项,进一步增强了国家健康科技产业基地吸引海外高端项目落户的"磁力"。

2013 年 9 月 22 日,中山国家现代服务业数字医疗产业化基地(简称"数字医疗基地")正式获得科技部认定。数字医疗基地将根据国务院批准的《珠江三角洲地区改革和发展规划纲要(2008—2020 年)》精神,利用中山市自身在数字医疗领域的发展优势,通过多资源整合手段,集聚与完善数字医疗服务业相关产业链,大力发展全球数字医疗服务业高端价值链。通过医疗数字化、信息化的建设带动健康产业和信息产业的融合发展,促进民生经济与产业经济的协同发展,达到增强区域经济核心竞争力,推动智慧中山与健康城市的建设目标。通过基地建设规划的实施,力争形成国内具有示范效应、影响力强的数字医疗现代服务业产业集群,推动广东省乃至全国数字医疗服务产业的发展。

在产业集群建设中,广东的专业镇颇引人注目。20 世纪 90 年代,广东出现大批经济规模超过十亿甚至百亿元的产业相对集中、产供销一体、以镇街经济为单元的新型经济形态,被称为专业镇经济。2000 年,广东省正式启动专业镇技术创新试点工作。《广东省科学技术厅关于加强专业镇创新发展工作的指导意见》中指出,专业镇是以镇(街道)为行政区域单元,以特色产业集群化发展为主要特征,特色产业集聚度高、专业化分工协作程度高、技术创新活跃、产业辐射带动效应明显的镇域经济发展形式;是鼓励产业链相关联企业、研发和服务机构在特定区域集聚,通过分工合作和协同创新,形成具有跨行业跨区域带动作用和国际竞争力的产业组织形态。

2013 年，火炬高新区以国家健康科技产业基地健康医药产业为基础申报广东省健康医药产业技术创新专业镇，并获广东省科技厅认定。

在 2016 年 6 月发布的《广东省专业镇创新指数》中，火炬高新区健康医药特色产业从广东省 100 个工业专业镇中脱颖而出，位列第二。《广东省专业镇创新指数》将纳入评价的 160 个专业镇划分为工业、农业和服务业三个组别，主要根据四个关键维度衡量专业镇创新（集群创新）：创新基础水平、科技研发能力、产业化能力、专业化能力。此次广东省 100 个专业镇中仅有两个以生物医药为特色，国家健康科技产业基地是其中之一。

第七节　形成"三足鼎立"之势

"20 年前，中国南部珠江口西岸出海处还是一片滩涂，今天，这里已经矗立起 160 多家企业。从 1993 年发展至今，20 年间，国家健康科技产业基地从零开始，到目前已被认定为全国首批创新型产业集群试点园区、国家新型工业化产业示范基地和国家现代服务业数字医疗产业化基地，书写了一段先行者勇于探索的故事。产业文明，源远流长。在历史和现实的交错中，让我们再度回望那段艰苦拼搏的日子，或许会从中发现现代中国新兴产业尤其是健康产业的发展史。"这是国家健康科技产业基地 20 年巡礼系列纪录片《产业之路——国家健康科技产业基地产业发展 20 年》序之《先行者之梦》的解说词。

如果说 1994 年，国家健康科技产业基地是一个呱呱坠地的婴儿，那么经过 20 年的成长，到 2014 年时，国家健康科技产业基地已是一位风度翩翩的青年。

20 年前，国内首个明确"以人类的健康作为医学的主要方向"（世界卫生组织倡导的现代健康理念）的产业基地——国家健康科技产业基地在中山成立。在过去 20 年的发展历程中，国家健康科技产业基地经历了从临危受命承担国家创新药的研发生产，到白手创业探索新型产业园区的发展模式,再到加快推进产业转型升级谋篇布局的层层递进的蝶变,中间走过了一段漫长而不寻常的探索之路。

20年来,国家健康科技产业基地建设大致分为"三步走"。其一是"政府办产业"奠定产业发展基调。以加大财政支持基础设施建设、推进招商引资、加强创新创业公共平台建设三大举措,搭建平台。二是"专业化服务"为产业增强发展后劲。打造公共服务平台,以专业化的服务谋划战略发展,抢占先机。三是"抓政策东风"奏响产业发展凯歌。为抓住发展机遇,国家健康科技产业基地开始进一步确立"科技创新和资本运营双轮驱动""先进制造业与现代服务业双业融合"等发展思路,着手对园区产业结构进行优化升级。

20年来,国家健康科技产业基地已成为全国首批创新型产业集群试点园区、国家新型工业化产业示范基地、广东省首个医药集群产业升级示范区,打造了一个集产业、科技、人才、信息、资本等要素于一体的综合健康产业平台,在国内已与北京、上海的健康产业发展形成"三足鼎立"之势。

健康医药产业被誉为"永远的朝阳产业",是世界各国密切关注的产业之一。从全市来看,中山市积极抢占发展先机,已把医药健康产业作为中山"十二五"发展中的支柱产业之一,纳入战略性新兴产业发展规划,部署了国家健康科技产业基地等高端产业平台,引进了山德士、联邦制药、国药集团、曼秀雷敦、完美等国内外知名健康医药企业185家,形成生物医药、医疗器械、保健食品、化妆品、健康养老、医药物流等集群式发展的产业集群。中山市健康医药产业产值年均增长超过30%,成为中山经济发展的重要增长点。

2013年12月10日,中央经济工作会议上首次提出"新常态"。

2014年中山市政府工作报告明确提出,大力发展实体经济的首要任务,并强调要培育发展新兴产业集群,扶持健康医药等新兴产业发展。作为中山市健康产业的大本营,国家健康科技产业基地的基础日渐雄厚。

2014 年，在中山举办的以"经济新常态——大健康产业发展的机遇"为主题的第九届中山论坛上，来自经济领域、医药界、跨国咨询公司等业界权威专家等，共同探讨了大健康产业在经济新常态下所面临的机遇和挑战，探寻大健康产业与民生经济深度融合的路径。同时，举办了国家健康科技产业基地成立 20 周年纪念活动。北京大学中国卫生经济研究中心主任刘国恩说，中山将健康与产业有效融合，将产业经济和民生经济有效融合，这本就是中山的前瞻之处，是与未来人类健康发展规律相吻合的。同样，这种产业特征，符合党的十八届三中全会提出的市场将在未来资源配置中起到决定性作用的改革精神，也是中山健康产业未来发展最大的优势。

2014 年为国家健康科技产业基地的"项目落地年"。国家健康科技产业基地以高端产业为主攻方向，以打造创新型产业集群为目标，培育新的经济增长点，重点做好国内外知名企业及行业细分龙头企业项目招引，跟进世界 500 强等一批大项目。2014 年数据统计显示，国家健康科技产业基地全年工业总产值占到全市健康医药约 60% 的份额。[①]

新常态经济的明显特征是增长动力实现转换，经济结构优化升级趋向再平衡，创新驱动逐步取代要素驱动、投资驱动。经过 20 年发展的中山健康产业在"新常态"下，加快创新驱动发展。

第八节　搭上数字化"快车"

国内"互联网 +"理念的提出，最早可以追溯到 2012 年 11 月第五届移动互联网博览会上专家的发言。2014 年 11 月，首届世界互联网大会指出，互联网是"大众创业、万众创新"的新工具。2015 年国务院政

---

① 中山火炬区宣传办宣传科主编：《2015 年中山火炬区新闻报道合订本》，内部编印，第 81 页。

府工作报告首次提出"互联网 +"行动计划。

"互联网 +"代表着一种新的经济形态，指的是依托互联网信息技术实现互联网与传统产业的联合，以优化生产要素、更新业务体系、重构商业模式等途径来完成经济转型和升级。

在中国制药企业国际化发展的进程中，数字化转型势在必行，工业互联网是促进医药企业转型升级的新引擎，运用工业互联网实施医药企业数字化、网络化、智能化转型是大势所趋。在创新驱动发展战略实施下，一批扎根国家健康科技产业基地园区多年的企业，加快数字化智能化转型升级的步伐，推动中山医药工业向着高质量发展。

一、互联网 + 健康

互联网和移动设备的发展，正改变着人们创造、记录和达到健康目标的方式。通过云端大数据的帮助，就可为人们提供准确有效的健康管理方案。

2013 年，国务院出台的《关于促进健康服务业发展的若干意见》指出，健康服务业以维护和促进人民群众身心健康为目标，主要包括医疗服务、健康管理与促进、健康保险及相关服务，涉及药品、医疗器械、保健用品、保健食品、健身产品等支撑产业。权威人士分析，这是国家加快发展健康服务业的明确信号。

健康服务业产业集群是国家健康科技产业基地较早进行产业链打造的板块之一。2013 年 9 月，中山国家现代服务业数字医疗产业化基地正式获得科技部认定，这是国家健康科技产业基地获批的第三个国家级产业基地（集群）。国家现代服务业数字医疗产业化基地是以数字医疗服务业为核心，以健康医药制造业为支撑，立足广东省、辐射全国乃至东南亚地区的现代服务业产业化基地。

国家现代服务业数字医疗产业化基地创办之初便入驻一批数字医疗企业，包括以可穿戴电脑设备为代表的衡思健康，以智能医疗器械制造为代表的广东乐心医疗电子股份有限公司（简称"乐心医疗"），以基因芯片制造为代表的康源基因，以数字医疗软件服务为代表的乐辰科技等。此外，还有天舜基因、徕康医疗信息等20多个医疗信息、检验检测、金融服务类项目入驻。

2014年，国家健康科技产业基地提出大力发展健康医药现代服务业，构建以健康数据信息为核心，集软件开发、平台运营、智能医疗器械制造、健康数据采集及评估、医学检测、预防保健、药物研发、医药数字化物流、人才培训、电子商务等于一体的产业集群。通过产业集群的构建，从而实现打造健康医疗信息服务外包基地，推进健康医药制造业的产业升级，制定健康医疗信息领域行业标准，构建健康医疗信息领域融合型产业链。并加快建设国家现代服务数字医疗产业化基地、广东省健康医疗信息技术服务区、市区共建健康医药服务业集聚区三大平台，通过有效整合健康医药产业上下游资源，使整个健康医药产业链在园区融合互补，发挥集群效应。

另外，在健康数字化管理方面，国家健康科技产业基地加快"试水"。2014年2月，《关于加快我市市镇两级食品药品检验检测机构建设的议案》被确定为中山市十四届人大四次会议大会议案，中山市政府明确提出，要加强市镇两级食品药品检验检测机构的建设，建立一个统一、权威、高效的市级食品药品检验检测机构，把市农业、海洋渔业、食药监的检验检测资源进行统筹与整合。借助政策东风，国家健康科技产业基地利用园区平台和企业，拉开了数字化检测产业集群发展的序幕。这年9月，诺华集团与中山市签订构建慢病管理体系、合作备忘录协议，将通过管理架构搭建、患者教育与医生培训、信息化建设、卫生经济学分析等项目实施，建设具有示范效应的中山慢病管理模式。

2015年3月，科技部下发关于认定第二批创新型集群试点的通知，此次全国才22个试点，加上之前认定的第一批10个，全国创新型产业集群试点共32个，其中广东省只有深圳、惠州、中山三个，而以火炬高新区管委会为集群建设单位的"中山健康科技创新型产业集群"，是全国唯一以健康科技命名的创新型产业集群，也是中山首个国家级创新型产业集群。

中山健康科技创新型产业集群自 2011 年被科技部纳入国家创新型产业集群试点（培育）以来，不断完善"一基地三园区"（当时是指国家健康科技产业基地、翠亨医药产业园区、华南现代中医药城、板芙镇生物医药产业园）的共同发展模式，重点从公共技术服务平台建设、龙头企业培育、招商引资体系建立、创新人才和团队聚集、集群的品牌影响力和国际化水平提升等方面开展工作，打造健康产业发展平台，为实现健康产业千亿集群发展奠定基础。

中山健康科技创新型产业集群以火炬高新区为依托，以国家健康科技产业基地为基础，已经形成以生物制药、医疗器械、医疗信息为主导，保健食品、化妆品、药包材、医药物流配套发展的健康科技产业集群格局。当时的目标是通过有效集聚，嫁接创新创业资源，放大产业集群优势，重点做好关键共性技术攻关、科技型企业培育、创新服务平台建设、健康品牌塑造、产业集群发展等任务，把中山健康科技创新型产业集群建设成为拥有探索意义的战略性新兴产业发展前沿基地。

值得关注的是，在 2010—2016 年间，国家健康科技产业基地陆续获批国家健康科技创新型产业集群试点园区、国家新型工业化产业示范基地、广东省健康医药产业技术创新专业镇、国家现代服务业数字医疗产业化基地等国家、省级"金字招牌"。同时，在科技部全国生物医药园区综合实力评比中，被医药权威媒体生物谷评为全国十佳生物医药园区。

2017 年 9 月，中山市印发《中山市"互联网＋健康科技"实施方案》，要求 2020 年底前，全市建立市健康医疗大数据库，搭建健康产业公共服务平台和健康医药特色产业平台，实现健康医药制造业信息化及智能化水平提升，推动互联网技术与健康科技产业的深度融合，在全国"互联网＋健康科技"产业融合发展方面做出示范，打造中山健康产业千亿级产业集群。

彼时，国家健康科技产业基地已聚集了一批应用于医院、社区和家庭，覆盖整个健康服务产业生态的企业和用户资源，形成了"互联网 + 健康"多种业态百花齐放的局面。一批"互联网 +"企业不仅实现了自身的转型升级，还利用技术优势与行业共建共享。

二、药企提前布局数智化

2016 年 3 月，《中华人民共和国国民经济和社会发展第十三个五年规划纲要》（简称"'十三五'规划"）印发。"十三五"规划强调，要加快发展新型制造业。实施智能制造工程，加快发展智能制造关键技术装备，强化智能制造标准、工业电子设备、核心支撑软件等基础。加强工业互联网设施建设、技术验证和示范推广，推动"中国制造 + 互联网"取得实质性突破。培育推广新型智能制造模式，推动生产方式向柔性、智能化、精细化转变。

从国家、省、市来看，健康产业被列入"十三五"发展中的重要位置。2016 年 10 月，国务院印发《"健康中国 2030"规划纲要》，权威专家解读，这是史上首个且最高规格的健康产业规划，从普及健康生活、优化健康服务等六大任务出发对未来 15 年的健康工作进行部署，其中中医药、家庭医生及分级诊疗、康复与养老、药品器械的创新及供应保障、"互联网 + 医疗"，以及 ICL、医疗影像、血透等新兴业态成为关注重点，医疗健康产业迎来全面利好。

"十三五"规划实施以来，广东省奏响"机器换人"的主旋律。药企的 GMP 车间对数字化、智能化、绿色化发展有更高的要求，因此相对于一般的制造业而言，药企更需提前布局数字化、智能化，走以创新驱动产业发展，以智能改造实现产能提升的发展之路。

2017 年 7 月，广东省发展改革委 2015—2017 年重大科技成果产业化扶持专项支持项目结果出炉，中山市共有 12 个项目被纳入广东省首批重大科技成果产业化集聚区扶持项目。其中，国家健康科技产业基地共有 10 个项目被纳入此次扶持。这种扶持力度在国家健康科技产业基地过往产业发展史中可谓是空前的。这些扶持项目包括广东星昊的无菌制剂 GMP 生产扩建项目、中山生物工程的"全自动血型分析仪及血型检测系列试剂的研发及产业化项目"、中昊药业的"小分子化学新药苯烯莫德（本维莫德的曾用名）的产业化"、辉凌制药（中国）有限公司扩建项目等，有了这些扶持，企业发展如虎添翼。

以广东星昊为例，2012 年，广东星昊开启制剂生产扩建项目。《国务院办公厅关于开展仿制药质量和疗效一致性评价的意见》和《药品上市许可持有人制度试点方案》的相继出台，更坚定了广东星昊开展智能化、国际化、高规格车间建设，着力打造国际标准 CMO（合同生产委托加工服务）的信心。中山生物工程的"全自动血型分析仪及血型检测系列试剂的研发及产业化项目"也获得扶持，中山生物工程依托此前建立的全自动血型分析仪及血型检测系列试剂研发技术，进行生产工艺改造并建造新的血型生产车间和血型试剂专用生产线。首期工程完成后，血型卡生产线产能可达到 6000 张 / 天，可以满足血型系列新产品的规模化生产。

广东中昊药业有限公司（简称"中昊药业"）致力于新药的研发和产业化。其核心产品苯烯莫德是世界首创的新一代治疗炎症性和自身免疫性疾病的新型非激素小分子化学 1.1 类新药，也是我国首个一类外用创新药。"小分子化学新药苯烯莫德的产业化"项目获得扶持，助力这款创新药加快产业化。辉凌制药是世界肽类药物的先驱及领导者。这次辉凌制药（中国）有限公司扩建项目获得扶持，项目新增生产线，引入口服溶液剂、无菌预灌封注射器、进口药品分包装等产品的生产。

另外，这一时期，中山未名海济生物医药有限公司在原有冻干粉针剂基础上研发水针剂型，并通过调整注射用重组人生长激素现有处方进行质量升级。安士制药（中山）有限公司于 2015 年启动软胶囊生产线改造项目，通过合并部分原库房，配套生产设备，新增多条药品生产线……

在政府扶持资金的大力支持下，国家健康科技产业基地企业更有信心通过增资扩建、车间智能化、高新技术产品引进等方式实现企业快速发展，不断催生出健康产业品牌龙头企业和独角兽企业。国家健康科技产业基地通过鼓励引导企业走智能制造之路，加快技术改造、装备更新和管理国际化，形成产业竞争新优势。

围绕国务院提出的建设"数据强国"这一战略目标，广东省大数据管理局先后确定了 15 个大数据产业园。2017 年，中山市火炬大数据产业园成为中山市当年唯——个获得省级认定的大数据产业园，重点在健康医疗、工业数据、社会治理等方面，打造以云计算、大数据、移动互联网及相关产业数据采集、脱敏、存储、分析及应用为一体的服务型平台。以火炬高新区、国家健康科技产业基地为依托，大数据产业园重点结合国家健康科技产业基地"政"务资源，联动中关村等进行"产学研"资源对接，通过构建"政用产学研"创新合作系统工程，促进科技、教育与经济有机结合。

2017 年 10 月 18 日，中国共产党第十九次全国代表大会在北京召开。党的十九大报告中提出，加快建设制造强国，加快发展先进制造业，推动互联网、大数据、人工智能和实体经济深度融合，在中高端消费、创新引领、绿色低碳、共享经济、现代供应链、人力资本服务等领域培育新增长点、形成新动能。

创新为国家健康科技产业基地产业发展提供了新动能，智能助推国家健康科技产业基地企业增添新优势。在健康制造业和服务业双轮驱动融合发展的道路上，企业如火如荼开展智能化建设和智能化改造无疑为国家健康科技产业基地产业发展插上了腾飞的翅膀。随着国务院办公厅《关于深化审评审批制度改革鼓励药品医疗器械创新的意见》、中山市政府《关于印发中山市"互联网+健康科技"实施方案的通知》等诸多利好政策的出台，国家健康科技产业基地园区企业正向智能化的未来进发。

第七章

从"0"到"1"：创新药跨越发展

从药物发展史来看，人类主要经历了非靶向药物、靶向药物，以及重组人胰岛素和OKT3单抗的产生使医药行业进入生物药时代三个重大时期。按照药物的成分和组成，大体可以分为化学药、生物药、生物制品、中药四大类。按照药物的研发和商业化阶段，大体可以分为创新药和仿制药。其中创新药是指具有自主知识产权的药物。

1978年以来，我国对新药的定义经历了多次变更，经历了从"中国新"到"全球新"的转变。2016年3月，国家食品药品监督管理总局发布的《关于发布化学药品注册分类改革工作方案的公告》（2016年第51号）明确提出注册分类一类为境内外均未上市的创新药，指含有新的结构、明确的、具有药理作用的化合物，且具有临床价值的药品。自2015年以来，国家出台了系列政策以鼓励创新制度变革。在政策"火车头"的带动下，我国创新药研发迈入了快车道。

2018年以来，中山市加快制定生物医药推广应用财政支持政策，鼓励和支持生物医药在制造领域的应用，带动了生物医药在中山的集聚。2019年2月18日，中共中央、国务院印发《粤港澳大湾区发展规划纲要》。同年 7 月，国家健康科技产业基地园区企业——广东中昊药业有限公司在中山厂区举行全球首创国家一类新药本维莫德乳膏首产仪式。这标志着我国第一个皮肤领域 first-in-class（全球首创）的化学创新药投产上市。自 2019 年开始，国家健康科技产业基地园区企业研发的创新药陆续上市。

第一节　中山出台"行动计划"

随着全球经济一体化的发展，世界医药业开始从美国市场向以中国、印度等国家为代表的新兴市场国家转移，生产外包、研发外包为特征的产业价值分工，将成为新兴市场国家重要的驱动力，也为新兴市场国家创造了更大的发展机会。同时，现代技术的不断发展，尤其生命科学、生物技术的快速发展，促进了传统制药业向现代制药业转化的速度。经过前期的探索与积累，中国制药业创造了更大的发展空间。

2016 年 4 月，备受关注的《广东省国民经济和社会发展第十三个五年规划纲要》（简称"广东省'十三五'规划"）正式印发。广东省"十三五"规划提到，将加强广州、深圳国家生物产业基地建设，打造中山国家健康科技产业基地、华南现代中医药城及珠海生物医药科技产业园等园区建设。同时，加快建设广州、深圳国家生物产业基地，推进形成珠海、佛山、中山等生物产业优势集聚区。

中山市"十三五"规划提出，要扶持生物医药等产业成为新支柱产业。加大生物医药等省级战略性新兴产业基地建设力度。珠三角（中山）国家自主创新示范区建设实施方案更是在不同方面提到了健康产业，重点支持中山国家健康科技产业基地建设。

2016 年是"十三五"的开局之年，国家健康科技产业基地致力营造更好的产业"金巢"，推出更多政策"礼包"，以吸引更多更好的项目入驻。国家健康科技产业基地提出要依托现有产业基础，建立基因测序与诊断技术产业基地、儿童用药用械用品研产基地、中药破壁饮片研产基地、国家创新型生物医药特色服务出口基地试点等多个产业发展平台。基因测序与诊断技术产业基地已构建完善产业链。此时，健康基地已有六家基因检测相关企业，涵盖基因检测芯片的研发、检验试剂盒生产、基因临床检测应用等，形成了较为完善的基因检测发展产业链条，同时还有其他精准医疗类相关检测服务企业。儿童药品器械研产基地方面也取得新进展。此外，中药破壁饮片研产基地、国家创新型生物医药特色服务出口基地试点等产业发展平台也正在大力推进中。健康基地在不断完善公共服务平台、积极搭建产业发展平台基础上，还与多方合作共建大健康产业平台，致力推进中山大健康产业的多元化、差异化发展。

自 2008 年全球金融危机以来，至 2017 年，中国制药工业走过了不平凡的十年。这十年里，以新医改为始点，中国医药产业经历了政策、经济、社会、技术等各方面因素前所未有的变化，行业人士认为，这十年，是中国制药工业传统模式逐渐走向终结的十年，也是催生新生态的十年。这十年间，国家健康科技产业基地创新型产业集群建设成效明显。这一时期的国家健康科技产业基地在招商和产业发展方向做出重要调整，日益成为海归创业者在国内"圆创新药梦想"的首选地之一，也为接下来的生物医药产业集群建设、创新药的上市做了铺垫。

时间回到 2008 年，这是我国推动创新药发展的重要一年。

2008 年，我国启动了重大新药创制国家科技重大专项（简称"新药创制专项"），研制疗效好、副作用小、价格合理的药品，推动了我国医药产业实现由仿制为主向自主创新为主的跨越发展。

在新药创制专项的推动下，我国创新药发展进入"快车道"：化学药、生物药从跟进到局部赶超，中药开始全面的生产技术和质量控制水平提升，加快现代化和国际化步伐。同时，医药产业新业态的发展也推动合同研发（CRO）、合同生产（CMO）、合同研发生产（CDMO）等的高速发展，实现资源高效利用和价值共享。

创新药需经历一个漫长的过程，在 2008—2018 年的十年里，《关于改革药品医疗器械审评审批制度的意见》《关于解决药品注册申请积压实行优先审评审批的意见》《关于印发药品上市许可持有人制度试点方案的通知》等政策相继出台，扶持创新药发展的政策不断叠加。

2017 年 2 月 14 日，国务院印发《"十三五"国家食品安全规划》和《"十三五"国家药品安全规划》，提出对具有明显临床价值的创新药实行优先审评审批。规模以上医药工业研究与试验发展经费持续增长，创新药即将进入质变的快速生长期。

2018 年 4 月和 11 月，国家分别推出了港交所新政和上交所科创板，开拓融资通道，缓解新药研发耗时长、盈利难的局面。同年 8 月，中山市人民政府办公室印发《中山市健康医药产业发展行动计划（2018—2022 年）的通知》（中府办〔2018〕27 号），《中山市健康医药产业发展行动计划（2018—2022 年）》正式实施。

《中山市健康医药产业发展行动计划（2018—2022 年）》提到，健康医药产业是战略性新兴产业的重要组成部分。近年来，中山市健康医药产业规模稳步壮大，创新能力不断增强，组织结构不断优化，形成了一定的产业基础。中山市拥有国家健康科技产业基地、华南现代中医药城等国家、省级产业园，是广东省首家国家级健康科技创新型产业集群试点园区、国家新型工业化产业示范基地、广东省健康医药战略性新兴产业基地，聚集了诺华山德士、联邦制药、完美、康方生物、腾飞基因等国内外知名企业和创新型企业，形成了涵盖生物制药、化学药、现代中药、医疗器械、诊断试剂、保健品、数字医疗、医药流通、健康服务业等多领域的健康医药产业集群，建立起涵盖研发、中试、检验检测、金融资本、孵化加速等过程的创新体系。

这份行动计划提到要紧紧抓住建设粤港澳大湾区的重要机遇，以推动健康医药产业高质量发展为主线，以创新体制机制、优化营商环境、加强要素支撑为抓手，着力引进一批重大项目，培育一批优质企业，建设一批重大创新机构，布局一批公共服务平台，提升一批产业载体，建成国内重要的健康医药产业集聚区和互联网与健康产业融合发展示范区。

在行动计划提到的八个发展重点中，生物制药排在了第一位，要求重点推进蛋白、多肽、核酸、单克隆抗体药物、疫苗、细胞干细胞免疫治疗技术和产品、生物类似药等的研发和产业化。支持生物活性成分在健康医疗与保健领域的研发应用。火炬高新区国家健康科技产业基地被列为重点发展区域。要求重点发展生物医药、医疗器械创新研发和孵化加速、新一代信息技术与健康医药产业融合发展等领域，以及中德（中山）生物医药产业园核心区国际合作项目。

行动计划在发展目标中提到，产业规模逐步壮大。到 2022 年，健康医药企业研发投入强度达到 4.5% 以上，争取在优势领域建设 1—2 家国家级工程技术研究中心和工程实验室，建成 5 个以上重大创新平台，形成覆盖健康医药全产业链的合同研究服务平台（CRO，含 BE 服务平台）、合同加工外包（CMO）、销售及物流配送外包（CSO）、合同生产服务平台（CDMO）、合同法规事务外包（CRAO）等的产业创新服务体系。

纵观生物医药产业链，我们可以发现其上游为基础研究，包括独立医学研究室、医药外包等；中游是生物医药制造，包括疫苗、血液制品、诊断试剂、单克隆抗体等细分产品；下游主要是医疗机构、医药零售渠道等。中山市进一步加大对生物医药等高新产业的支持力度，火炬高新区国家健康科技产业基地作为中山市发展生物医药产业的核心区，吸引了一批具有自主知识产权、具备巨大发展潜力的创新项目落户。

第二节 园区企业首款新药上市

《中国医药研发 40 年大数据》一书的序里写道，40 年来，中国现代医药产业基础从无到有、由弱变强，一组数据可以清晰地印证这样一条轨迹：1978 年，全国医药工业销售数据为 72.8 亿元，到 2018 年底这组数字则变成了近 3 万亿元，增长超过 400 倍！1978 年，我国居民人均卫生总费用只有 11.5 元，到 2017 年则达到人均卫生总费用 3712 元，增长超过 320 倍！1978 年，我国拥有自主知识产权的创新药几乎为零，到 2018 年 10 月，我国药物自主创新进程加快，累计超过有 35 个收获二类新药证书。[①]

经过多年的艰辛之旅，国家健康科技产业基地的创新药发展终于迎来了收获期。

2019 年 10 月 19 日，"国家科技重大专项"成果发布会暨欣比克本维莫德乳膏上市新闻发布会在北京举行。

三个月前的 7 月 19 日，位于国家健康科技产业基地园区景岳路旁的广东中昊药业有限公司中山厂区洋溢在一片喜气中。这一天，中昊药业举行了"全球首创国家一类新药本维莫德乳膏首产"仪式，这标志着我国第一个皮肤领域全球首创的化学创新药投产上市。同年 7 月 31 日，科技部举行重大新药创制国家科技重大专项新闻发布会。发布会上特别提到，2017 年以来，新药创制专项针对其他类疾病，也有 3 个一类新药获批。其中，"针对银屑病药物本维莫德，是全球第一个有治疗作用的芳香烃受体调节剂类、非激素小分子化学药物，可多通路抑制银屑病发病环节，疗效确切，复发率低"。

这也是国家健康科技产业基地、中山第一个小分子创新药问世，为中山创新药实现了从"0"到"1"的突破。

中昊药业于 2015 年落户国家健康科技产业基地，四年后，小分子创新药"欣比克本维莫德乳膏"成功上市。这四年间的产业化之路可谓是充满艰辛。

2015 年，新药研发负责人陈庚辉博士与新药产业化专家胡四进两人

---

① 参见陆涛、李天泉主编：《中国医药研发 40 年大数据》，中国医药科技出版社 2019 年版。

在医药专业投资团队的帮助下，寻找实现创新药产业化的机会。而此时，在广州、深圳等大城市寻找厂房及生物医药园区尤为困难。巧合的是，后来陈庚辉与胡四进来到中山国家健康科技产业基地。他们在这里找到了一个面积 20 亩的厂区，少了找地建厂房之忧，可以节省大量前期准备时间，而且，这里生物医药产业集聚，配套完善。于是，中昊药业初创团队带着对国产原研药产业化的憧憬，把梦想落定在国家健康科技产业基地。

初创团队来到国家健康科技产业基地后，建设了 GMP 生产基地，蒸汽系统、药品检验设备陆续进入 GMP 厂房。2015 年国庆节，中昊药业在中山国家健康科技产业基地开张营业，开启了银屑病国产原研药的产业化之路。

中昊药业项目落地后，他们除了考虑生产技术难题，还要面对每个月的员工工资、生产成本、维持管理运作等资金压力，起步颇为艰难。2017 年 5 月，本维莫德获得治疗湿疹新适应证的《药物临床试验批件》，但同时也面对着更大的资金压力。2018 年，发展压力更是达到最高峰。幸运的是，这年 8 月，来自国家药品监督管理局的五位专家来到中昊药业检查药品原料生产。这一年，本维莫德乳膏历经国家药品监督管理局两次严格的检查及审评。2019 年 5 月 29 日，本维莫德乳膏正式获得国家药品监督管理局批准上市。7 月，中昊药业获得本维莫德原料药和乳膏制剂的 GMP 证书。2019 年 7 月 19 日上午，"全球首创国家一类新药本维莫德乳膏首产"仪式在中昊药业举行，这标志着我国第一个皮肤领域 First-in-class 的化学创新药投产上市。当天仪式上，冠昊生物科技股份有限公司（简称"冠昊生物"）授予中昊药业"新药产业化基地"牌匾。

冠昊生物是一家立足再生医学产业，拓展生命健康相关领域，嫁接全球高端技术资源和成果的高新技术企业，持续在生物材料、细胞干细胞、药业，以及先进医疗技术、产品业务领域布局，核心业务形成"3+1"格局，即材料、细胞、药业三大业务板块和一个科技孵化平台。在药业领域，

2017年，冠昊生物控股广东中昊药业有限公司和北京文丰天济医药科技有限公司。

本维莫德乳膏治疗银屑病的临床研究表明，其治疗银屑病的疗效、安全性等指标与国内外公认的"金标准"卡泊三醇相比有着显著的优势。银屑病（俗称"牛皮癣"）是一种免疫介导的慢性皮肤病，全球2%—3%的人口深受这种疾病的折磨。除此之外，本维莫德还在多个重大疾病领域具有广阔的应用前景，包括湿疹、过敏性鼻炎、溃疡性结肠炎等，预计到2025年，涉及的相关疾病领域市场在300亿元左右。

北京天佑投资有限公司董事长、冠昊生物科技股份有限公司董事长、中昊药业董事长张永明介绍，本维莫德乳膏是一个真正意义上来自中国的全新小分子化合物创新药。历经20年研发，作为国家"十一五""十二五""重大新药创制"国家科技重大专项成果，本维莫德历经药物发现、化合物筛选、临床前研究、临床试验、商业化的完整过程，其正式投产，除了凝聚着研发团队、生产团队、管理团队无数的心血，还得益于科技部、广东省、中山市等各级政府的鼎力支持，以及医药监管部门一系列制度改革与创新。张永明表示，除了做好本维莫德乳膏产业化工作，冠昊生物将大力支持中昊药业的发展，不断开发、研究本维莫德新的适应证，同时围绕皮肤领域积极开发更多创新医药产品，造福更多患者，为中山医药产业发展、壮大、创新做出更大的贡献。

中昊药业研发生产的一类新药"欣比克本维莫德乳膏"于2020年12月首次被纳入国家医保药品目录，自2021年3月1日起正式执行，患者用药负担随之减轻。

2022年5月5日晚间公告称，冠昊生物拟以全资子公司广东天昊药业有限公司作为项目实施主体，投资建设天昊中山医药科技项目，项目总投资五亿元。

与中昊药业相隔约一公里的智慧健康小镇上，广东天昊药业有限公司年产2000万支本维莫德乳膏及其原料药等研发和产业化建设项目正如火如荼建设中。项目主要建设质检楼、办公楼、制剂楼、器械楼、原料楼等，配套道路、绿化、综合管线等。项目位于国家健康科技产业基地园区健康路旁，紧邻生物谷大厦，是承载天昊药业研发更多创新药梦想的新舞台。

2022 年 5 月 24 日，美国 FDA 正式批准 Dermavant Sciences 开发的 VTAMA®（tapinarof，1% 乳膏）上市。VTAMA® 可用于治疗成人斑块状银屑病。这是最近 20 多年来美国 FDA 批准的治疗银屑病的首款外用全新小分子化学药，也是迄今为止我国先批准上市后美国 FDA 才批准上市的第一个创新药，充分表明了我国药品审批审评，不管是速度、效率，还是水平，均领先国际。本维莫德大中华区以外的开发权几经转手，于 2012 年由葛兰素史克花费 2.3 亿美元购得，2018 年以约 3.3 亿美元转让给 Dermavant Sciences。美国 FDA 批准上市，无疑是对本维莫德乳膏优异疗效的充分肯定，进一步增强了其国内市场地位。

第三节 药企打破 "双十定律"

彼得·蒂尔（Peter Thiel）被誉为硅谷的天使、投资界的思想家。他在《从 0 到 1》一书中详细阐述了自己的创业历程与心得，包括如何避免竞争、如何进行垄断、如何发现新的市场。《从 0 到 1》从哲学、历史、经济等多元领域，解读世界运行的脉络，分析商业与未来发展的逻辑。"从 0 到 1" 是从无到有的过程，它代表着创新，也说明了基础决定发展方向。重视 "从 0 到 1" 的过程，才可以顺利地发展。

新药研发工作风险大、周期长、成本高，为此医药界存在着 "双十定律" 之说，即需要超过十年时间、十亿美元的成本，才有可能成功研发出一款新药。即使如此，大约只有 10% 的新药能被批准进入临床期。

对国家健康科技产业基地来说，创新药从 "0" 到 "1" 的突破，预示着进入发展的全新境界，为产业发展带来了更多的想象空间。自中昊药业第一个小分子创新药问世之后，康方生物、莱博瑞辰、医诺维申、珈钰生物等创新药企在创新药的路上频频传来捷报。

一、首款肿瘤创新药上市

从"2019 年全国肿瘤药物新立项临床试验情况（项）"来看，2019 年，本土公司在肺癌、胃癌、乳腺癌等国内常见肿瘤药物上的立项数量均超过跨国公司；从"2019 年正在进行的全球肿瘤 1 期临床研究数量"来看，美国 675 项、欧洲地区 327 项、中国 238 项、日本 44 项、韩国 29 项[①]，中国已经远超日本、韩国，向欧美国家逼近。

上述数据显示，国内企业的肿瘤创新药研发能力已崭露头角，凭借大量的在研临床项目，未来国产创新肿瘤创新药上市数量将迎来爆发式增长，我国创新药研发能力有望逐步缩小与欧美国家的差距。

在中昊药业创新药本维莫德上市两年后，国家健康科技产业基地首款肿瘤创新药成功上市。

2021 年 8 月 21 日上午 10 时 30 分，满载新型抗肿瘤药物派安普利单抗注射液（商品名：安尼可®）的冷链货车从中山国家健康科技产业基地园区的康方生物中山本部生产基地驶出。

获得国家药品监督管理局批准仅半个月，这款由康方生物自主原创开发、全球唯一采用 IgG1 亚型且经 Fc 段改造的新型 PD-1 单克隆抗体药物完成首批产品发货，将在全国各地投入临床使用，为至少经过二线系统化疗复发或难治性经典型霍奇金淋巴瘤（r/r cHL）患者带来全新的治疗方案。

2018 年，康方生物与中国生物制药有限公司下属公司正大天晴药业

---

① 中国医药保健品进出口商会、联合国工业发展组织投资和技术促进办公室（中国·北京）编著：《中国医药产业国际化蓝皮书》，中国商务出版社 2021 年版，第 27 页。

集团签署协议，在派安普利单抗的后续开发及商业化等方面开展合作。派安普利单抗注射液在康方生物中山本部生产基地生产，供应全国。

康方生物于 2021 年 5 月获得药品生产许可，并通过了药品生产质量管理规范符合性检查。安尼可是粤港澳大湾区首款获批上市的抗 PD-1 单克隆抗体药物，标志着粤港澳大湾区生物医药创新水平的进一步提升。

2022 年，康方生物独立自主研发的全球首创 PD-1/VEGF 双抗新药依沃西，以总交易额高达 50 亿美元（5 亿美元首付款）和两位数销售净额提成的合作方案，授予美国一家专业公司在美国、欧洲、加拿大和日本的独家开发许可权。报告期内，康方生物研发总投入 13.23 亿元，与之对应的是六个产品共 14 项临床研究处于关键性 / Ⅲ 期阶段，其中六项 Ⅲ 期研究已经完成入组，将提交上市申请。此外，强大的资金实力将全面加速其核心产品和管线的临床开发，为商业化进程和壁垒构建提供强大助力。2024 年 5 月 24 日，国家药品监督管理局（NMPA）官网显示，康方生物独立自主研发的全球首创的 PD-1/VEGF 双特异性抗体新药依达方®（通用名：依沃西单抗注射液）正式获批上市，适应证为联合化疗治疗经表皮生长因子受体酪氨酸激酶抑制剂（EGFR-TKI）治疗后进展的 EGFR 突变的局部晚期或转移性非鳞状非小细胞肺癌（nsq-NSCLC）。2024 年 6 月 3 日，康方生物宣布与 Summit Therapeutics（简称"Summit"）签署了补充许可协议，在双方原有关于 PD-1/VEGF 双特异性抗体依沃西的合作许可协议下，拓展依沃西的许可市场范围。

"非常欣喜，我们创造了自成立以来的最佳业绩。特别是两款已上市新药的市场销售，均取得了爆发性增长。"康方生物创始人、董事长、总裁兼首席执行官夏瑜博士表示，预计未来五年将有超过六个自研新药品种上市，逐渐构筑一个百亿级的产品销售平台。

2024 年 3 月 5 日，康方生物发布年度正面盈利预告，是自创立以来的首次年度盈利。

扎根中山以来，康方生物在创新药的研发上找到了一条更有效的路径，打破了业界所说的"双十定律"，让更多的药企看到了希望。

中昊药业、康方生物这些创新药企研发的创新药获批上市，不仅仅为人类健康带来福音，也意味着中山健康医药产业步入了一个全新的发展阶段，站在了一个发展新高度。

二、海归创业"加速度"

2020 年 12 月，中山莱博瑞辰生物医药有限公司（简称"莱博瑞辰"）团队来到中山，与中山市政府相关部门、国家健康科技产业基地进行接触。

这一次短暂的接触，很快便产生了火花。2021 年 1 月 7 日，莱博瑞辰在中山成立，3 月 28 日，四位海归博士创建的莱博瑞辰项目在中山"3·28"投资经贸交流会上正式签约。这家创新药企携带"全球独创靶向治疗骨坏死的一类新药"技术，正式落户国家健康科技产业基地。

此情此景，容易让人想起九年前的康方生物。同样是四位海归博士作为创始人，同样是在中山"3·28"投资经贸交流会上签约，同样是聚焦创新药的研发。

看似巧合，但从这一点也说明了国家健康科技产业基地越来越具备创新药的吸引磁场。

莱博瑞辰是以美国加州大学骨和关节再生医学研发团队领军人物姚蔚教授为首的核心团队，携带"全球独创靶向治疗骨坏死的一类新药"技术回国创办，是一家致力于骨健康创新药自主研发及产业化的生物医药公司。核心成员在骨与关节新药研发领域研究超过 20 年，均有在国内外名校、著名研究机构受训、工作的经历，并拥有在默沙东、拜尔等国内外知名药企工作的经验。

四名海归博士，希望能在国家健康科技产业基地加速骨再生创新药研发并取得突破。莱博瑞辰依附国家健康科技产业基地大平台，在几年之后实现创新药上市。

"这与国家健康科技产业基地的大力帮助和中山市政府的扶持政策有很大关系。"莱博瑞辰董事长陈继伟说。有了回国发展的想法后，莱博瑞辰团队接洽了国内一些城市。长三角等医药产业发达的城市都曾对莱博瑞辰团队发出过邀请。但经过内部讨论和比较，莱博瑞辰还是选择了中山国家健康科技产业基地作为团队落户和追梦的地方。

在中山，莱博瑞辰团队受到了来自国家健康科技产业基地的热情接待。国家健康科技产业基地协助解决了包括办公场所、人才公寓、注册、融资等公司运作上的实际困难。与此同时，国家健康科技产业基地还促成了莱博瑞辰与园区企业安士制药的合作。安士制药在钙制剂产品方面的市场地位和销售实力，特别是在骨健康重点发展方向上与莱博瑞辰高度契合，这对处于创业期的莱博瑞辰大有帮助。成熟的健康医药产业基础，强大的平台支撑力与产业链配套，以及相应的产业政策和人才政策，给了莱博瑞辰落地中山的信心。

作为医药学博士，公司首席科学官姚蔚对创新药研发流程之漫长、环节之复杂再清楚不过。在她看来，一款创新药从开发到上市平均需要花费超过十年的时间，耗费近十亿元。愿意孵化这类周期长、投入大、科技含量高的项目，足以印证当地政府的战略眼光和执行能力，以及专业的判断力。

"国家健康科技产业基地的服务也非常专业及时，在企业注册、安排办公场所和人才公寓、政府扶持项目申报等方面，以最快的速度响应和支持我们，真正实现一站式服务。"姚蔚谈起火炬高新区的政策优势和国家健康科技产业基地的服务时深有体会。

为破解创新药研发的产业化瓶颈，火炬高新区充分赋权赋能产业园区进行政策设计及执行、产业体系构建及运营，汇聚起资本、人才、技术等核心要素，让政府、企业、平台在这个循环中彼此支撑，共同受益。

在政策、投资机构等外力的助推下，莱博瑞辰很快就筹建起华南地区最大的骨科药物研发平台，研发涵盖骨坏死、放化疗升白、骨折愈合、脆骨病等六条新药管线。同时，莱博瑞辰已与美国骨和关节再生医学公司达成合作协议，获得一系列创新药的开发及商业化的权利。

2023年6月11日，骨健康药物创新发展国际专家交流会暨企业战略合作签约活动在国家健康科技产业基地举办。这次活动由莱博瑞辰主办，旨在为区域骨健康产业高质量发展建言献策，并携手A股领先的健康品牌商业化平台——青岛百洋医药股份有限公司加速莱博瑞辰骨骼与关节疾病领域创新药产业化进程。

2024年上半年，莱博瑞辰的全球首款治疗骨坏死的一类创新药"RAB001注射液"已在美国及中国国内完成临床一期试验，并已与国家药审中心完成临床二期试验沟通会，计划于2024年开展临床二期试验，未来几年有望在国内实现获批上市和产业化。

莱博瑞辰的成长也说明了，通过传统手段拼资源、比土地、拼配套，对招引创新药企来说并不足够。发挥国资力量，以投促招、招投联动，应当成为国家健康科技产业基地招商引资大突破的当然之举。

2021年12月，中山恒动生物制药有限公司正式成立，2022年10月底入驻国家健康科技产业基地。企业致力于使用先进独有的激动型抗体筛选、优化和评估核心技术平台，开发具有一类新药潜质的激动型抗体药物，核心技术来源于上海交通大学医学院，并获得技术转化授权。

恒动生物首席科学家李福彬博士是复旦大学学士、纽约市立大学博士、洛克菲勒大学博士后，现任上海交通大学医学院、上海市免疫学研究所研究员、博士生导师，是推动激动型抗体恒定区研究的主要贡献者之一。2013—2018年，李福彬博士团队的科研项目获得多项国家自然科学基金。

恒动生物联合创始人兼首席执行官严晓华表示："我们在国家健康科技产业基地生物谷大厦实现了'拎包入住'。国家健康科技产业基地还拥有一个非常好的理念——始终支持源头创新，这更加坚定我们创新发展的信心。"

为加快研发脚步，2022 年 11 月，恒动生物与康晟生物签订战略合作协议，康晟生物将为恒动生物提供细胞株、培养基及 CDMO 服务，双方共同推进激动型抗体药物的研发生产。2023 年 12 月 6 日，恒动生物与艾博生物科技有限公司签署合作协议。这次合作将充分发挥双方在激动型抗体与 mRNA 肿瘤疫苗的技术优势，开展激动型抗体与 mRNA 肿瘤治疗性疫苗联合应用研发，致力于拓展和推动抗肿瘤免疫治疗新方式，为全球癌症患者提供更为优质的治疗选择。

三、"大湾区是未来中国创新药发展高地"

火炬高新区将生物医药列入三大支柱产业之一，并依托国家健康科技产业基地积极"筑巢引凤"，吸引一批批重点产业服务平台、优质创新药及其上下游配套产业项目落地，已成为粤港澳大湾区生物医药产业发展高地之一。

中山医诺维申新药研发有限公司（简称"医诺维申"）董事长习宁博士的人生履历丰富。1980—1990 年，习宁在北京大学获得化学学士、硕士、博士学位，之后前往美国留学，于 1992—1997 年在美国赖斯大学完成化学博士、博士后学习。其主攻研究领域为抗肿瘤药物和免疫疾病药物的研发，曾作为项目负责人主持国家"十二五""十三五"重大新药创制专项项目并获得专项的滚动支持。作为国家重大人才工程专家、珠江人才计划创新团队带头人，习宁已申请专利 90 多项，其中有 50 余项获得世界多国授权。

"20 世纪 90 年代，北大博士毕业后，顺应出国留学热潮，前往美国继续学习深造，然后在硅谷的跨国药企担任近十年的科学家，后来又回到国内担任药企首席科学家，为了积极响应国家创新驱动发展的号召，现在选择创业。"习宁说，他的人生历程顺应时代发展潮流，同时他也是享受改革开放红利的一代。

2015 年后，国内发展创新药的氛围越来越好，一批海归博士纷纷选择国内创业。在中山，康方生物的成功"冒险"已成为海归创业的榜样。

"康方、康晟、莱博瑞辰等一批创新药企就是我们学习的榜样，让我们看到了国内创新药企成长发展的可行路径。"习宁说，他们在国外就与康方生物创始人有交往，再加上之前工作的企业在东莞，会常来中山交流，对中山比较熟，中山作为粤港澳大湾区中生物医药产业发展的重要阵地，吸引了他们这类创新药的初创企业入驻。

医诺维申的另外两名联合创始人，苑学礼是北大医学部临床医药博士、哈佛大学博士后，有着近30年的临床和科学研究经历，开展了大量临床肿瘤的细胞免疫治疗工作，主持国家自然科学基金项目，"十二五"药物研发重大专项。许世民早年毕业于清华大学，拥有20多年的新药研发及管理经验，带领团队在抗肿瘤、抗病毒、克服抗生素耐药性等领域开展临床前研究，曾在国外与习宁共事多年。

在习宁看来，粤港澳大湾区是未来中国创新药发展的高地，而中山在大湾区中发展创新药优势明显，选择中山就是选择未来发展趋势。

项目落定中山之前，习宁带着团队到过深圳、东莞等大湾区城市考察，还与长三角的城市进行了对比，最终还是看好中山。"中山除了具有产业集聚、成本低廉、深中同城等优势外，更重要的还有康方生物这样的榜样，以及国家健康科技产业基地园区、政府在培育康方生物的过程中，积累了丰富的企业服务经验，更懂企业。"习宁坦言，项目落户中山后，他们曾到康方生物、康晟生物等药企进行走访，感触特别大。

2022年12月，医诺维申入驻国家健康科技产业基地，这家专注于肿瘤免疫药物研发的创新型企业，能够为国内外大中型制药企业、生物技术公司及科研院校等提供从药物早期发现到药物开发与实验室工艺开发阶段的一体化服务。项目从落地到开业只用了不到三个月的时间，一方面充分体现了医诺维申的高效率、快节奏，另一方面印证了国家健康科技产业基地拥有优秀的服务企业团队，火炬高新区党工委、管委会对生物医药产业发展的高度重视和支持。2023年3月6日，医诺维申小分子新药 CRO（生物医药研发外包平台）在国家健康科技产业基地揭牌成立。

2021 年第十届中国创新创业大赛（广东赛区）暨第九届"珠江天使杯"科技创新创业大赛总决赛中，医诺维申获得生物医药行业初创组第一名的好成绩，并获得中国银行中山分行数百万元授信支持及其他投融资机构的青睐。2022 年 10 月 25 日，医诺维申新药研发有限公司的一类新药 FC084 获得国家药品监督管理局（NMPA）批准开展临床试验，适应证为单药或联合其他药物（化疗、靶向治疗、免疫治疗）用于非小细胞肺癌、胃癌、肝癌、乳腺癌、肉瘤等实体瘤的治疗。FC084 是国内首款自主研发、处于临床阶段的高选择性 AXL 抑制剂，有望成为全球一流的 AXL 抑制剂。

2023 年 2 月，火炬高新区召开高质量发展暨 2023 年攻坚克难工作动员大会，习宁等 12 位企业家及专家被聘为火炬高新区首批产业顾问。

"火炬高新区具有扎实的健康产业基础和优越的区位优势，聚集了一大批优秀的生物医药公司。落户国家健康科技产业基地，是医诺维申的最佳选择！"习宁表示，医诺维申将坚定信心扎根中山，持续探索新药研发技术，研发出更多创新的、满足临床迫切需求的新药、好药。

四、布局更多创新药研发项目

2020 年 4 月 16 日，一类新药"利他唑酮"签约落户国家健康科技产业基地。一类新药的研发代表着药物研发的最高水平，这次落户的超级抗生素新药是国家"重大新药创制"项目，一旦研发成功，将填补我国在该领域的空白，也将产生巨大的经济效益。

签约的一类新药"利他唑酮"项目，正是广东金城金素制药有限公司落户国家健康科技产业基地之后布局创新药研发的新项目。按照金城金素的发展计划，2023 年内启动利他唑酮 I 期临床试验，争取 5 年内完成项目 I、II、III 期临床试验，实现项目产业化。

利他唑酮是国家"重大新药创制"重大科技专项"十二五"第四批课题，由中国医学科学院医药生物技术研究所开发。2019年12月，金城金素全资子公司——广东赛法洛药业有限公司购买了该项目的全部权益，包括化合物专利在内的多项国家发明专利。利他唑酮是一种新化合物结构抗生素，属于恶唑烷酮类抗菌药物。利他唑酮在国内及国外均未上市，属于化学药品一类新药。该产品已获得国家药品监督管理局颁发的药物临床试验批件，正在准备开展I期临床试验。

金城金素是上市公司金城医药控股的子公司，是中国头孢制剂领域创新型企业。金城金素总经理周白水介绍，2016年底落户国家健康科技产业基地之后，企业与基地之间一直保持着紧密的对接。国家健康科技产业基地浓厚的产业氛围、广阔的发展空间、专业的企业服务，都给金城金素注入了充足的发展信心。落户短短三年多时间，金城金素在创新药研发方向爆发出强劲的动力，研发工作结出硕果。2020年，国家健康科技产业基地引进的广东金城金素总部项目，也有一个一类新药（"十二五"国家"重大新药创制"超级抗生素）、两个二类新药在国家健康科技产业基地落户。同年12月，金城金素全资子公司赛法洛药业超级抗生素一类新药利他唑酮（LT-01）正式启动国内I期临床试验。

金城金素研发生产基地扩建项目是2022年中山"3·28"投资经贸交流会签约项目，总投资八亿元，计划建设广东金城金素总部、研发中心和产业化基地。未来，金城金素还将引入更多创新药研发成果落地国家健康科技产业基地。

近年来，凭借扎实的健康医药产业基础、强大的平台支撑力与产业链配套，以及有竞争力的产业政策和人才政策支持，国家健康科技产业基地园区吸引了莱博瑞辰、珈钰生物、中奥生物、范恩柯尔、恒动生物等一批创新药企业，在骨健康领域集聚了安士制药、莱博瑞辰等优势项目，康方生物派安普利单抗、卡度尼利双抗及中昊药业的本维莫德已获批上市实现商业化，国家健康科技产业基地正成为粤港澳大湾区创新药成果转化和产业化的高地。

从全国来看，近年来，本土创新药发展迅速，进入放量爆发期。《中国医药产业国际化蓝皮书》在《中国创新药国际化形势与展望》中提到，从创新药上市数量看，近年来，我国药审中心批准上市的国产创新药数量逐年增加，根据 CDE 官网数据，2018 年、2019 年、2020 年上市国产创新药分别为 9 款、12 款、9 款，相比 2015—2017 年合计仅 8 款，产出明显加快；2021 年上半年，获批创新药达到 41 款，其中国产创新药获批数量达到 19 款，是 2020 年全年的两倍之多。此外，根据 Insight 数据，从国产创新药临床开展数量看，2015—2020 年国产创新药临床项目显著增多，从 2015 年的 198 项增长到 2020 年的 887 项，其中 2020 年较2018 年增加了 234 项，同比增长 35.8%，保持快速增长趋势。在众多的创新药在研项目支撑下，预计未来有望保持每年上市 10 款以上国产创新药的态势。[①]

在实现从"0"到"1"的突破后，国家健康创新药正步入从"1"到"10"

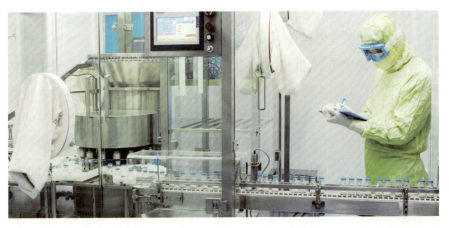

金城金素实验室

① 中国医药保健品进出口商会、联合国工业发展组织投资和技术促进办公室（中国·北京）编著：《中国医药产业国际化蓝皮书》，中国商务出版社 2021 年版，第 25 页。

的新征程。继中昊药业、康方生物创新药推向市场后，莱博瑞辰、医诺维申、恒动生物、金城金素等一批新药企业正在加速研发。截至 2024 年4 月，园区有超过 70 条医药在研管线，其中超 30 个一类新药已上市或在研；超过 190 条医疗器械在研管线，其中超过 55 个产品三类医疗器械实现商业化，突破了单抗 / 双抗创新药、手性催化技术、HPV 治疗性疫苗、CAR–T/CAR–DC 细胞免疫新药、小分子靶向抗癌创新药、下一代基因测序、微流控芯片、无创结直肠癌 miR–92a 检测试剂、数字乳腺体层扫描系统等关键技术。随着一批国内领先、国际知名的具有自主知识产权的创新产品的推出，更多的创新药将实现"中山造"，实现从"10"到"100"的跨越。

第四节 "家门口"的创新链

CRO（医药合同研究服务）、CMO（合同加工外包）、CDMO（合同生产服务）、MAH 持证平台……近年来，随着国内创新药的加快发展，上述这些新名词频频见诸媒体。

《中国制药业发展战略》中《医药外包市场》提到，研发外包和市场外包最早诞生于 20 世纪 70 年代的美国，它是在产业经济发展中，利用局部竞争优势，克服或弥补企业因制造、研发、销售、管理能力等某一方面的不足，使之成为一种最经济、最可控、最灵活、最有效率的生产方式。20 世纪 80 年代，外包模式开始延伸到医药业且得到快速发展。进入 21 世纪之后，跨国制药企业受到创新药物的研发周期、研发成本压力等因素影响，开始将非核心业务外包出去，以降低成本，从而专注于核心竞争力建设。因此，外包业务模式得到快速发展，不断向亚洲、东欧等发展中国家进行转移。

《国家创新战略与新兴产业发展》一书中提到，我国已成为转化医学公司首选的医药研发合同外包服务国家，国内主要的医药研发合同外包服务公司有药明康德、尚华医药、泰格医药和博济医药。2007年，我国医药研发合同外包服务市场价值仅为48亿元，而到2015年已增长至380亿元。2012—2016年，我国医药定制研发外包行业规模由138亿元扩大至270亿元，年复合增长率达16.02%。[①]

近年来，国家健康科技产业基地以自建、合作共建和引入第三方建设等方式，构建了新药研发、检验检测、中试研究、符合国际国内标准的CRO等研发外包平台，以及临床试验、金融资本等产业服务平台，助力中山健康医药产业向更高水平发展。

一、近在咫尺的药品进口口岸

"翘首以盼，终于可以在'家门口'进口药品了。"广东金城金素制药有限公司、广东榄都药业有限公司创始人傅苗青说。

2022年5月16日上午10时50分许，中山港中外运码头飘着细雨，挂有"热烈祝贺中山市首批药品进口顺利通关"字样的大卡车徐徐驶入，由中山企业进口的药品——"头孢噻肟钠"和外地企业进口的"小儿珠珀散"在此顺利通关。这是中山港口岸被国务院批准为药品进口口岸后迎来的首批进口药品。

自2010年开始筹备，历时12年，中山港口岸于2021年12月成功获评为药品进口口岸。中山成为全国第27个、广东省第4个设立药品进口口岸的城市。

2023年5月16—20日的一周，是中山健康医药产业发展史上的又一个高光时刻：5月16日，中山市药品进口口岸启动，首批药品进口通关；5月20日上午，广东省首个制药产业计量测试中心揭牌；当天下午，药品MAH持证转化平台——广东粤和泽药物研究有限公司落户火炬高

---

① 周城雄主编，林慧、洪志生副主编：《国家创新战略与新兴产业发展》，科学出版社2019年版，第230页。

2022 年 5 月 16 日，装有由中山企业进口药物"头孢噻肟钠"和外地企业进口药物"小儿珠珀散"的大卡车驶入。这是中山港口岸被国务院批准为药品进口口岸后首次迎来进口药品（缪晓剑／摄）

新区。一个星期内，三个平台相继落地，国家健康科技产业基地实现了进口"在家门口"、计量"在家门口"、研发"在家门口"，将更好地推动中山健康医药产业高质量发展。三个"在家门口"是环环相扣的逻辑关系，其实质是不断完善健康医药产业发展链条，找到助推健康医药产业快速发展的"密码"。

金城金素位于国家健康科技产业基地智慧健康小镇，从公司到中山市药品进口口岸只有两三公里车程。在中山市药品进口口岸启动暨首批药品通关仪式上，有关部门为首批药品进口企业广东榄都药业有限公司颁发《进口药品通关单》，为香港保和堂制药有限公司颁发《进口药品通关单》和《进口药品检验通知书》。基于政策红利，广东榄都药业这次直接从中山港进口药品原料 3.3 吨，产成品货值将逾 5000 万元①，因不再绕道广州、深圳等口岸，减少了企业进口药品及半成品、原辅材料的中间环节，提高了供应链的稳定性与及时性，解决了企业燃眉之急，

---

① 黄凡、谭华健：《中山港药品进口口岸启用　首批进口药品顺利通关》，载《中山日报》，2022 年 5 月 17 日 A1 版。

有效保障了生产。

香港保和堂制药有限公司此次进口的是"小儿珠珀散"。公司总监蔡丽丽表示，对中山的医药企业来说，药品进口口岸在大大缩短物流周期的同时，也将大大减少物流成本。

中山港口岸作为药品进口口岸正式启用，结束了中山"只有进口药品、没有药品进口"的历史，"拉直"了进口药品的通道，不用再绕道其他城市进口药品。在当天的启动仪式上，《中山市促进药品进口口岸发展20条》发布，从支持生物医药项目落地、支持生物医药企业做大做强、支持企业扩大药品进口、支持口岸通关便利化等方面着手，全链条支持产业发展，其中多项扶持超过千万元。

2023年5月17日，是中山市药品进口口岸通关一周年。一年来，国家健康科技产业基地园区企业实实在在尝到了政策的甜头。"中山市药品进口口岸开通一年来，我们切身感受到在'家门口'进口带来的便利，通关效率大大提升，降低了企业的运输成本和经营成本。"广东榄都药业有限公司总经理周白水说，公司原来以原料进口为主，而如今拥有近在咫尺的药品进口口岸，将会进一步拓展销售业务，争取更多的药品销售代理权，可以预见，未来进口药品的数量和批次定会增加。

进口品类覆盖国务院批准允许进口的所有品种，包括非首次化学药、中药、首次和非首次中药材。中山市市场监管局提供的数据显示，一年来，中山市药品进口口岸办理药品进口备案通关业务涉及4个省份14家企业，合计13个品种288批次药品的进口，累计进口药品1570吨，报关货值13968万元。[①]

周白水的体会是，"家门口"进口不仅方便快捷（包括申请进口药品通关单及海关通关），一般可达到货物当天到港、当天到公司仓库的

---

① 徐世球：《"家门口"进口药品 全年365天不"打烊"》，载《中山日报》，2023年5月18日A4版。

速度；还可大大降低冷藏仓储费用及运输费用等运营成本，让企业实实在在享受到政策带来的福利。

中山市药品进口口岸的好处，傅苗青和周白水感受最深。2022 年 6 月，广东金城金素制药有限公司、广东榄都药业有限公司给中山港海关综合业务一科写了一封感谢信。信中写道："在中山港办理通关时，贵科本着为企业排忧解难的初心，坚持强而有力的举措，为企业提供高效、准确、快捷政策指导和优质服务。在我司不了解相关惠企政策下，第一时间为我司提供减税降费政策解读和专业文件学习指引，通过'一对一'推送政策、'点对点'辅导提醒，指导我司申领《区域全面经济伙伴关系协定》（RCEP）原产地证书，如此高效的办事效率及深入人心的帮助使我司倍感温暖。整个过程，我们感受到了贵科尽心尽力为人民服务、踏踏实实为企业办实事、协同创新为地区谋发展的决心和能力！我们看到了所有公务人员恪尽职守、精益求精而富有人文关怀的工作表现，这正是中山高效、廉洁、务实的营商环境最牢固的基础，我们发自内心地赞叹：中山不仅是医药企业理想的发展基地，也是更多投资者、创业者收获成功、实现梦想之地。"

事情的缘由是这样的：2022 年 6 月 8 日，榄都药业一批原产于韩国的头孢噻肟钠原料在中山港口岸顺利通关，凭借签发的《区域全面经济伙伴关系协定》（RCEP）原产地证书，享受了零关税优惠，在便捷的同时，还减轻了企业的压力。

中山是生物医药产业发展的沃土，药品进口口岸正式开通后，中山医药生产企业能直接参与国际药品大流通、大循环，对标国际先进水平，提高研发生产能力，加速集聚医药行业全球高端要素资源，市民们也能在家门口享受成本更低的进口药品，实现惠企惠民的双赢。

广东省药品监督管理局表示，将一如既往地支持中山药品进口口岸建设，将中山药品进口口岸打造成为大湾区乃至全国药品进口备案最便捷、流程最优、通关最快的口岸。中山以药品进口口岸设立为契机，抢抓粤港澳大湾区建设机遇，谋划建设粤港生物医药合作创新区，"澳门药批＋中山制造"合作区，港澳药品上市许可持有人、医疗器械注册人"跨境委托生产销售"示范区，将打造成为粤港澳大湾区生物医药物流高地和生物医药制造大市。

二、构建药品持证及转化平台

药品上市许可持有人制度（Marketing Authorization Holder，MAH）最早正式在官方文件中的出现，还要追溯到 2015 年 8 月备受行业关注的《国务院关于改革药品医疗器械审评审批制度的意见》（也称"44 号文"）。"44 号文"明确提出，要开展药品上市许可持有人制度试点，并对此进行了进一步细化解读：允许药品研发机构和科研人员申请注册新药，在转让给企业生产时，只进行生产企业现场工艺核查和产品检验，不再重复进行药品技术审评。

2017 年 10 月，国家药品监督管理局公布《中华人民共和国药品管理法修正案（草案征求意见稿）》，其中提到："国家实行药品上市许可持有人制度，药品上市许可持有人对药品安全、有效和质量可控承担法律责任。"这意味着，从 2015 年 11 月便开始在全国十省市试点的药品上市许可持有人制度，终于明确释放出了即将全国推行的信号。相较于此前药品上市许可与生产许可捆绑的模式而言，MAH 制度的出台使得上市许可与生产许可分离，无疑被赋予了更多的期望。药品研发机构、科研人员及药品生产企业的研发热情被进一步调动。

2022 年 5 月 20 日，国家健康科技产业基地园区知名企业家相聚一堂，除了庆祝浙江和泽医药科技股份有限公司控股子公司——广东粤和泽药物研究有限公司在国家健康科技产业基地签约成立外，还以座谈会的形式，为中山健康产业的发展献计献策。

浙江和泽医药科技股份有限公司成立于 2006 年，是一家以药物研发为核心、从事药品持证及转化的服务型平台公司，连续多年荣获"中国医药研发企业 20 强"。作为药品 MAH 持证转化的先行者，和泽医药抓住 MAH 制度实施的契机，拿到全国第一张由研发机构持有的药品生产许可证。广东粤和泽药物研究有限公司负责人在谈到中山的机遇时说，中山除了拥有粤港澳大湾区等政策和区位优势，还有产业配套优势。比如，在服务平台方面，中山拥有工艺技术、检测技术、制剂 CMC、创新药研发、CDMO/CMO 生产服务、中试研究服务、供应链服务、金融技术等众多共性服务平台；在产业基地方面，中山有国家健康科技产业基地、湾区药谷、火炬原药港等产业基地和平台；在企业方面，中山已聚集了联邦制药、康方生物、安士制药、金城金素等知名生物医药企业。

广东粤和泽药物研究有限公司负责人表示，粤和泽将立足中山，通过构建粤港澳大湾区药品持证及转化平台，进一步丰富转化平台的 MAH 持证要素，实现供需双方精准对接，唤醒"沉睡"中的药品批准文号。这对中山健康医药产业来说，意味着将加速全产业链发展。

就在当天（2022 年 5 月 20 日）上午，广东省制药产业计量测试中心在火炬高新区智慧健康小镇揭牌。这是省内首家服务于制药产业的省级计量测试中心，于 2021 年 10 月批准成立。经过半年多时间的建设，中心实验室第一期工程已建设完成，全面向制药企业开放。中心实验室前期建设 3200 平方米的实验室，涵盖材料测试、公用介质测试、环境参数测量、制药专用设备量值溯源、生产过程在线计量测试五大领域。180余项计量测试能力，满足制药企业对计量测试服务的迫切需求，为中山乃至粤港澳大湾区城市制药产业提供计量测试服务。

揭牌仪式上，广东省制药产业计量测试中心与中山市健康基地集团有限公司、中山市中智药业集团有限公司、广东星昊药业有限公司签署战略合作框架协议。广东省制药产业计量测试中心承诺，将为制药企业提供一站式计量测试服务，做好测量仪器设备的量值溯源和产业关键参数测量工作，并将联合国家健康科技产业基地集团、制药企业，开展制

广东省制药产业计量测试中心

药产业计量科技创新、技术交流与人员培训等。

近年来，中山健康医药产业在产业链、创新链"双链"建设方面呈现出许多可喜的变化。中科中山药物创新研究院、中国检科院粤港澳大湾区研究院、中山市药品进口口岸等与健康产业相关的国家级大平台加快在中山布局便是其一。中山健康医药产业正加强补链、强链，"家门口"创新空间的打开是国家健康科技产业基地不断走向成熟的标志，也为中山借力大湾区打造全国生物医药制造大市和粤港澳大湾区生物医药物流高地创造良好的条件。

三、研发外包"一条龙"

在国内国际创新药的推动下，国家健康科技产业基地研发外包兴起。

早在 1996 年，MDS Pharma Service 在中国投资设立了中国第一家真正意义上的 CRO（医药合同研究服务），从事新药的临床试验业务。随后其他的跨国 CRO 开始陆续在中国设立分支机构。而同期，随着一些跨国制药企业陆续在中国启动研发业务，进一步刺激了中国 CRO 的成长。不过，CRO 在我国还属于新兴技术服务产业。

《中国制药业发展战略》一书提到，在中国 CRO 产业发展中起到里程碑作用的是 1998 年中国依照美国食品药品监督管理局的形式成立的 SFDA（国家食品药品监督管理局）。SFDA 制定颁发了一系列药品管理法规，强化药品审查制度，中国的药品监督管理体系才逐步完善。随着国际化与本土化的日益交融，制药企业对研发外包服务需求的增加，CRO 在中国的市场潜力显露出来，竞争力得到了进一步提升。

创新药未来会成为主流，但创新药的链条很长，需要配合的实验、生产等方面条件很多，国家健康科技产业基地已有一批创新平台型企业，通过产研服务平台的搭建，帮助创新药在制剂端加快落地。中山加大对生物医药产业的扶持力度，在加强药物核心技术攻关和成果转化方面，对开展新靶标、新机制、新原理等生物医药前沿领域高水平基础研究和核心技术攻关类项目给予资助。

国家健康科技产业基地园区的广东星昊药业有限公司已成为中山生物医药领域的龙头骨干企业。作为早期入驻的医药企业，近年来，广东星昊加快自身转型升级，在做好自己的产品研发与销售外，还通过平台帮助更多的中国创新药孵化，并加快推向市场。2016 年国家出台的一项

2020 年 11 月 17 日，广东星昊展厅展示的药品（谭华健／摄）

新政，让广东星昊管理层看到未来医药市场分工一定会越来越精细化。2017 年，广东星昊与中国科学院上海药物研究所建立战略合作关系，共建 CMC/CMO 平台，开始转型做产研服务。

一个创新药物研发过程，需要动物研究、临床研究、中试工艺放大、注册申报，再落地生产的漫长过程，广东星昊的产研服务平台从研发的早期便开始介入，直到后期处方工艺、小试工艺的放大等，实现"一条龙"服务。中山市各级政府和国家健康科技产业基地一直大力助推广东星昊发展，合作了 MAH 药品持证平台，参与了上市改制的战略投资，深化政企合作，实现资源的深度共享。广东星昊现已拥有国内剂型齐全的药品中试研究与工艺验证生产线，服务于中国一类新药、二类新药等创新药产品的孵化、上市，从而吸引更多国内外创新药物成果在中山产业化，不断提升中山的产业链水平和竞争力。

近年来，我国生物药产业蓬勃发展，目前国内大多数抗体生物药处于临床前和临床研发阶段，未来几年将是国际国内生物创新药和生物仿制药密集进入后期临床研发和产业化上市的关键时期，随着国家药品上市许可持有人制度的试点实施，国内不断兴起的生物药 CDMO 平台为生物药加速上市和产业化提供了帮助。借助生物药 CDMO 平台，生物药研发企业可以优化生产工艺，大幅降低生产成本，控制潜在产业化风险，提高经营效率。

2021 年，国家健康科技产业基地开始在生物谷大厦（即湾区药谷 1 号）搭建中山健康基地药品研发公共服务平台，聚焦于生物药和化学药的临床前研究开发服务，与园区现有的康海泰晟－赛多利斯生物药 CDMO 平台、君厚 CAR–T 病毒载体 CDMO 平台，星昊小分子冻干、小容量注射、固体口服制剂 CMC/CDMO 平台，安士制药软胶囊 CMO 平台等互为补充。同时，整合引进的医诺维申、康海泰晟－赛多利斯生物药、金城金素、广东南模生物、中国检科院粤港澳大湾区研究院等平台，构建全产业链的公共服务支撑体系，实现进口、检测、计量、研发等在"家门口"，形成国家健康科技产业基地生物药 CXO 产业链闭环，为国家健康科技产业基地招引的创新创业企业提供临床前药学、检测等一体化"拎包入住"的孵化服务平台，减少创新医药企业初期成本压力，实现轻资产运营，建设产业研发生态链条和生态圈，助力中山生物医药产业高质量发展的步伐越走越稳。

2023 年 2 月 14 日，中山健康基地集团有限公司自建的生物医药公共服务平台招引的迈托姆生物药 CRO（生物医药研发外包）平台举行揭牌启用仪式。平台的入驻，使国家健康科技产业基地实现了研发外包在"家门口"，将纵深升级园区健康医药产业服务生态。

迈托姆生物药 CRO 平台拥有强大的科学家顾问团队，包括病毒研究专家高峰、多肽疫苗研发专家单亚明、泰山学者青年专家王鑫等。团队多年来专注于生物创新药临床前 CRO 服务，具有完备的体内、体外及质量检测一站式服务能力，可为生物医药企业提供包括靶点分子筛选、成药性分析、候选分子序列修饰等一系列大分子药物早期研发服务，以及疾病机理研究、整体课题外包服务、细胞学质量评价等，为国家健康科技产业基地园区乃至大湾区创新药项目提供高性价比的个性化服务。

新药开发存在研发周期长、程序复杂等难题，而 CRO 平台的参与，将助力药企解决药物研发过程技术、风险、资金及周期等难题，缩短其研发周期，分担研发压力，这正是国家健康科技产业基地园区、中山市内诸多大中小型生物药研发企业的迫切需求。迈托姆公司总经理丁明文表示，未来，迈托姆生物药 CRO 将以粤港澳大湾区为基点辐射全国，乃至全球，助力更多创新药物的开发和产业化。

经过近 30 年的发展，国家健康科技产业基地已构建成大湾区最优的健康产业生态之一。国家健康科技产业基地已通过机制创新，以自建、合作共建和引入第三方建设等方式，构建了全产业链的公共服务支撑体系，包括创新服务、工艺技术服务、检测技术服务、动物实验技术平台、孵化育成服务、生产服务平台、金融资本等产业服务平台。

截至 2023 年底，国家健康科技产业基地拥有 3 个较为成熟的 CRO 合同研究服务平台、五个 CDMO 合同生产服务平台、五个 MAH 持证平台、三个动物实验平台和六个检验检测平台。CRO 合同研究服务领域有医诺维申小分子新药 CRO 平台、迈托姆生物药 CRO 平台和粤和泽 CRO 服务平台。CDMO 合同生产服务领域有康海泰晟－赛多利斯生物药 CDMO 平台、君厚 CAR-T 病毒载体 CDMO 平台、星昊化学药 CMC/CDMO 平台、安士制药软胶囊 CMO 平台和九洲药业 CDMO 一体化平台。MAH 持证平台领域有金城金素医药 MAH 持证平台、迈德珐 MAH 持证平台、粤和泽 MAH 持证平台、万泰科创药业 MAH 持证平台和顺通医疗器械 MAH 持证平台。动物实验平台有南模遗传修饰动物模型技术服务平台、中测动物实验室和君睿动物实验中心。检测服务领域有中国检科院粤港澳大湾区研究院、广东省药品检验所中山实验室、广东省制药产业计量测试中心、广东省医疗器械质量监督检验所中山检验室、广东利诚食品化妆品检测中心、广东中测食品化妆品检测中心等。

第五节 开好政策"药方"，做好梯度培育

在 2021 年中山人才节上，中山市分别给予十名企业突出贡献人才 20 万元资助，给予五家企业突出贡献团队 200 万元资助。其中，国家健康科技产业基地的中山奕安泰医药科技有限公司总经理徐亮获评"2020 年度中山市企业突出贡献人才"。

徐亮是中山大学博士。在中山工作十余年来，他一直从事公司研究开发和管理工作，成功开发多个系列的不对称催化剂体系并用于医药产品研究开发中。手性催化氢技术填补了国内空白，打破了跨国公司的技术垄断。他带领团队从 2013 年起，连续三次通过高新技术企业认证，2018 年通过美国 FDA 现场审计。其中，徐亮作为第一完成人的"手性药物新型苯并咪唑类催化剂在不对称氢化反应中的应用研究及产业化"

科研项目获省科技进步二等奖，"新型手性药物的综合应用"项目获得第五届中国创新创业大赛市赛特等奖、省赛二等奖。

这是中山市扶持医药创新人才，推进医药健康产业发展的一个缩影。

改革开放40多年来，中山凭借政策、地缘等优势先行一步，实现了经济社会持续快速发展，集聚了健康医药在内的一批特色优势产业集群。为促进中山市健康医药产业的发展，中山市将健康医药产业作为战略性新兴产业和主导产业。

从2002年开始，中山市便出台了市级健康医药产业发展专项资金。此后，支持政策不断出台，对健康医药产业给予很多关注。

《粤港澳大湾区发展规划纲要》中明确提到，支持中山推进生物医疗科技创新。在《粤港澳大湾区发展规划纲要》的推动下，2019年以来，中山市加快推进建设生物医药科技国际合作创新区、药品进口口岸和中科中山药物创新研究院、中国检科院粤港澳大湾区研究院、国家高性能医疗器械创新中心中山产业转化基地等战略支撑平台，并着力引进国内外顶尖机构，合作建设药物发现、研发及生产的全方位、一体化的公共服务平台和产业化基地，支持生物医药企业研发创新和高质量发展。

梳理近年来的扶持政策可以看到，中山各级政府对生物医药产业的重视。2019年6月，中山市发展和改革局发布《中山市优先发展产业目录（2019年版）》，将健康医药产业纳入优先发展产业之一，具体包括生物制药、化学药、现代中药、医疗器械、生物健康制品、基因检测、智慧健康特色产业、公共服务支撑平台等。2020年3月，《中山市商务发展专项资金（外商投资奖励项目）实施细则》发布。

2021年6月，中山市人民政府印发《中山市国民经济和社会发展第十四个五年规划和2035年远景目标纲要》，要求强化火炬高新区创新发展主引擎作用，前瞻布局科技创新资源、创新平台、新型研发机构，推动先进装备制造、健康医药等优势产业向高端延伸。强化重点领域核心技术攻关。对接国家和省战略科技发展方向，围绕新一代信息技术、高端装备制造、健康医药等战略性新兴产业及传统优势产业转型升级需求，探索定向组织、悬赏制、揭榜制等新型组织方式，集中力量组织实施一批市级重大科技专项，开展重点领域核心技术攻关。立足产业基础优势，着眼全球产业分工协作和产业链重构，依托龙头企业带动作用，加快标志性特色产业链发展，重点打造家居链、信息链、装备链、健康链四大标志性产业链。

2022 年 2 月，中山市科学技术局印发的《中山市科技创新"十四五"规划》提出，对接大湾区健康医药行业创新科技、资本人才等高端要素资源，依托中山国家健康科技产业基地，支持创建国家级健康产业创新示范区，重点支持新药研发、高端医疗器械、精准医疗、智慧医疗健康等领域发展。创建生物医药科技国际合作创新区，加快中德（中山）生物医药产业园、中山翠亨新区生物医药智创中心、华南现代中医药城等建设，推动生物医药制造业升级发展。积极衔接深圳、广州、香港、澳门健康医药产业，联合布局信息技术与健康产业深度融合性智能健康业态，携手广州、深圳成立湾区健康医药产业发展联盟，推动中山形成智慧健康特色产业链，建成国内重要的健康医药产业集聚区和互联网与健康产业融合发展示范区。

《规划》还指出了健康医药产业重点支持领域与方向为生物制药、化学药、现代中药、高端医疗器械、生物健康制品、基因检测、公共服务支撑平台等。其中，生物制药，重点推进蛋白、多肽、核酸、单克隆抗体药物、疫苗、细胞干细胞免疫治疗技术和产品、生物类似药等的研发和制造，支持生物活性成分在健康医疗与保健领域的研发与应用。公共服务支撑平台，规划建立涵盖合同研究服务（CRO）、药物安全性评价、合同加工（CMO）、销售及物流配送（CSO）、合同法规事务（CRAO）、合同生产服务（CDMO）的产业服务体系，重点建设药物筛选、药品和医疗器械检验、安全性评价、临床研究、一致性评价、中试研究、生物药和药物制剂合同生产等公共服务平台。

2022 年 5 月，中山市工业和信息化局发布《中山市工业和信息化发展"十四五"规划》，提出重点发展生物医药与健康等战略性支柱产业。生物医药与健康产业重点发展新药研发、生物药、高端医疗器械、基因治疗、智能医疗健康、美妆等领域。

2022 年 6 月，火炬高新区管理委员会印发《中山火炬高技术产业开发区经济和社会发展第十四个五年规划纲要》，在构建"3+3"[①]新型产业体系中明确要求，健康医药发展要立足火炬高新区资源禀赋与产业基础，从全区层面统筹健康医药产业发展的规划布局、重大政策和重大工程，优先发展细分重点产业领域，打造生物医药科技国际合作创新区。改造提升国家健康科技产业基地，依托湾西智谷核心区（鲤鱼产业园）等载体，保持健康医药产业领域的集聚优势，巩固和完善上游研发、中游生产、下游现代流通的产业链。以特殊食品化妆品为发力点，加快发展新药创制，稳步推进基因治疗和智慧健康协同发展。到 2025 年，力争健康医药产业营业收入年均增速不低于 15%。同时提出，在健康医药产业集群建设中，要改造提升国家健康科技产业基地，推进生物医药科技国际合作创新区建设，打造火炬健康医药集聚区、健康医药产品与服务产业基地、生物医药科技成果转化基地。

2023 年 3 月，火炬高新区推出"1+4"新政策体系，其中一份为《中山火炬开发区生物医药与健康产业扶持办法》（简称"《办法》"）。《办法》对标先进地区，加大扶持力度，突出发展实效，对新引入总部企业项目，企业固投，临床前研究和三期临床研究及产业化支持，医疗器械（含诊断试剂）研发资助，特殊医学用途配方食品、保健食品、特殊化妆品、新兽药研发资助等进行详细说明。

另外，在国家健康科技产业基地已具备了招商落地、药监事项对接、

---

① "3+3"指健康医药、智能装备、光电信息、检验检测、数字创意、都市农业。

资本金融对接、产业资源对接、医工融合服务、工程建设、科技申报、人才认定、高校科研机构合作等专业服务的基础上，组建一支由生物医药、金融、管理专业人才组成的服务团队，提供管家式一站式服务。

2023 年，中山市还主导修订新一版生物医药与健康产业发展行动计划，进一步明确生物医药与健康产业发展思路、重点发展领域、重点工作等内容，拟出台支持固定资产投资、支持过渡性用房、支持药品和医疗器械产业化、支持规范性管理等方面的政策措施，覆盖生物医药企业从项目落地、成果转化、投产再到增资扩产全生命周期的政策保障。

国家健康科技产业基地摸清不同企业的发展需求，根据产业发展的不同阶段、不同特点，开好"药方"，做好梯度培育，与企业一同解决发展过程中所遇到的困难、"成长中的烦恼"，不断完善创新生态，让健康产业在加速发展中动力更足。

扫码获取
◎ 线上药谷·官网入口
◎ 全国药谷·百花齐放
◎ 科普中国·大国崛起
◎ 图文聚焦·百年科技

第八章

多链融合：构建产业发展新格局

这里有中国双抗药物十大领军企业、全国医药创新百强企业的康方生物，世界五大肽类药物企业之一的瑞士辉凌制药公司，全球首创国家一类新药"本维莫德"研发及产业化公司中昊药业，中国中药破壁饮片技术领导者和龙头企业中智药业，华南地区最大的液氮冻干技术公司及最大的国际非专利药 CMO 产业基地广东星昊，中国抗生素制药行业的创新型领军企业金城金素制药，中国最大的家用健康医疗电子产品及平台服务公司乐心医疗，胆酸类产品全球市场份额第二位的百灵生物，国内少数同时拥有商业化宿主细胞株开发系统和动物细胞培养基、生物医药 CDMO 研发和规模化生产服务的康晟生物……

经过 30 年发展，一批行业领军企业和创新型企业在国家健康科技产业基地园区扎根发展壮大。国家健康科技产业基地约 13.5 平方公里的土地上集聚了近 20 家上市公司，3 公里范围内已形成完善的产业链、供应链、人才链、创新链……国家健康科技产业基地已形成生物医药、医疗器械、特殊食品化妆品、健康服务业等主题产业集群，集聚了一批健康医药细分领域的"头部"企业和科技型创新企业。

第一节 "以投促引"的实践

科技与资本的相遇在 18 世纪、19 世纪带来了众多全新的发明和生机勃勃的产业。21 世纪，生物医药产业在科技与资本的结合下，同样擦出了"火花"。国家健康科技产业基地生物医药的成长史是一部"科技 + 资本"双轮驱动的进阶史。

时下，国内各地为了引进先进产业、创新产业，各显神通，竞争十分激烈，创新手段也层出不穷。传统的土地政策、税收政策已经很难吸引到真正的优质企业，融合了多种创新思维的招商模式已经逐渐代替传统的坐地招商模式和无序招商状态。其中，"以投促引、资本招商"的"合肥模式"近年来被各地广为效仿。

"其实，早在 2012 年招引康方生物时，我们用的就是'以投促引、资本招商'策略，可以说是在全国开了先河。"一位熟悉国家健康科技产业基地的人士介绍，当时几个海归博士过来创业，如果没有资本的助力，难度可想而知。在园区的桥梁作用下，最后通过"以投促引"解决了海归创业者的担忧。到今天，"以投促引"成为很多大城市在招商引资中推行的重要策略之一。

生物制药的产业链条较长，包括靶点验证、抗体产生、筛选、人源化、工艺优化、临床前实验、临床试验、生产上市，整个流程一般需要 8—10 年的时间，成本一般要花费几亿元。火炬高新区和国家健康科技产业基地通过对接中山健康产业股权投资基金等，促成投资基金与创业团队达成天使投资协议。

在康方生物成功上市之前，有四轮融资。2015 年 11 月，康方生物宣布已经完成了 1.3 亿元（约合 2000 万美元）的 A 轮融资。之后，康方生物先后再通过 B 轮、C 轮、D 轮多轮融资，直至在港交所上市。

医药健康产业具有高投入、高风险、长周期和高回报的特征。为了让康晟生物加速进入收获期，基于"康方服务模式"的基础上，国家健康科技产业基地继续创新服务，在工商、厂房、融资、技术合作、项目申报等方面给予康晟生物全方位的支持。

为满足初创孵化企业前期对启动资金和实验室建设进度的要求，国家健康科技产业基地通过智慧健康小镇"交钥匙工程＋产业扶持政策"的项目落地解决方案，使康晟生物"拎包入住"。企业入驻第二年，国家健康科技产业基地牵头组织权威机构进行了全方位评估，协调多方力量促成与德国赛多利斯共同搭建基于 QbD 理念的康海泰晟－赛多利斯生物医药 CDMO（药物研发生产外包服务）平台，其中国家健康科技产业基地投资 5500 万元，并通过设备租赁形式提供给企业。

在生物医药专业服务的基础上，基于一直以来搭建的多层次融资渠道，国家健康科技产业基地积极推荐多家知名风险投资基金与康晟生物洽谈。2020 年 3 月，康晟生物完成数千万元 A 轮投资。2021 年，康晟生物完成近两亿元的 B 轮融资，融资用于康晟生物加大产品研发力度，提升技术创新，提高产能和高标准工业订单交付能力。2023 年 1 月，上海乐纯生物技术股份有限公司与中山康天晟合生物技术有限公司达成并购整合。此次强强联合，将进一步提高国内生物制药上游耗材行业成熟度，国家健康科技产业基地生物制药上游产业链也得以升级。康晟生物现正利用 30 亩用地建设新厂房，预计 2025 年将建成一条世界领先的 10 吨级的细胞培养基生产线。

这是国家健康科技产业基地构建多层次金融服务体系、助力园区企业发展的典型案例。

2022 年 8 月，中山恒动生物制药有限公司宣布完成数千万元天使轮融资，由中山市健康科技产业基地投资管理有限公司、北京腾业创业投资有限公司（简称"腾业创投"）领投，中山青云电子科技有限公司（简称"中山青云"）跟投。这轮数千万元天使轮融资，将加速恒动生物的研发进程，支持恒动生物把核心管线更快地推向临床，造福全球肿瘤患者。

生物医药进入快速发展新阶段，得到了投资机构的青睐，这也为创新药企缓解资金之渴、加快创新起到了重要作用。

中奥生物医药技术（广东）有限公司是一家由外籍华人科学家创立的创新药研发公司，2022 年 6 月由广州迁至中山。研究领域为皮肤癌、宫颈癌、肝癌等恶性肿瘤及人乳头瘤（HPV）病毒引发的其他疾病。入驻国家健康科技产业基地不到三个月时间，即同年 9 月，中奥生物就完成 A 轮融资，投资方包括中山市火炬高新区下属基金华盈资本、科创板上市公司圣诺生物下属投资公司圣蓉朗科等，同时也包括老股东跟投。

2023 年 8 月，国家健康科技产业基地园区企业中山莱博瑞辰生物医药有限公司宣布完成数千万元 A+ 轮融资。这轮融资资金将用于加快推进莱博瑞辰骨与关节领域临床阶段和临床前创新药物的研发，以及优化组织架构、强化企业团队建设等。莱博瑞辰首席科学家姚蔚教授表示："这轮融资将极大地助力公司产品研发进程，公司将在巩固加速现有核心研发项目的同时，持续推进开发其余管线项目，在各位新老投资人的支持下，更好地实现中外新药同步上市，使广大患者第一时间用上新药、好药。"

2023 年 8 月，范恩柯尔生物科技（中山）有限公司（简称"范恩柯尔"）宣布完成数千万元 A 轮融资。募集资金将用于加速推进 Axl 抑制剂 FC084 的临床研究，以及其他临床和临床前在研项目的开发，力求为癌症患者提供更佳的药物解决方案。投资方之一的中山市华盈健康投资基金合伙企业（有限合伙）是根据《粤港澳大湾区发展规划纲要》《中山市健康医药产业发展行动计划》等相关政策设立的中山市火炬高新区地方性国资产业投资基金，主要投资于创新医药、医疗器械、医疗人工智能技术、体外诊断、医疗大数据等医疗大健康领域。华盈健康基金将依托国家健康科技产业基地、广东省健康医药战略性新兴产业基地等火炬高新区的政府资源，为落地中山市的健康医药企业提供全方位的企业服务。

范恩柯尔成立于 2019 年 12 月，于 2022 年入驻国家健康科技产业基地，是一家以自主研发能力为核心驱动力的高科技创新生物医药企业，由知名的靶向药物专家习宁博士和肿瘤治疗领域专家苑学礼教授共同创建，管理团队有着平均 20 年以上的国内和国外研发管理经验。2023 年 9 月 11 日，范恩柯尔与招商银行股份有限公司中山分行签署战略合作协议。按协议约定，双方将展开深度合作，招商银行中山分行将充分发挥其综合金融服务优势，在项目融资、现金管理、外汇及跨境业务服务等多维度支持范恩柯尔加速推进在研临床和临床前项目。

第二节　解企业"资金之渴"

回忆起 2008 年那场全球金融危机，很多中小企业主仍心有余悸。

有了好项目，可以找到资金，有了资金，也可以找到好项目，这是投融资平台将要发挥的作用。早在 2008 年，科技部火炬中心和中山火炬高新区共同成立健康产业的国家级投融资平台。

健康产业投融资平台是由中国科技金融促进会风险投资专业委员会与国家健康科技产业基地共同发起，依托科技部产业政策优势和中国科技金融促进会风险投资专业委员会的风投和资本方面的优势，以及国家健康科技产业基地在健康产业项目集聚方面的优势等资源共同打造的一个针对健康产业的投融资互动平台，服务对象面向全国。

这个平台对国内外健康产业类项目进行评估、整合、推介、对接，帮助合作项目争取国家产业政策和资金扶持方面的支持，寻找合适的风投资金和战略投资者，并帮助合作项目到各个资本市场上市融资。同时，平台还为有意向投资健康产业的各类型资金提供出口，帮助其优选企业项目，并促成项目与资金的良性互动。2009 年，中山市进行"科技通"首批项目签约仪式，国家健康科技产业基地内的企业成为中山市首个"科技通"项目签约企业。

知识产权质押贷款是指以合法拥有的专利权、商标权、著作权中的财产权经评估后向银行申请融资，帮助企业解决融资过程中固定资产抵押物不足，审批手续繁琐等难题。2012 年 12 月，火炬高新区与平安银行、中国银行、招商银行等银行，资产评估公司，知识产权交易，担保公司等签订合作协议，一个涵盖了银行、评估、担保和产权交易的"四位一体"的知识产权融资平台正式建立。在这个平台的促成下，平台首笔知识产权质押贷款，由国家健康科技产业基地企业与银行签约，其中一部分贷款是公司质押其发明专利获得。

为更好地服务企业，国家健康科技产业基地结合多年资本运营和服务企业的经验，于 2015 年成立中山市健康科技产业基地投资管理有限公司。中山市健康科技产业基地投资管理有限公司是中山市健康基地集团有限公司的全资子公司，也是中山火炬健康基金管理中心（有限合伙）的基金管理人。健康基地投资管理公司与母公司国家健康科技产业基地密切配合，组成专业化的金融服务团队，对子基金及其投资项目提供全程服务。

国家健康科技产业基地构建多层次融资体系，近年来取得了良好成效，以投资促进招商落地了一批生物医药创新项目，并整合资本和金融、产业扶持等手段助力培育一批落户企业迅速成长。截至 2024 年 4 月，国家健康科技产业基地累计参与和管理的基金数量为 18 只，总基金规模超 27 亿元。近三年来，国家健康科技产业基地参与投资了泽辉生物 ESC 干细胞药物、泛恩生物的多靶点 TCR-T 细胞药、珈钰生物的 CAR-DC 药物、麦济生物的创新抗体药物、范恩柯尔的小分子抗癌药物、华津医药的溶瘤细菌、中奥生物的 HPV 治疗性疫苗、莱博瑞辰的骨坏死一类新药、康晟生物的细胞培养基 CDMO、惟德精准的手术机器人、洲瓴医疗的脉冲消融创新医疗器械、迈德珐的仿制药 MAH 平台等一批优质医药项目。

国家健康科技产业基地还助力解决园区企业发展各阶段的融资难题，将金融的"活力"转化成推动国家健康科技产业基地高质量发展的强大"动力"，包括正在开展多领域细分行业的深度银企对接，进一步提升金融服务，强化政企银险连接，依托政府政策和银行、保险产品协助企业解决资金需求和开展风险控制，助力生物医药产业快速发展。

在利用资本手段促推产业规模化发展过程中，国家健康科技产业基地利用资本助力产融结合发展，对快速提升企业规模效益、市场化水平和整体竞争力起到了重要的推动作用，探索出一条金融、科技、产业三融合的创新驱动发展之路。以政府性基金为引导，以母基金的示范作用带动社会资本设立和发展一批创业投资子基金，包括天使投资基金、VC基金、PE 基金、并购基金、中外基金、债权基金、技改夹层基金等，以基金催生的裂变效应带动产业的几何式增长；通过投资基金管理团队专业化、市场化运作，为中小企业提供投资和资本增值服务，促使创新项目尽快成长。国家健康科技产业基地通过组建、招引和服务产业投资基金，利用国家级健康产业园区和二级母基金管理人的品牌效应促进招商。基于目前约 26 亿元的产业基金规模，计划引导园区三年内新增 50 亿元的投资规模；通过"政府引导资金 + 政策性股权基金 + 社会资本"的多层次资本体系，带动健康产业发展，提升招商竞争力。一条利用资本手段开展招商引资和促进产业发展的道路正日益宽阔。

生物医药行业是高科技、长周期、高风险、高投资的行业。基于中美医疗大健康数据分析，中国医药产业仍具备较大的发展空间，因此面对资本寒冬，企业应认识到资本市场周期性规律，把握好自身融资的节奏和速度至关重要。同时，企业也需要苦练内功、深挖内部潜力，降本增效，奋力渡过难关。

近年来，中山市不断推动金融资源更多投向实体经济和创新领域，多层次资本市场梯队式发展已具备一定规模。目前已构建了"1+4+N"百亿级政府引导基金体系，打造一个百亿元规模的产业基金集群，拥有50 亿元规模生物医药基金。2024 年计划成立 10 亿元生物医药天使基金；2024—2026 年计划成立超 100 亿元规模生物医药产业基金。中山正组合多种金融手段，助力生物医药产业创新发展和高质量发展。

第三节　上市公司形成集聚效应

自 20 世纪 90 年代初开始，我国医药工业开始与资本市场紧密联系。1993 年，哈药集团股份有限公司正式上市，成为全国医药行业首家上市公司，也代表着中国医药产业开始正式拥抱资本市场。1994 年，石家庄第一制药集团子公司中国制药企业投资有限公司在香港资本市场上市，成为全国医药行业首家境外上市公司。此后，我国医药工业企业加快从内地资本市场，到香港联交所、美国纳斯达克，再到如今的科创板等上市。

上市企业的密度，是反映一个园区整体竞争力的重要指标之一。

2013 年以来，国家健康科技产业基地本土企业开始加快向资本市场借力，通过上市实现新一轮发展。截至 2023 年 10 月，园区聚集了生物医药与健康产业类企业 400 多家，拥有中国铝罐、中智药业、乐心医疗、中炬高新（厨邦）、康方生物等海内外上市或上市公司在园区布局的企业达 17 家，平均每平方公里拥有 1.26 家上市公司。[①]

近年来，国家健康科技产业基地积极参股园区内拟上市企业，如参与星昊医药北交所上市战略配售、投资英得尔公司等，并跟进一批优质计划上市企业。

一、本土企业加快上市步伐

2002 年 6 月注册成立，2013 年 7 月 12 日在香港交易所上市，广东欧亚包装有限公司（股票名称"中国铝罐"）用了 11 年时间，成功登陆资本市场，成为国家健康科技产业基地较早实现上市的本土龙头企业。

欧亚包装是中国最大的铝质气雾罐制造商。继上市之旅圆满成功不到一个月，欧亚包装再次获得中国包装联合会颁发的"中国包装技术研发中心"牌匾。包装工业是中山市传统优势产业，欧亚包装是其中的优

---

① 参见《2023 年国家健康科技产业基地宣传画册》，内部编印。

秀代表之一。欧亚包装以上市为契机，进一步优化产业结构，提升自主创新水平，促进产业升级。

欧亚包装上市两年后的 2015 年 7 月 13 日，中智药业成功登陆港交所主板，成为中山市首家医药上市公司。中智药业是中国中药破壁饮片技术领导者和龙头企业，是全国最大的破壁饮片生产企业，企业成功跻身"2021 年度中国中药企业 TOP100 排行榜"。截至 2023 年 3 月，中智药业已获批准建设国家企业技术中心、中药破壁饮片国家地方联合工程研究中心、博士后科研工作站、广东省中药破壁饮片工程实验室等国家、省、市科研平台 24 个。科研平台数量在中药破壁饮片领域处于前端。

2016 年 11 月 16 日，广东乐心医疗电子股份有限公司在深圳证券交易所创业板正式挂牌上市。乐心医疗被誉为"中国智能可穿戴第一股"，已在上海、深圳、美国设立研发、算法中心，研究心血管疾病居家监测的硬件设备、软件及服务。其产品已从原有的衡器、智能可穿戴手表等，扩展到智能血压计、血糖仪、心电衣、助听器等门槛更高的医疗产品及远程医疗服务场景，进一步完善了健康管理的生态建设。

广东乐心医疗电子股份有限公司

2020 年 4 月 24 日，中山首家创新药企——康方生物通过"云敲钟"于港交所挂牌上市。同年 12 月 2 日，总投资超 25 亿元的康方湾区科技园奠基。这是康方生物自当年 4 月港股上市以来的又一发展里程碑。同时，作为中山市 2020 年省重点前期预备项目，康方湾区科技园也更进一步扩大了中山健康医药产业的发展版图。康方生物的成功上市，增强了中山本土创新药企业的发展信心和坚持研发的勇气，也预示了中山健康医药产业创新发展的良好势头和美好前景。

二、上市公司在园区布局

国家健康科技产业基地优越的区位和产业集群、成熟的管理模式等优势，除了为本土企业提供发展土壤外，也吸引海内外一些上市公司纷纷选择在这里开设子公司或以兼并重组项目等形式，加快布局。

2007 年 10 月，中山生物工程有限公司与中山大学达安基因股份有限公司实现股权并购，成为中山大学达安基因股份有限公司的全资独立子公司。达安基因于 2004 年 8 月在深圳证券交易所挂牌上市，成为广东省高校校办产业中第一家上市公司。依托中山大学达安基因股份有限公司覆盖全国的销售网络，其产品覆盖全国，销量大幅增长。

广东金城金素制药有限公司是上市公司山东金城医药集团股份有限公司的控股子公司。2016 年，广东金城金素制药有限公司与国家健康科技产业基地签约落户。此前，金城医药与欧美最大头孢企业 ACS DOBFAR 签订了关于"头孢类药物参比制剂研究及高品质头孢制剂产业化"战略合作协议。

九州通医药集团股份有限公司于 2010 年 11 月在上海证券交易所挂牌上市，九州通是国内最大的民营医药商业企业，是行业内首家获评 5A 级物流企业及国家十大智能化仓储物流示范基地的企业，旗下的广东九州通医药有限公司于 2002 年 11 月 25 日在国家健康科技产业基地成立。

康芝药业股份有限公司成立于 1994 年，于 2010 年 5 月 26 日上市。

广东金城金素制药有限公司

旗下的中山爱护日用品有限公司成立于 2003 年，是婴儿洗衣行业标杆。爱护品牌是国内具有医药企业基因的中国婴童洗护品牌，主要生产销售产品涵盖洗衣液类、皮肤清洁类、湿巾类等类别。爱护公司是国家健康科技产业基地引进的国内专业研发和生产婴幼儿保健护理用品的龙头企业。在"2023 我最喜爱的广东商标品牌 TOP50"评选中，中山爱护日用品有限公司荣获第五名。爱护是目前国内唯一具有上市医药企业背景的母婴童健康护理品牌，深耕母婴童健康护理 20 年。

大参林医药集团股份有限公司成立于 1999 年，2017 年 7 月 31 日在上海证券交易所主板上市。可可康始创于 2010 年，是大参林旗下自有中成药和化学药品牌。中山可可康制药有限公司位于国家健康科技产业基地，是由大参林医药集团股份有限公司独家出资的大型现代化药厂。

上海南方模式生物科技股份有限公司（简称"南模生物"）在基因修饰动物模型产品领域已经有 20 多年历史。2020 年，南模生物为进一步扩大生产规模，在国家健康科技产业基地成立了广东南模生物科技有限公司（简称"广东南模生物"），立足大湾区，开启优化产业布局的新步伐。根据规划，广东南模生物将建立起一个集动物饲养、快速繁育、动物实验、标准化检测于一体的、以提供基因修饰大小鼠模型产品及提供相关表型分析服务的研发和生产基地。2021年12月28日，广东南模生物科技有限公司的母公司上海南方模式生物科技股份有限公司首次公开发行股票并在科创板上市。

2011年，冠昊生物在深圳证券交易所创业板挂牌上市。国家健康科技产业基地投资了中昊药业和天昊药业。基地的中山未名海济生物医药有限公司于2015年成为北大未名集团的全资控股企业，是一家拥有自主知识产权的基因工程生物制药企业，其自主研发的治疗儿童生长障碍药注射用基因重组人生长激素自上市以来行销东南亚、南美多个国家和地区。

执诚生物科技有限公司成立于1995年，是中源协和全资子公司，已发展成为具备多元优势，集研发、生产、经营体外诊断试剂和医疗器械于一体的高新技术企业。2016年9月，广东执诚生物科技有限公司在国家健康科技产业基地智慧健康小镇成立。

2023年5月31日，北京星昊医药股份有限公司成功登陆北京证券交易所。星昊医药是一家专业从事药物制剂研发、生产和销售的高新技术企业，同时共建共享中国新药创制CMC/CMO国际化高端服务平台，并深入开拓CRO服务、MAH转化服务等多层级服务，致力于成为具有创新力的国际高端医药产业服务商。

天键电声股份有限公司于1995年6月在中山市创立，经过近30年的发展壮大，天键发展成为一家规模化、集团化企业，旗下拥有中山天键电声、天键医疗、马来西亚槟城天键及香港天键等控股子公司。天键股份于2023年6月9日在深圳证券交易所上市。

国家健康科技产业基地还有国内首批通过农业部GMP验收的兽药企业腾骏动物药业，广东天讯达资讯科技股份有限公司（简称"天讯达"）

等一批企业在全国中小企业股份转让系统（新三板）挂牌。

第四节　"左邻右舍"就是产业"上下游"

从一张产业链图，我们可以清晰地看到健康医药上游、中游、下游之间的相互关系。上游包括大宗原料品（专利原料药、大宗原料药、特色原料药），中药种植及批发，以及培养基、化学/生物试剂等生命科学上游；中游包括药品制造（创新药、仿制药、中药、生物制品），器械制造（耗材、体外诊断试剂、医疗设备）；下游包括零售、医院，以及支付端。上游与中游之间存在医药外包服务，中游与下游之间有着药械流通、批发等关系，上、中、下游组成一个复杂又有序的链条。

主题产业园是促使产业形成集聚的重要载体。产业集群是指在某一特定领域中，大量产业联系密切的企业及其相关支撑机构在空间上的集聚，并形成强劲、持续竞争优势的现象。产业集群最突出的优势就是能够产生持续的竞争力，推动经济发展。许多发达国家在发展制药企业时都意识到产业集群这种经济模式带来的巨大竞争力，为此想方设法地促进医药产业集群发展。

近年来，我国各地以药谷、药都等形式加快医药主题产业园的建设，形成产业集聚。全国已有上海张江药谷、浙江杭州药谷、江苏无锡药谷、四川成都药谷等各类医药产业园（包括药谷、科技园、产业基地等）100多个。经过国家有关部门或地方政府批准的生物医药园区（包括已建立的和正在筹建的）有 50 多个。[①] "药谷"、生物医药园区等的建设，标志着我国生物医药产业正走向繁荣，但也面临着区域与区域之间的竞争加剧。

---

① 赵月华、刘忠良：《中国制药业发展战略》，吉林人民出版社 2009 年版，第 386 页。

国家健康科技产业基地是我国最早的健康科技产业基地。经过 30 年的发展，产业集群优势日益明显。在国家健康科技产业基地，有些企业与企业之间就是产业"上下游"关系。

2022 年 11 月，位于国家健康科技产业基地生物谷的恒动生物与位于智汇园内的康晟生物成功"牵手"。这一天，恒动生物的激动型抗体项目临床一期样本生产顺利交付。与此同时，恒动生物与康晟生物签订战略合作协议，共同推进激动型抗体药物的研发生产。根据签订的战略合作协议，康晟生物为恒动生物提供细胞株、培养基及 CDMO 服务，双方共同推进激动型抗体药物的研发生产。

恒动生物是国家健康科技产业基地 2022 年引入的重点新药研发项目，康晟生物是园区提供 CDMO 服务的明星企业，两者的强强联合是国家健康科技产业基地生物医药产业集聚、全周期产业生态取得成效的重要体现。

康晟生物由康方生物推荐入驻国家健康科技产业基地。在国家健康科技产业基地创业期间，潘洪辉见证了中山健康医药产业生态不断完善、健康产业不断积聚的变化过程。"以前我们的原料基本都是进口的，但现在我们在国家健康科技产业基地园区就能找到关键原料的供应商。产业链的完善，让企业都受益。"潘洪辉说，不仅原材料从"依赖进口"到"家门口也有"，产品创新也让国内市场实现从"进口依赖"到"国产取代"的转变。

潘洪辉所指的这家合作企业，是距离公司不到两公里的中山奕安泰医药科技有限公司。这是一家致力于利用手性技术生产医药中间体及精细化学品的生产商。而康晟生物合作伙伴之一的康方生物更是与其同处智汇园，这些"左邻右舍"已成为"上下游"，共同推动中山创新药加快发展。

完善的产业链是招商的一把"利剑"。潘洪辉介绍，康晟生物是生物医药供应链中一个关键原材料，有不少合作伙伴通过他们的引荐来到中山发展。比如，一个在韩国发展的药企正跟他们接洽，这家企业有意向通过康晟生物落地中山。

恒动生物能迅速扩大上下游"朋友圈"，也得益于本土产业生态链优势。目前，中山国家健康科技产业基地已有超过400家健康医药企业落户，成为生物医药企业集聚、基础设施完善、公共服务平台完备、创新生态活跃的产业集聚区，为初创型企业的落地提供了良好的载体。

这种"左邻右舍"搭建的产业链已从国家健康科技产业基地园区向全市延链强链。

中美冠科生物于2006年创立于美国加州硅谷，现已发展为全球知名的肿瘤和糖尿病药效检测技术公司。2020年10月30日，冠科生物技术（中山）有限公司正式开业。

冠科生物选择中山设立分公司，背后还有一段小故事。"中山处于粤港澳大湾区中非常重要的位置，这个重要的位置使得中山更注重高科技产业的发展、高科技人才的引进、高端产业的群聚，再加上康方生物夏瑜博士的大力推荐，所以我们选择了中山，"中美冠科副总裁、中国区总经理王帝读说。

正如夏瑜所言，冠科生物与康方生物有着深厚的渊源，当得知冠科生物想在中国成立新的分公司时，出于对中山的热爱和对中山市委、市政府的信任，她极力向冠科生物推荐了中山。

随着中国创新药领域的快速发展，创新药公司对CRO公司的需求也越来越多。诸如冠科生物这样的企业的落户，将吸引更多同行和创新药企落户中山，有利于中山形成医药产业的群聚效应，带动创新药上下游产业链提升。

同一个园区内的企业该如何进行优势互补，实现双赢？国家健康科技产业基地企业内部的合作越加紧密，在基地搭建互动平台的基础之上，企业与企业之间的"捆绑"发展意识增强，纷纷开始了"近距离"合作。

以中山百灵生物技术股份有限公司为例，该公司已与园区内的安士制药、美味鲜、奕安泰等多家园区企业进行合作洽谈。2020年1月14日，中山俊凯生物技术开发有限公司（简称"俊凯生物"）在国家健康科技产业基地智汇园开业。这里距离百灵生物工厂仅仅相隔一条马路。俊凯生物是由百灵生物、祝俊博士、丁凯博士等组建的专注于生物酶技术的研究机构，致力于搭建生物酶技术平台和微通道反应开发平台，主要依托酶高密度发酵技术、酶固定化技术和产品绿色制造工艺开发技术进行医药产品开发，可快速实现技术的生产转化，对百灵生物向绿色生物制造转型发展具有重要意义。

俊凯生物技术领军人物包括祝俊博士、张雷教授和丁凯博士等。祝俊博士曾在美国佛罗里达大学从事生物酶催化应用博士后研究，在辉瑞等海外知名药企工作20多年，在基因构建、酶定向进化、生物酶催化工业开发等领域掌握顶尖技术。张雷教授是法国格勒诺布尔大学博士后，主要研究方向是转化医学与合成工艺研究，是国家药品监督管理局药品审评中心和广东省药监局药品审评专家。丁凯博士拥有近20年的甾体药物（类固醇类物质，通常指肾上腺皮质激素、雄激素、雌激素这一类激素，具有一定的抗炎作用）合成研究开发经验，担任多项省部级以上科研项目负责人。

俊凯生物计划每年至少构建十个生物工程菌，实现2—3个项目的中试生产，并在未来三年完成生物酶技术和微通道反应技术的综合平台建设，以及依托百灵生物推进研发项目的产业化。

位于国家健康科技产业基地生物谷大道的中山丽高生物医药有限公司（简称"丽高生物"）是一家以消化系统和代谢性疾病领域药品、保健品研发及其商业化为主的医药企业，成立于2022年4月。丽高生物是由安士制药（中山）有限公司、中山百灵生物技术股份有限公司、六安市精凡医药科技有限公司共同创办的合资公司，具备产品可持续发展及全产业链商业化能力的优质平台。

百灵生物创始人张和平曾表示，园区企业的互补性很好，以前没有搭建平台时，都是各自发展，现在园区企业合作的势头越来越好。每家企业都有自己的优势，园区内企业与企业之间进行优势互补，将会产生更好的经济效益。因为是同一个园区，大家沟通起来很方便，节约了时间成本，而且产品生产出来也可以节约物流成本。有合作需求时一个电话打过来，双方就可以坐下来聊。园区企业做到了"你中有我，我中有你"，以项目互补的形式，寻找更快的发展，发挥"就近结合"的模式，实现共赢。

2021年12月，中山市举行首届医工合作高峰会。会上，健康基地集团介绍了基地园区产业发展情况。广东金城金素制药有限公司、中山生物工程有限公司、广东九州通医药有限公司、联邦制药（中山）有限公司等分别开展了现场推介，并表达希望政府进一步搭建这种沟通的平台，进一步与企业建立科研工作、临床试验合作等。

一直以来，中山市委、市政府高度重视生物医药产业的发展工作，也为中山本土创新优质产品进入市场搭建一个快速通道，为全市的医疗事业和生物医药企业的高质量发展提供了一个创新的合作模式。

第五节 "链长""链主"齐发力

"链长制"这两年风靡全国，成为很多地方复制的重要制度。

2021年广东省政府工作报告明确提出，探索实施"链长制"，培育一批控制力和根植性强的链主企业和生态主导型企业，打通研发设计、生产制造、集成服务等产业链条，构建核心技术自主可控的全产业链生态。2023年国务院政府工作报告提出，围绕制造业重点产业链，集中优质资源合力推进关键核心技术攻关。同时，突出企业科技创新主体地位。

"链长制"由"链主"和"链长"两部分组成："链主"是在产业链发展过程中由市场自发形成的，能够协调产业链上各个节点的活动，在产业链发展中会利用其主导地位实现自身利益最大化，淘汰产业链落后环节，引领产业链发展；而"链长"是指产业链倡导者、支持者、维护者、守望者，往往由地方政府高级公务员和行业协会负责人担任。

健康医药产业集群的打造，需要"链长"和"链主"形成强大的合力。

一、建成生物医药产业链完整闭环

从全国来看，经过近30年的发展，生物医药产业园区在环渤海、长三角、粤港澳大湾区和中西部地区初步形成四个产业集群。每个产业集群都有带有自身特色的几个头部园区，比如环渤海地区的中关村生命科学园，长三角地区的张江药谷和苏州生物医药产业园，粤港澳大湾区地区的深圳国际生物谷和广州国际生物岛，以及中西部地区的武汉光谷生物医药产业园和成都天府生命科技园。一、二线园区，又连同周边分布的其他医疗产业园区，构成了一个区域的健康医药产业生态。

2015年8月6日，中山印发《关于实施创新驱动发展战略推动新一轮发展的意见》（简称"《意见》"），确立创新驱动发展的核心战略地位。《意见》中提到，着力培育健康医药等新兴产业项目，重点将健康科技等产业打造成具有自主知识产权和核心竞争力的高新产业集群，力争在产业创新发展、新型研发机构建设、园区国际化发展、孵化育成体系建设等方面为全市做出示范。

在创新驱动发展的核心战略推动下，国家健康科技产业基地园区企业创新力度加大，成果涌现。近年来，国家健康科技产业基地一直坚持持续优化创新生态环境，健康产业规模持续壮大，产业能级不断提升。截至2023年10月，园区已获得7项国家级专利奖，园区企业专利量稳定增长，其中有效发明专利近1200件。中智药业、康方生物、广东星昊、君厚生物、康晟生物、腾骏动物药业、君睿生物等一批企业正强化研发平台建设，优化创新生态，提升竞争力。

近年来，在国家健康科技产业基地集聚了一批能提供创新药企各类服务的平台，涵盖生物医药上、中、下游产业，对创新药企的进驻有很大的吸引力。梳理国家健康科技产业基地30年的发展历程，可以发现，早在2001年，基地就挂牌成立了博士工作站。2003年3月28日，国家健康科技产业基地企业技术中心挂牌成立。此后，各类公共技术平台，企业自身技术中心、工程中心、博士后工作站、院士工作站、国家重点实验室分实验室等系列技术平台相继完善。

2020年4月，广东九部门联合印发的《关于促进生物医药创新发展的若干政策措施》明确提出，支持中山市打造生物医药资源新型配置中心、生物医药科技成果转化基地、生物医药科技国际合作创新区。借助政策红利，中山倾力发展生物医药产业、广东省制药产业计量测试中心等公共服务平台。

2021年5月26日，中国检科院粤港澳大湾区研究院举行揭牌暨正式建设启动仪式。中国检科院于2004年创建，是国家设立的公益性检验检测检疫研究机构。中国检科院粤港澳大湾区研究院落户中山有三个原因：一是中山具有区位优势。位于珠江东、西岸沟通的重要节点，从这里到香港、澳门、广州、深圳等城市都不远。未来，中山将成为大湾区一小时经济圈的重要组成部分。二是中山具有产业优势。中山最近几年来的产业发展，跟中国检科院的研究方向、成果转化方向高度契合。三是中山有环境优势。中山市委、市政府，火炬高新区党工委、管委会，以及相关的各政府部门，为中国检科院落地中山提供了一流的营商环境。

2023年2月，第三届AIE国际再生医学研讨会暨粤港澳大湾区国际再生医学论坛在中山举行。这是粤港澳大湾区首个大型国际再生医学论坛。粤港澳再生医学创新研究院启动，标志着中山作为粤港澳大湾区核心区域，在生物医药的前瞻布局上再进一步。被誉为"中国造血干细胞之父"的中国科学院院士吴祖泽发来祝贺视频。吴祖泽院士寄语："中山是一座名城，生物医药产业基础扎实、潜力无限。"中国皮肤学泰斗、中国工程院院士廖万清则希望中山充分发挥自身优势，在再生医学领域实现更高的突破。

近年来，中山倾全市之力支持生物医药产业发展，火炬高新区已形成以国家健康科技产业基地为核心的产业集聚态势，中国检科院粤港澳大湾区研究院等"国字号"平台成功落地，药品进口口岸成功获批和运营，已建成生物医药产业链的完整闭环。生物医药与健康产业集群是中山市"领航产业舰"之一。国家健康科技产业基地持续壮大园区产业规模。健康产业集团将从多方面发力，优化产业布局，搭建产业创新生态，推动重大产业平台建设，强化发展要素支撑，提升产业集聚度和辐射力，加快进位赶超，力争建成省级生物医药与健康特色产业示范基地。

招商方面，国家健康科技产业基地坚持"招大商、招好商"。瞄准生物医药、医疗器械、大健康板块，布局合成生物学、细胞和基因、脑科学等未来产业，积极对接深圳"20+8"产业，将国家健康科技产业基地打造成生物医药和健康产业在大湾区首选的成果转化基地、产业加速基地、产业化基地，同时依托康方生物、金城金素、中国检科院粤港澳大湾区研究院等链主企业和研究院所，以政府或政府平台公司与企业联手打造创新化学和生物药、细胞和基因治疗、精准诊断、高端医疗器械

2024 年的中国检科院粤港澳大湾区研究院（吴正伟／摄）

领域创新创业生态和孵化培育体系，从早期开始引进培育生物医药创新型项目，形成大湾区最集聚、创新活跃、成果转化高效、产业化便利的产业集聚区。

此外，国家健康科技产业基地还探索新的平台搭建模式，促进医药临床 CRO、药学 CRO、原料药生产企业、CMO 企业、CSO 供应链企业等多方有机融合。基于已有的生物医药产业集群及平台优势，推进建设医药和医疗器械注册人持证平台，利用健康医药行业变革机遇，促进更多的医药和医疗器械项目在园区集聚，争取打造大湾区生物医药持证公司的集聚地。

不断加速科技创新和人才培育。国家健康科技产业基地将打造服务全产业链的公共服务支撑体系，建成涵盖研发、中试、检验检测、成果转化、金融资本、孵化加速全过程的具有生命力的产业创新生态。完善多层次资本体系。近年来，火炬高新区大力推动生物医药产业高质量发展，已形成特色化、规模化的大健康产业集群，在创新平台、孵化育成体系、金融服务体系、产业政策等产业配套方面优势明显。

粤港澳大湾区的建设推动了全球资源向大湾区集聚的速度和效率，这些创新平台的建设，为国家健康科技产业基地参与粤港澳大湾区建设、链接国内外资源打下了基础。

二、以链式思维助推产业发展

《中山火炬高技术产业开发区经济和社会发展第十四个五年规划纲要》（简称"《规划纲要》"）中提到，要立足火炬高新区资源禀赋与产业基础，从全区层面统筹健康医药产业发展的规划布局、重大政策和重大工程，优先发展细分重点产业领域，打造生物医药科技国际合作创新区。改造提升国家健康科技产业基地，依托湾西智谷核心区（鲤鱼产业园）等载体，保持健康医药产业领域的集聚优势，巩固和完善上游研发、中游生产、下游现代流通的产业链。以特殊食品化妆品为发力点，加快发展新药创制，稳步推进基因治疗和智慧健康协同发展。

对于健康医药产业集群的建设，《规划纲要》提出：改造提升国家健康科技产业基地，推进生物医药科技国际合作创新区建设，打造火炬健康医药集聚区、健康医药产品与服务产业基地、生物医药科技成果转化基地。构建"一套产业链发展支持政策、一批产业链龙头企业培育、一个产业链共性技术支撑平台、一支产业链专业招商队伍、一个产业链发展分工责任机制"的"五个一"工作机制，以链式思维助推产业发展，加快促进产业链上下游、产供销、大中小企业高效协同，提升集群产业创新能力和产业链现代化水平。

在国家健康科技产业基地，一批"链主"企业进入快速增长期，并形成"链主"带动上下游产业健康发展的新格局。

在一份"链主企业与重点企业清单"中可以清晰地看到中山健康医械产业链的丰富图景。以医药为例，分为生物药、化学药、中药。生物药方面形成了以康方生物为链主，麦济生物、恒动生物、达石药业、康众生物、康晟生物、中奥生物、恒赛生物、未名海济、泽辉生物、艾一生命科技、珈钰生物、冠昊生物、泛恩生物、归气丹、瑞顺生物、暨安特博生物、阿拉丁生物、君厚生物、医诺维申等为重点企业；化学药方面形成以联邦制药为链主，辉凌制药、中昊药业、莱博瑞辰、金城金素、星昊药业、安士制药、可可康、九洲药业、和博制药、三才医药、雅柏药业、鼎信医药、万泰药业、隆赋药业、力普恩、先通科技、万汉制药等为重点企业；中药方面形成了以中智药业为链主，恒生药业、启泰中药饮片、先通药业、香山堂药业、国源国药、沙溪制药等为重点企业的发展格局。还有百灵生物、奕安泰、澳达特罗、海泓药业等原料药。医疗器械方面，达影医疗、盛达同泽、乐心医疗、洲瓴医疗、迈迪健通、伊索曼、瀚启医疗、康乃欣生物、龙晟医疗、徕康医疗、普利斯、和佳医疗、睿佳医疗、天键医疗、瑞福医疗、世医堂、体达康医疗、沃德医疗、微视医用等器械企业，以及体外诊断类企业代表腾飞基因、康源基因、米度医疗、中山生物工程、创艺生化、标佳生物、生科试剂、执诚生物、标鸿生物、中科奥辉等。合成生物领域代表企业为倍生生物、普言生物等，核药领域代表企业有华益制药等。

经过 30 年探索创新，国家健康科技产业基地"全产业链"发展模式激发产业集群效应，彰显出蓬勃活力和无穷魅力，提升了园区的综合竞争力。国家健康科技产业基地在产业的价值链、企业链、供需链和空间链四个维度形成了一种"点线面"结合的模式，龙头企业将上下游产业串联起来并不断延伸，构成了一个紧密关联的产业环。"点"是指由龙头企业引领的产业发展载体。"线"是指形成完善的健康产业链，如生物医药产业链、医疗器械产业链、健康医疗信息产业链、化妆品及保健食品产业链。"面"是指形成世界知名、国内领先的产业集群。以工信部新型工业化产业示范基地、科技部创新型产业集群试点园区、国家现代服务业数字医疗产业化基地为载体，建成国内领先的健康医药产业集群。

2020 年底发布的《广东省发展生物医药与健康战略性支柱产业集群行动计划（2021—2025 年）》中，中山国家健康科技产业基地已与广州国际生物岛、广州科学城生物产业基地、中新（广州）知识城生命健康产业基地、深圳坪山国家生物产业基地、深圳坝光国际生物谷等一起，被纳入打造十大综合性产业园区的计划中。

2021 年 12 月 8 日，广东省政府召开省产业园高质量发展工作现场会，并在会上为首批 19 个"广东省特色产业园"授牌。中山火炬高技术产业开发区以"生物医药"特色产业园入选。生物医药与健康产业是火炬高新区主导产业之一，已形成"政、产、学、研、贸"相结合的一体化发展模式，密集的产业集聚、完善的产业链条和强大的配套能力，汇集了一批国内外知名的生物医药企业落户。国家健康科技产业基地积累了扎实的产业基础，产业链不断完善，产业生态逐步实现了从"补链"到"强链"的跃升，构建了新药研发、检验检测、中试研究、GMP 生产、临床试验、金融资本等产业生态体系。

　　30 年来，作为全国首个按国际认可的 GLP（药品非临床研究质量管理规范）、GMP（药品生产质量管理规范）和 GSP（药品经营质量管理规范）标准建设的国家健康科技产业基地成长为国家级综合健康产业园区，形成了以生物医药、医疗器械、特殊食品、化妆品、健康服务业为主导的产业集群格局。

扫码获取

◉ 线上药谷·官网入口
◉ 全国药谷·百花齐放
◉ 科普中国·大国崛起
◉ 图文聚焦·百年科技

第九章

再造空间：重塑发展新优势

2022 年 5 月 22 日《广东省第十三次党代会报告》正式发布。这份报告提出，着力打造环珠江口 100 公里 "黄金内湾"，带动广州、深圳、珠江口西岸三大都市圈协同发展、聚势腾飞。粤港澳大湾区的黄金内湾就是选取靠近珠江口的核心区，由深圳前海、东莞滨海湾新区、广州南沙、中山翠亨新区、珠海横琴等共同组成的一个黄金内湾。

火炬高新区珊洲生态公园位于翠亨新区马鞍岛西，这里山海交融，是粤港澳大湾区 "黄金内湾" 重要的生态休闲之地。

天气晴朗时，站在珊洲生态公园山顶，视野开阔，可远眺深中通道、伶仃洋；山脚下，则是如火如荼建设中的国家健康科技产业基地 "湾区药谷"。湾区药谷是火炬高新区立足产业链 "强链、稳链、固链、补链" 需求，全力打造的湾区生物医药产业重要集聚区与高质量发展引擎。湾区药谷面积达 34 平方公里，由国家健康科技产业基地生物医药高质量发展核心区 [12 平方公里（生物医药与医药健康）]、深中合作创新区生物医药园区（生物医药与医疗器械）和民众原药港［两者共 22 平方公里（高端原料药、医药中间体）］组成。

30 年来，国家健康科技产业基地产业平台经历了从沿江路一、二期，到小隐涌边智慧健康小镇，再到湾区药谷延伸，构建了"苗圃—孵化器—加速器—科技园"的全链条孵化，一步一步实现高质量园区跨越式发展。

第一节　国家级孵化器的成长"线路图"

孵化器（incubator）是指为创业之初的公司提供办公场地、设备，甚至是咨询意见和资金的企业。孵化器有助于降低创业风险和创业成本，提高企业的成活率和成长性，对企业起到扶持作用。世界上第一家孵化器诞生于美国纽约州。1987 年 6 月，中国首家孵化器"武汉东湖新技术创业者中心"正式成立。之后，全国各地的高新区也开始在园区以创业中心、孵化器等多种形式，加大科技型企业的孵化工作。

湾区药谷 1 号（国家生物医药科技孵化器，也即生物谷大厦）

从国内外创新型城市和园区发展历程来看，加快发展科技企业孵化器、众创空间等新型创业服务平台，营造良好的创新创业生态环境，可以为区域经济注入创新活力，培育新兴产业。

我国高新区成立之初，便高度重视科技企业孵化工作。火炬高新区成立之初的 1992 年便设立中山火炬高技术创业中心，这是由火炬高新区管委会创办的非营利性科技创业服务机构，也是中国中山留学人员创业园的前身。中国中山留学人员创业园、科技企业孵化器创立于 2004 年，2005 年成为国家级科技企业孵化器，是中山最早的一家国家级科技孵化器，2013 年底升级省部共建中国中山留学人员创业园。

2015 年 7 月 29 日，中山市召开的市委十三届八次全会提出，争取把国家健康科技产业基地打造成中山市第二家国家级孵化器。当年 8 月，国家健康科技产业基地加快国家级孵化器的申报工作，并提出了孵化器建设目标。2016 年 3 月，国家健康科技产业基地生物医药专业孵化器获得科技部认定为国家级科技企业孵化器，成为中山第二家国家级科技企业孵化器。

一、新探索：孵化，成就梦想

怀揣技术，但资金不足，是很多海归创业者在创业初期遇到的难题，海归博士杨呈勇也不例外。

让杨呈勇记忆犹新的是，2014 年初进驻国家健康科技产业基地孵化器时，腾飞基因在场地规划、报批、论证、建设等流程方面，都有国家健康科技产业基地孵化器团队的指导。

恰巧这一年 9 月，国家健康科技产业基地生物医药专业孵化器获广东省科技厅认定为国家级科技企业孵化器培育单位。腾飞基因刚进入国家健康科技产业基地孵化时，为了节省创业成本，公司原本只想租 200 多平方米的经营场地，但国家健康科技产业基地孵化器团队综合分析后，否定了创业者的想法，并建议他们从长远发展考虑，可以谋划更大一点的发展空间。鉴于这一建议，腾飞基因租下了 2000 多平方米的场地，用来研发、实验和办公之用。"如果当初只拿了 200 多平方米，那么过不了多久，我们就会遇到场地不足，需要再做规划，搬办公室，花费更多的时间、经费和精力。"杨呈勇回忆说。

腾飞基因的成长只是国家健康科技产业基地孵化企业的一个代表。

高科技产业因前期周期长，在企业孵化阶段如何提供专业的服务便显得至关重要。孵化器的出现不同程度上满足了这类创业者的需求。

2015 年在国家"大众创业、万众创新"战略下，国家健康科技产业基地加大了孵化器建设的力度，通过孵化探索，推动初创型科技企业加快创新发展。2015 年，国家健康科技产业基地生物医药专业孵化器申请获国家级科技企业孵化器认定。同年 3 月 30 日，经国内知名生物医药专业咨询机构 BioIn-sight 公布，国家健康科技产业基地跻身"中国十大最佳生物医药园区"，同时入选的还有上海张江、北京中关村、武汉光谷等九家生物医药园区。此前，在中国生物技术发展中心发布的《中国生物医药园区发展情况调研结果（2013）》报告中，国家健康科技产业基地位列前五。

2015 年 9 月 1 日，火炬高新区召开科技企业孵化器建设工作会议。国家健康科技产业基地作了经验交流。与其他园区孵化器不同，国家健康科技产业基地结合基地产业链发展规划，建设若干个细分领域的专业孵化器，包括生物制药、医疗器械、保健品化妆品、数字医疗、基因诊断等领域，形成"孵化器—加速器—产业园"一体化的孵化加速育成项目服务体系。并按照"申报一批、储备一批、培育一批"的梯队战略，通过"辅导＋培育＋升级"方式，充分利用市、区级科技专项和高企培育资金等优惠政策，引导和鼓励企业积极申报高企，建立国家健康科技产业基地高新技术企业培育发展的长效机制。在高层次人才方面，国家健康科技产业基地利用各级人才政策，积极引进和培育高层次人才、团队。

国家健康科技产业基地在 2006 年开始，就以 1.3 万平方米生物谷大厦为初期载体开展孵化器建设运营。国家健康科技产业基地孵化器由中山健康基地孵化器管理有限公司运营管理，是以生物医药为发展方向，以促进科技成果转化、培养高新技术企业和企业家为宗旨的健康医药类专业科技孵化器。到 2016 年时，国家健康科技产业基地健康医药科技企业孵化器已经在载体建设、公共服务平台建设、投融资服务、科技咨询服务、高端人才引进及促进科技成果转化方面都取得了显著的成绩，孵化面积达到近 5 万平方米，成功孵化了康方生物、奕安泰医药、康晟生物等一批成长性强的科技型企业。同时，孵化器借助这批企业建成涵盖研发、中试、检验检测、成果转化、金融资本、孵化加速全过程的、具有生命力的产业创新体系。并将平台服务辐射到整个基地园区，部分高端服务延伸至国内外生物医药行业。通过孵化器运营，园区集聚了包括手性药物、创新蛋白抗体、新一代基因测序与诊断、可穿戴智能设备等一批高端创新成果，已经汇聚了一批龙头企业，形成了完善的健康医药产业链，打造了涵盖全产业链、具有生命力的创新体系和产业公共服务平台。

针对在孵企业的发展需求，国家健康科技产业基地孵化器也建立了一支熟悉科技企业运营、懂得风险投资、善于人际沟通和市场策划开发的综合性专业化团队，建立起完备的创业企业服务体系，为企业提供生物医药专业技术服务、科技咨询服务、投融资服务、人才引进与培训服务、品牌建设服务，以及其他行政事务等孵化服务。对于很多初创期的科技型企业来说，特别是健康医药企业，投融资的配套服务对其发展至关重要。国家健康科技产业基地适时引进战略合作资本方，参与孵化器项目投资。

国家健康医药孵化器成为推动国家健康科技产业基地创新项目集聚、产业持续发展的中坚力量。通过孵化加速体系的建设，国家健康科技产业基地从源头集聚创新技术、成果和项目，不断优化园区的创新创业孵化环境，吸引更多创业项目、创新团队、归国人才来园区创业投资。以科技企业孵化器建设为抓手的园区孵化育成体系建设及良性运行，为中山健康产业可持续发展提供源源不断的创新动力和发展后劲。

　　在沿江路与健康路交会处，湾区药谷1号（即生物谷大厦）几个大字，在阳光的照耀下显得格外锃亮。生物谷大厦于2002年8月选址。可以说，2002年是国家健康科技产业基地园区孵化器建设的"元年"。生物谷大厦有13层楼高，位于小隐涌边，面向横门水道，在国家健康科技产业基地助推初创企业成长中发挥了重要的作用。

　　为提升孵化器的孵化水平，作为国家健康科技产业基地首批孵化器的"生物谷"通过改造升级后，正朝着高质量孵化器的方向发展。2021年，修葺一新的生物谷焕发新机。这里还是中国中山留学人员创业园（生物医药园）。作为大湾区的专业孵化器，生物谷吸引了医药维申、恒动生物、维石检测等一批新入驻企业在这里进入"孵化时间"。

　　国家健康科技产业基地孵化器已多次获得国家考核优秀。如今，国家健康科技产业基地建立了多层次、全方位的孵化加速体系，助力企业快速成长。专业孵化器包括：国家生物医药科技孵化器（湾区药谷1号，即生物谷大厦）、中国中山留学人员创业园生物医药专业园、中国检科院粤港澳大湾区研究院检验检测孵化器。加速器包括：健康智汇园生物

湾区药谷2号
（医疗器械智创园）

医药加速器（即健康智慧小镇的核心区）、医疗器械智创园（湾区药谷2号）、大健康产业智造中心（湾区药谷3号）、湾区药谷创新创业园、火炬大数据中心等。产业园载体包括：国家健康科技产业基地核心区一、二期园区，湾区药谷，火炬原药港，东利"工改工"片区，深中合作创新区生物医药园区等。

对国家健康科技产业基地来说，一个园区就是一个超级孵化器，园区把建设专业孵化器作为培育创新企业、聚集高科技项目的重要手段，营造科技型创业企业的成长环境，大力培育健康医药产业科技企业，已形成完善的创新创业孵化体系。

经过多年实践与探索，国家健康科技产业基地通过打造创新创业环境，集聚科技企业，培育创新人才，推动科技成果转化等全方位服务，助推创新企业快速成长。国家健康科技产业基地产业园形成了完善的孵化产业链条，成为推动区域科技创新、产业集聚的中坚力量。2023年园区研发投入 R&D 经费 21.58 亿元，园区建设的国家健康科技产业基地科技企业孵化器已累计孵化服务超 200 家企业，培育出康方生物、康晟生物、达影医疗等科技企业。

二、新载体：智慧健康小镇

日复一日，年复一年，一条小隐涌缓缓流淌，悄无声息流往小隐水闸，流入横门水道，汇聚、融合，再交汇后流向宽广的伶仃洋……

行走在小隐涌畔的智慧健康小镇里，可以感受到浓浓的创业氛围，配套完善的高端公寓、党群服务中心、生活设施等，实现了生活、生产、生态"三生"融合发展，打造了一个"创新综合体"。

这里及周边集聚了康方生物、康晟生物、百灵生物、广东星昊、未名海济、曼可顿、美捷时、英得尔、中山生物、爱护、和佳医疗、乐心医疗等一批知名企业，成为国家健康科技产业基地新的产业中心。

智慧健康小镇的西面，则有南方新元、中智药业、三才医药、欧亚包装、

火炬智慧健康小镇

创艺生化等一批企业，形成"一涌两岸"的产业新格局。

2016 年是"十三五"的开局之年，也是国家健康科技产业基地再造产业高端平台、创新发展的加速之年。2016 年以来，国家健康科技产业基地积极推进国家级的中德（中山）生物医药产业园以及中山市首批特色小镇之一的火炬智慧健康小镇的规划和建设。

几乎在一夜之间，一个名为"特色小镇"的称呼红遍大江南北。2016 年 2 月，国家发展改革委组织了一场特色小镇的专题发布会，首次权威发布特色小镇——浙江杭州云栖小镇和贵州安顺西秀区旧州镇的案例。10 月，住房城乡建设部、国家发展改革委、财政部联合发布《关于开展特色小镇培育工作的通知》。同月，住房城乡建设部对外发布《关于公布第一批中国特色小镇名单的通知》。

何谓特色小镇？特色小镇其实不是行政区域上的城镇，是以特色产业、产业文化为核心，以创业创新为因子，聚合多种经济元素的经济形态，可以说是产城乡一体化的新型城镇化模式，是一种全产业链融合，各种创新要素融合的产业升级和经济转型平台。

2016 年 6 月，中山市在第八届中德经济技术合作论坛上被国家纳入对德生物医药重点合作区；8月，国家发展改革委发文确认了中山国家级的中德（中山）生物医药产业园项目。中山市政府还出台了《加快推动中山市与德国生物技术和医药经济合作发展的实施意见》。

从国家健康科技产业基地发展来看，到2012年左右，一、二期园区已经完成开发五平方公里。发展特色小镇是中山实施创新驱动发展核心战略的重要抓手，也是建设充满创新活力、和美宜居城市的重要载体，火炬高新区在基地一、二期产业基础上，围绕小隐涌积极打造火炬智慧健康小镇，并于2017年1月被评选为中山市首批18个市级特色小镇之一。

智慧健康小镇总用地面积3.64平方公里，核心建设区为1.31平方公里，将按照"一带两轴，一心三区"的形态进行打造，"一带"即小隐涌生态文化观光带，"两轴"即世纪大道城市发展轴、沿江路城市发展轴，"一心"即健康科技产业创新与服务中心，"三区"即两个健康科技产业支柱区和健康科技产业创新引领区。

智慧健康小镇的生态文化观光带是指，通过建设滨江湿地公园，打造以厨邦酱油、咀香园、游艇码头、医药文化博物馆、道地药材科普园、中智药业、启泰药业、中药养生文化旅游项目及以欧洲风情休闲街为主题的生态文化观光带。健康医药支柱区是指，针对中德（中山）生物医药产业核心区建设需要，重点建设中德合作康复医学、生物医药、医疗器械、健康服务产业化项目。科教创新引领区则整合中德跨企业（跨学校）职业教育训练中心、中德国际技术转移中心、国际合作创新孵化器等科教创新项目，建设涵盖教育、科研、检验检测、成果转化、金融资本、孵化加速于一体的创新创业引领区。智慧健康示范区依托中山市区域卫生信息服务平台，整合包括健康数据采集与评估、健康管理、医学检测、预防保健等健康服务全产业链资源。另外，康复养生体验区将体现欧洲风格生活居住区，融合医疗、康复、体检、养生等健康元素，倡导新型宜居生活方式，打造精品健康生活社区。总体来说，智慧健康小镇是按照国际认可的GLP、GCP、GMP和GSP标准建设的，集产业创新、产业智造、产业服务、产业文化于一体的引领健康生活、福祉民生的智慧健康医药产业特色小镇，是推动中山建设国家级生物医疗科技创新区的国际化生物医药研发集聚区和生物产业基地。

2018年11月，智慧健康小镇被纳入广东省第二批省级特色小镇培育库，是中山市四个省级特色小镇之一。

智慧健康小镇在健康医药产业发展上，强化和巩固生物医药、医疗器械和健康服务业的主导产业，其中以生物医药为重点，引导和推动健康产业链条上关联产业创业创新发展，建设基因测序与诊断技术产业基地、蛋白质及抗体药物开发平台等国内细分行业的优势产业平台，并在原有的制造业基础上，融合健康服务业的内涵，实现产业城市融合发展，推动小镇向特色健康产业高度集聚、创新活跃、生态宜居方向发展，提升中山健康生活指数。

智慧健康小镇里的智汇园已成为企业集聚地。这里由国家健康科技产业基地倾力打造，位于国家健康科技产业基地二期核心园区，规划面积150余亩，建设超过20万平方米符合GMP标准的医药标准厂房和科技研发大楼、中试车间等，从而为健康医药创新项目和人才提供理想的载体，打造国家健康科技产业基地创新人才和高科技创新项目集聚的高地。从这里，过深中通道，距离深圳机场约30分钟车程。园区配有洁净实验室及生产车间，同时有配合办公需要的会议室、培训室、展示厅等办公场所，以及能满足员工需求的宿舍、饭堂、交通车等生活配套设施。智汇园首期的载体空间就有康方生物、君厚生物等项目进驻。

在智慧健康小镇，国家健康科技产业基地一方面兴建GMP工业厂房，招引金城金素、康晟生物、君厚生物、利诚检测、达影医疗、艾一生命科技等一批优质健康产业类项目；另一方面搭建了涵盖产业链上中下游的公共服务平台，包括模式动物研究服务平台、新药筛选和临床前研究CRO等在内的研发平台，广东医疗器械检测中心中山分中心、广东中测食品化妆品安全评价中心等省级检测平台，星昊药业小分子冻干、小容量注射、固体口服制剂 CMC/CDMO 平台等。

三、新模式：全链条孵化

中国孵化器经过 30 多年的发展，越发走向成熟，并朝着多元化方向发展。其大体类型可分为：完全事业型孵化器的运营模式，由政府、事业单位投资，对孵化器的管理采取事业单位的运营模式；事业企业型的运营模式，由政府、事业单位投资，孵化器的日常管理按照企业化经营，实现收支平衡；企业型孵化器，此类孵化器是企业法人，完全自主经营、自负盈亏。

国家健康科技产业基地孵化器经过多年探索，已形成了多种形式组合的"孵化模式"，孵化器概念有了更丰富的内涵。其中，国家健康科技产业基地与中国检验检疫科学研究院粤港澳大湾区研究院的"国企＋研究院＋孵化器"模式，成为国家健康科技产业基地专业孵化器的又一个升级版。

2023 年 9 月 28 日，国家健康科技产业基地多个喜事叠加。火炬高新区招引的首个"国字号"科研院所——中国检科院粤港澳大湾区研究院项目顺利封顶。同时，中国检科院粤港澳大湾区研究院、国家健康科技产业基地与多个项目达成战略合作，不少优质项目也签约入驻中国检科院粤港澳大湾区研究院。自落地火炬高新区以来，中国检科院粤港澳大湾区研究院在科研和成果转化等方面取得一系列成绩。比如，在人才和平台方面，获批"中山市第九批创新科研团队项目"，成功获批"广东省博士工作站""中山市植物基因组学重点实验室"，获得广东省化妆品学会科技成果奖。

中国检科院粤港澳大湾区研究院与国家健康科技产业基地西湾科创园相隔不到五公里。当天，两个由海归博士牵头创立的项目，作为首批签约落户西湾科创园的项目，与国家健康科技产业基地、西湾科创园签署投资协议和租赁协议。

西湾科创园为火炬高新区首宗低效用地升级改造高标准生物医药厂房项目，打破了火炬高新区以往生物医药产业园建设主要由政府或国有平台公司主导的模式，首次由民营企业主导建设配套完善、高标准的生物医药产业园区。这也是国家健康科技产业基地由民营企业主导的专业孵化器开发的新尝试。国家健康科技产业基地不断创新机制，探索孵化新模式，为更多科技型初创企业进行定制化的孵化服务。

第二节　"存量变革"与"增量崛起"

经过近30年发展的国家健康科技产业基地园区，面对原有产业发展空间的不足，要实现新一轮发展，优存量和强增量是两个重要举措。

存量指某一时点上的总量或积累量，增量指某一时期内新增的数量或增长的速度。促进增长，需要在增量和存量之间保持平衡，以实现可持续的增长。

如今，处于深中通道"桥头堡"位置的国家健康科技产业基地，通过立足园区发展基础现状，加快产业空间塑造，努力实现"存量与增量"的新变革。

一、新速度："拿地即动工"由个案到常态

2020年8月13日上午，国家健康科技产业基地企业利诚检测认证集团股份有限公司（简称"利诚集团"）总部建设项目在火炬高新区正式动工建设。此时与利诚落地国家健康科技产业基地的时间仅仅相隔三年。这也是中山市首个"拿地即动工"项目。

2020年8月12日，利诚项目创下中山行政审批新速度：从在公共资源交易中心进行公开交易开始算起，到获得施工许可证仅用时145分钟。整套审批流程历经22个环节，每个环节平均用时六分钟。

"按照传统审批流程，项目需要3个多月时间才能落地。以前审批是按月、周来计算，现在是按分、秒来计算，每个事项的衔接都非常紧

凑有序。"利诚集团董事长陈新文对新"火炬速度"感触很深。

为加快检验检测公共服务平台建设，2017年，中山市政府发布《关于支持检验检测公共技术服务平台建设的实施意见》（中府办〔2017〕1号），鼓励建设高水平的检验检测公共技术服务平台。

彼时，作为国家创新型产业集群试点园区，国家健康科技产业基地积极搭建健康医药产业全产业链公共服务平台，在检验检测技术服务平台方面，建设了中山市食品药品综合检测中心、广东医疗器械检验检测中心中山实验室、广东中测食品化妆品检测中心、瑞康基因检测所等检测平台。

利诚检测认证集团有限公司前身是中山市利诚安全技术咨询有限公司，成立于2012年6月，2017年选择入驻国家健康科技产业基地智慧健康小镇智汇园进行"二次创业"。2017年12月28日，利诚检测国家健康科技产业基地实验室在智慧健康小镇举行开业庆典。这是利诚检测投资逾4000万元建立的第四个实验室，占地1600平方米，由食品与化妆品安全检测技术骨干成立专业技术团队，重点发力食品与化妆品类的检测，这既能满足企业的需求，也对中山打造省内检测高地，建立与市场接轨的产业标准有着重大意义。利诚检测中山国家健康科技产业基地实验室的开业进一步提升了中山健康医药产业的检验检测公共服务能力。

自从落户国家健康科技产业基地以来，利诚检测在科技创新方面不断发力。2018年被广东省科技厅认定为"广东省空气水质和土壤检测工程技术研究中心"。2020年12月，工业和信息化部发布《关于公布2020年度国家中小企业公共服务示范平台名单的通告》，同意授予利诚检测认证集团有限公司等214个平台"国家中小企业公共服务示范平台"称号。这是中山市此次唯一上榜企业。利诚检测还与华南农业大学共建博士后创新实践基地，建有广东省博士工作站、市级创新科研团队等创新平台。

陈新文坦言，在公司发展的第二个阶段，选择国家健康科技产业基地这一步是走对了，这也是利诚检测战略布局中的重要抉择，"如果当初没有选择落地国家健康科技产业基地，就没有今天的利诚"。

利诚检测实验室一角

利诚检测总部项目是国家健康科技产业基地塑造产业新空间、助力企业发展的案例之一。国家健康科技产业基地"拿地即动工"由"个案"成为"常态"，致力为企业发展营造一流的营商环境。

自 2020 年 9 月以来，国家健康科技产业基地在拓展产业发展空间上不断创新，实现新发展。创新科技孵化聚集区、东利片区"西湾智谷"、西湾科创园、"火炬健康特色主题产业园"等一批新的产业载体相继建设，英得尔、未名海济等一批扎根园区多年的企业在原有厂区里拓宽空间。

2020 年 9 月 28 日，火炬高新区举行创新科技孵化聚集区项目封顶暨连片"工改工"项目启动仪式，标志着火炬高新区向产业空间存量要增量的突围战正式打响，也意味着火炬高新区在加快"三旧"改造、推动城市更新上又迈出了坚实的一步。

产业园区是极其宝贵的发展新空间，加快推进低效、低端、低质工业用地改造，盘活闲置用地，拓展发展空间，是一个重大考验。创新科技孵化聚集区项目是火炬高新区连片"工改工"项目之一，位于火炬高新区东利片区，分为南北两地块，项目建成后，将围绕火炬高新区核心产业布局，引入健康产业类、先进装备制造业类等项目，形成产业集群效应。

2021 年是"十四五"规划开局之年，国家健康科技产业基地提出，将从以招商引资、企业服务为主转向兼顾营收并建立现代化企业高效经营管理机制，交出新时代国企改革发展的优异答卷。

火炬高新区连片"工改工"首期示范性项目共划定窈窕片区、东利片区、张家边片区、沙边片区四大区域。其中，东利片区位于东利小区沿江东三路旁，由国家健康科技产业基地进行改造。东利片区位于世纪大道 15 公里产业创智走廊最东端，未来将实现产、站、城、景一体化，注入"创享"气质，做强湾西产业核心，打造"湾西智核、深中门户"。

2022 年 12 月，国家健康科技产业基地火炬生物医药创新中心三期项目正式启动拆除。火炬生物医药创新中心项目由国家健康科技产业基地作为改造主体，有着独特的区位优势，位于深中通道与香山大桥的交会处，是火炬高新区的东部门户和深中通道西段桥头堡，距深中通道火炬高新区出口约 1.5 公里，与鲤鱼产业园片区、智慧健康小镇相连接，形成新的万亩连片特色产业园。项目一、二期——国家健康科技产业基地创新科技孵化集聚区南北地块已完成改造。作为国家健康科技产业基地园区首批"工改"项目，正在建设时便有多个高端项目排队入场。火炬生物医药创新中心项目前两期改造的成功经验，加速了项目三期的启动。三期主要引入大健康产业方向的项目，包括生物医药研发和生产、高端医疗器械、健康服务产业等。

火炬生物医药创新中心项目是东利连片工改工片区的组成部分。按照低效工业园改造升级工作要求，以"一年开好局、两年见成效、五年园区成形"的总体思路，把区域内外工改工、低效土地和物业开发升级、村企混改与智慧健康小镇升级改造、鲤鱼产业园开发建设相融合，集聚生物医药、高端医疗器械、检验检测、健康服务等产业于一体，形成生产、生活和生态三生共融的现代化特色主题产业园。

东利片区正在拓宽的平台包括西湾科创园项目、盈建智慧云谷项目、火炬环保新材料、盈亮等。这批项目建成后将成为国家健康科技产业基地园区招商引资的重要载体。

二、"火炬原药港"延伸产业链

按照中山市委、市政府统一部署，自 2021 年 7 月开始，火炬高新区正式统筹民众街道。

2022 年 5 月 18 日，火炬高新区举行民众沙仔低效园区改造升级启动仪式。在火炬高新区的统筹下，民众街道将通过推动"工改"对沙仔工业集聚区进行升级改造，布局发展小分子化学原料药、化学药中间体、特种药、生物制备等产业，打造一个总面积超万亩的现代主题产业园——"火炬原药港"。

原料药产业是资金和技术密集型产业，原料药产品属于生产资料，和直接面对消费者的制剂产品具有完全不同的市场特点。自 20 世纪 90 年代以来，制药业就在全球范围内进行产业结构大调整，世界原料药的生产中心已转向亚洲。原料药一直是中国参与国际竞争的优势品种，面临着新机遇。

《中国医药研发 40 年大数据》中的《改革开放 40 年铸就原料药出口强国》章节写道：1978 年，原料药工业总产值（按 70 年不变价计算）为 63.58 亿元，十二大类原料药产量四万吨，原料药供应出口四千吨，出口 7370 万美元。改革开放初期，我国的原料药就已经实现了自给自足。而新的历史机遇，让中国原料药生产企业开始逐步参与国际市场竞争。2017 年，我国西药类产品出口 354.56 亿美元，增长 12.62%。其中，原料药出口 291.17 亿美元，同比增长 13.71%。[1] 中国已经是世界第一大原料药生产国，也是世界第一大原料药出口国。

民众沙仔工业集聚区成立于 2000 年，规划总面积万余亩。从区位上来看，这里北接广州南沙，东临深圳前海，南望珠海横琴自贸区，位于

---

[1]　陆涛、李天泉主编：《中国医药研发 40 年大数据》，中国医药科技出版社 2019 年版，第 19 页。

广中珠澳科技走廊和深中产业拓展走廊交界处，融入了广中、深中半小时通勤圈。从产业经济维度分析，这里是民众工业发展起步的地方，奠定了民众工业发展的坚实基础。

根据规划，园区未来将委托健康基地集团牵头打造"火炬原药港"。作为火炬高新区战略性产业集群培育发展重点特色园区的"三谷一港"之一，"火炬原药港"将着力于强优势、补短板，加快完善生物医药产业链、创新链和服务链，依托火炬高新区，联动广州、深圳，立足大湾区，面向全世界，逐步建成一个覆盖原料药、制剂、中成药、生物制品等多领域，以原料药、医药中间体为特色的现代医药主题产业园，为中山市生物医药与健康产业延伸及发展提供有力支撑，全力打造粤港澳大湾区医药原料药绿色制造和智能制造示范园区。

根据火炬高新区党工委、管委会工作部署，国家健康科技产业基地自2022年起统筹民众街道沙仔园区企业的各项相关工作。沙仔片区是深中合作创新区的重要组成部分，也是健康基地集团打造"火炬原药港"的首选地。国家健康科技产业基地选派了精干人员组建民众沙仔发展部，建立"一企一档"，为企业培育、科技创新、增资扩产、在建项目协调、低效工业园区改造升级等方面提供全方位服务支撑，推动解决企业发展的难点和卡点问题。

在国家健康科技产业基地的品牌影响和强而有力的招商服务下，广东诚一生物科技有限公司等一批新项目陆续选择在民众沙仔工业园落地发展。

2023年4月18日，中山健康基地集团民众园区服务中心在民众街道正式挂牌成立。新成立的服务中心选址在民众街道民众大道，处于沙仔片区与火炬高新区行政中心的中间位置。中心的成立将为园区企业提供更全面、高效、特色的"一门式"服务，为企业稳增长、增后劲提供有力的支撑。

"原药港"建成后，民众街道将与火炬高新区健康医药产业实现对

火炬原药港
俯瞰效果图

接与补链，叠加中山药品进口口岸、中国检科院粤港澳大湾区研究院、健康小镇等平台，火炬高新区将形成"原料进口—研发应用—高端制剂—检验检测—渠道销售—药品物流"的全链条健康医药产业集群，实现与粤港澳大湾区健康医药产业接轨，助力打造粤港澳大湾区医药产业引擎。

2023年10月11日，经济日报社发表一篇由《经济日报》调研组采写的《南沙破局》重磅报道。文章最后写道："南沙的未来，令人畅想。这座在一片荒滩蕉林上长出来的粤港澳大湾区现代化滨海新城，正支撑中国式现代化的南沙实践，探寻着中国式现代化城市高质量发展的新路径。"

南沙与民众沙仔工业园只有洪奇沥水道"一水之隔"。在国家健康科技产业基地的统筹下，以"原药港"为新定位的沙仔工业园也在努力破局中。

第三节　空间变革带来"强磁力"

产业新空间的释放，让更多的优质企业选择国家健康科技产业基地园区发展。

2023年2月22日，国家健康科技产业基地园区四个高质量增资扩产项目完成土地摘牌。广东民昇食品有限公司（简称"民昇食品"）便是其一。

从英国牛津大学留学回国工作几年后，2021年，何佩怡决定回到家乡民众街道（火炬高新区统筹区）创立广东民昇食品有限公司。2023年2月，火炬高新区重点项目——"5G智慧肉类冷链集配加工中心"在民众街道沙仔工业园区内奠基动工。同年9月，民昇食品与广东省农业科学院动物卫生研究所签约，双方将联合建设一个研究中心。未来，研究中心将围绕无人屠宰车间开展联合技术攻关，企业将借助科研院所的力量完成科研成果转化，建设生猪屠宰的全自动、智能化生产线，推动一产、二产、三产深度融合发展，在深中合作创新区打造一个农产品加工流通示范点。广东民昇食品有限公司董事长何佩怡深有感触地说："这两年来，自己最深刻的感受，就是当地政府、国家健康科技产业基地对企业诉求的快速响应，以及提供的优质服务。全新的营商环境，成就了民昇的快速发展。"

新落成的湾区药谷2号，现已入驻了一批优质企业。早在2022年2月，湾区药谷2号启动后，中国检科院粤港澳大湾区研究院的孵化项目美贝斯特（广东）生物科技有限公司（简称"美贝斯特"）便率先进驻。

美贝斯特（广东）生物科技有限公司副总经理林新棋回忆，公司于2021年3月18日入场装修，7月18日获得生产许可证，9月18日投产出第一批货。林新棋表示，国家健康科技产业基地主导的集聚区新厂房，不仅让他们可以"拎包入住"，省去大量的前期准备时间，使项目快速上马，还让他们租得安心、放心，在前期投入上可以更大胆地做长远发展计划。租金实惠、园区服务贴心让他们在发展中更舒心。

林新棋团队在化妆品行业拥有20多年工作经验。2017年，他们从广州来到中山，随着公司的发展，需要寻找新的空间载体。"之前，我们到过广州、北京、南昌、珠海等地考察，最终还是选择国家健康科技产业基地。"林新棋认为，选择在中山发展，除了因为中山的地理位置优越，还因为中山市政府服务周到。美贝斯特租用了创新科技孵化集聚区（南地块）两幢厂房，拥有 21000 平方米 GMPC 标准厂房及根据 CNAS 标准建造的研发实验中心及众多高精尖生产制造设备。

在智慧健康小镇旁，未名海济现代化的办公大楼和生产车间已拔地而起。为满足公司快速发展需求，2021 年，未名海济在原厂区重建了约 1.6 万平方米的新生产大楼。未名海济的新生产大楼在公司原有土地上再次挖潜，不用新增一分新土地。在国家健康科技产业基地的帮助下，企业在 24 小时内完成了新生产大楼的审批、报建手续。2021 年 3 月，新生产大楼正式奠基。新生产大楼涵盖两条生产线，包括 1：1 复制生产线和 2.5 倍放大生产线。项目建成后可满足公司未来五年的发展需求。

与未名海济同处于智慧健康小镇的英得尔公司通过土地存量改革，植入高质量发展的要素和资源，在原有空间里找到了一条增资扩产的新路。

车载冰箱是现代家庭健康出行的重要产品，属于大健康产业范畴。作为一家专注于车载冰箱研发、生产与销售的国家高新技术企业、中国车载冰箱行业标准起草者，英得尔正抓住风口，迎来新一轮发展。

英得尔扎根国家健康科技产业基地已有近 20 年时间。近年来，顺应新能源汽车和露营的发展趋势，英得尔正进入一个新的发展期。为满足产能所需的空间，英得尔第一轮"工改"工厂于 2023 年 10 月投产。接着进行第二轮"工改"。同时，还计划购地再拓展，为企业数字化智能化转型升级做准备。

健康医药产业研发周期特别长，企业须历经孵化—成长—产业化的发展阶段，增资扩产是立足本土发展的最优选择。为了让优质企业有更大的发展空间，国家健康科技产业基地积极参与土地整备和低效工业园改造，寻找突破的方法。

自 2021 年以来，国家健康科技产业基地在招商引资方面取得较大进展，特别是 2022 年，招引了十个优质购地类产业化项目，为基地持续发展注入"活水"，产业发展动能充足。除此之外，产业载体建设是园区优化资源配置、缓解用地紧张、培育产业集群的重要手段。国家健康科技产业基地积极、广泛与"工改"载体开展合作，采取定制开发建设模式，为招商项目提供优质产业空间。

国家健康科技产业基地已构建政府主导、企业化运作、多元化资源整合的园区建设发展机制，采用"政府—园区发展公司—产业园"紧密结合发展的产业园区开发管理和运营模式。通过规划领链、企业强链、项目延链、园区聚链等方式，国家健康科技产业基地下好园区经济发展和企业培育这盘棋。

做好园区经济整体规划，一张图、一条链推进。推动规模以上重点企业达产满产，工业增速较快的企业保持增长态势，同时培育科技含量高、成长潜力大的企业，使其尽早上规上限，落地项目当年上规。紧抓产业链的关键节点，以培育"链主"企业为目标，实行"一企一策"精准帮扶，助力园区企业提升科技创新、管理、运营等能力。鼓励企业向数智化转型、向专精特新发展，深耕细分领域。扩大有效投资，瞄准重点工程，推进成长较快的企业在原址扩建或增资扩产，或者新购地扩产项目。通过国家健康科技产业基地园区圈层、医工一体化创新生态圈层、"政府＋协会＋医院＋园区"圈层等特色平台，聚力提高园区集聚度，抢占产业发展制高点。

产业发展配套在产业全生命周期中具有重要的位置。国家健康科技产业基地以做大产业增量为目标导向，继续通过推动低效工业园改造升级和土地整备，建设中山市健康医药主题产业园。同时，对接深中通道，高规格、高标准建设集生物医药产品研发、生产、流通于一体，功能分区明确、基础设施齐全的产业聚集区。争取划定集中产业用地，建设高层高、高承重、符合 GMP 标准的工业厂房，建设孵化加速载体、CMO/CDMO 生产平台，整体进行道路、排污、蒸汽、双回路供电等生物医药园区基础设施配套建设，为中小企业创业和加速发展提供便利载体。比如，中国检科院粤港澳大湾区研究院竣工后，将新增 12.6 万平方米产业空间，投入使用后将快速形成国家级检验检测标准认证能力和相关产业集群。

空间的释放、成熟的配套，还吸引了一批新的优质企业进驻。2023年9月15日，国家健康科技产业基地园区三个项目签约落地，覆盖干细胞新药开发、再生医学、高端制造三个领域。其中，泽辉生物研发产业化基地项目计划落户湾区药谷，康百医药再生医学公共服务平台项目将落户国家生物医药科技孵化器。

"选择落户中山，看中的不只是区位优势，更重要的是火炬高新区的生物医药和健康产业的配套条件与未来发展前景。"泽辉生物项目负责人表示，泽辉生物将充分利用中山市火炬高新区、国家健康科技产业基地的条件和地方政府对生物科技公司的支持，努力打造成为国内乃至全球生物医药的标杆企业。作为生物医药产业的"明珠"，干细胞是整个产业中最热门的细分行业之一，具有巨大潜能。截至2024年4月，泽辉生物已有6款多能干细胞产品进入临床阶段，未来该项目有望成为一个拥有丰富干细胞产品管线的国家一类新药生产研发基地。资金就是最好的诚意。作为中山首个通过国企自有基金投资，进而招商落地的项目，泽辉生物和中山对接半年就顺利完成了两轮融资，为企业筹到了数亿元的资金。

康百医药是一家从事干细胞及外泌体相关的药物研发企业，基于中山市在生物医药产业科技创新的发展优势，康百医药将以临床研究为基础进行再生医学创新技术的临床转化，致力于建立全球领先再生医学研发服务平台，开发再生医学先进药物、新材料与组织工程产品、生物试剂与辅料，建立国内首个再生医学CRDMO公共服务平台。

截至2024年6月，"湾区药谷"医药科技加速器项目、麦济、康方生物、盛达同洋等项目已在国家健康科技产业基地东部健康医药产业园进行布局。

第四节 "湾区药谷"创新之花齐开

"只要您愿意来，中山火炬的大门永远向您敞开！"

2023年3月31日，在深圳举办的国家中山火炬高新区湾区明珠·价值"连城"——深中（火炬）产业一体化推介会上，火炬高新区发出真诚邀约。

这场跨城推介会面向深圳重点推介了火炬高新区的产业发展环境，超100平方公里的深中合作创新区首次亮相深圳。当日，涵盖智能装备、光电信息、健康医药等产业领域的多个项目签约。

随着"双区"和横琴、前海、南沙三大平台建设重大战略机遇叠加，深中通道一桥飞架，中山迎来了建设广东省珠江口融合发展改革创新实验区的重大利好，作为"东承"桥头堡位置的国家健康科技产业基地也迎来了新的历史发展机遇。

一、从一场招商会看价值"连城"

这次推介会上，首次亮相深圳的深中合作创新区，备受瞩目。

深中合作创新区的起源，最早可以追溯到2020年，中山市发展和改革局（大湾区办）与深圳市发展改革委共同启动了"深圳—中山产业拓展走廊"课题研究工作。2022年10月，深圳市政府与中山市政府签订《深圳市中山市战略协作框架协议》，两市同步印发的《深圳中山战略协作第一批重点事项（项目）清单表》正式明确提出，两市将以市场化方式共建深中合作创新区等，全面提升大湾区产业链供应链竞争力和安全韧性，着力构建国家产业链供应链安全格局。为推动深中产业协作从"梦想"走向"现实"，火炬高新区在民众街道规划了102平方公里的深中合作创新区，划定了深中合作创新区起步区和示范区一期、二期范围。

深中（火炬）产业一体化推介会上，国家健康科技产业基地有10个意向签约项目。在招商会现场，国家健康科技产业基地备受关注。在招商会茶歇期间,深圳的健康医药企业与国家健康科技产业基地招商人员进行深入交流。

就在前一天的 3 月 30 日,2023 年中山全球招商推介大会暨第十届中山人才节上,国家健康科技产业基地共有 12 个意向签约项目。其中两个项目作为重大项目上台签约。

2023 年初召开广东省、中山市高质量发展大会后,国家健康科技产业基地以前所未有的重视程度与力度推进招商引资。紧抓深中通道建成通车的历史机遇,瞄准深圳"20+8"产业集群,围绕"高""新"定位打造"招商 + 投资 + 服务"项目落地模式,以大格局大载体大平台融入大项目招商时代,吸引了一批优质产业项目签约落户。

2023 年以来,国家健康科技产业基地将医药研发 CRO、动物实验、医药原料药 CDMO、化学药和生物药 CDMO、细胞基因治疗产品CDMO、医疗器械 CDMO、医药销售物流服务等产业服务平台有机融合,积极打造大湾区药品和医疗器械 MAH 持证集聚区。国家健康科技产业基地自建的生物医药公共服务平台引入的迈托姆生物药 CRO 平台、医诺维申小分子新药 CRO 平台和仁熙基金·睿谷科技孵化和中韩新药及创新医疗器械交流合作中心开业;顺通医疗器械 MAH 持证平台顺利揭牌。通过持证集聚区的建设,促进更多的药品和医疗器械产品在区内集聚和持证生产销售,快速扩大产业规模。

国家健康科技产业基地还将联合康方生物在湾区药谷打造康方湾区创新创业园,通过"孵化加速器 + 产业园 + 基金"模式,瞄准创新药、精准诊断、细胞干细胞及基因治疗等生物医药前沿技术领域,持续发挥康方生物的抗体药"链主"带动效应,孵化医药科技前沿的创新项目。

二、打造"湾区药谷"正当其时

2024 年 1 月 30 日,火炬高新区召开 2023 年工作总结暨 2024 年工作部署会。会议提出,要强化产业园载体支撑,扎实谋划"三谷"产业空间。"三谷"分别是"湾区光谷""湾区药谷""湾区智谷"。其中"湾区药谷"要求以东部健康医药产业园为主阵地，高标准推进鲤鱼产业园建设"零碳""集约化"理念示范区，加速"九通一平"建设，力争完成园区内部临江三路、临江四路等道路建设；加快推动药械CRO、CDMO平台建设，招引一批生物技术、小分子靶、细胞与基因领域创新药、高端医疗器械项目落地。[①]

中山市在深中通道火炬高新区出口处高规格打造的"湾区药谷"，重点招引创新药、改良型新药、疫苗、高端医疗器械、细胞基因治疗产品等项目，推动珠江口东西两岸健康产业链深度融合。

"创新药"一词，在2024年全国两会上首次写入国务院政府工作报告。这更坚定了莱博瑞辰、康方生物、范恩柯尔等一批由海归创立的新药企创新发展的信心。这些生物医药类企业扎根"湾区药谷"，立足新药创新和国际化创新，推进高端药物数字化生产制造，大力发展新质生产力，促进创新与数字化制造结合，在创新药发展的路上奔走。

---

① 参见刘云梅：《抢抓历史机遇，着力五大提升，打造宜居宜业宜游的现代化产业新城——火炬高新区2023年工作总结暨2024年工作部署》。

第十章

全球视野："湾区药谷"向未来

世界四大湾区是指美国旧金山湾区、纽约湾区，日本东京湾，中国粤港澳大湾区。粤港澳大湾区是中国开放程度较高、经济活力较强的区域之一。

从全球生物医药企业发展的区域分布来看，美国、欧洲、日本等国家和地区在全球生物医药产业中处于主导地位。知名的生物医药企业主要聚集在世界四大湾区内。比如，辉瑞公司总部位于美国纽约、安进公司（Amgen）总部位于美国加州。

粤港澳大湾区由香港、澳门两个特别行政区和广东省广州、深圳、珠海、佛山、惠州、东莞、中山、江门、肇庆九个珠三角城市组成。生物医药产业是中国战略性新兴产业之一，发展生物医药产业对粤港澳大湾区打造国际科技创新中心具有重要意义。粤港澳大湾区已拥有广州科学城生物产业基地、深圳国家生物产业基地、中山国家健康科技产业基地、香港科学园、粤澳合作中医药科技产业园等重点生物医药产业集聚区，已形成了以广州和深圳为核心，珠海、佛山与中山等城市协同发展的大湾区生物医药产业城市群。

国家健康科技产业基地是中国首个国家健康科技产业基地，也是大湾区目前唯一的国家级健康科技产业基地。国家健康科技产业基地正以更加开放的姿态，迎接全球优秀的人才和项目集聚"湾区药谷"，为世界创造更多的新药、好药。

第一节　向"湾"而"生"

2017 年国务院政府工作报告提出，要推动内地与港澳深化合作，研究制订粤港澳大湾区城市群发展规划，发挥港澳独特优势，提升其在国家经济发展和对外开放中的地位与功能。同年 10 月，中国共产党第十九次全国代表大会召开，大会工作报告提出，要支持香港、澳门融入国家发展大局，以粤港澳大湾区建设、粤港澳合作、泛珠三角区域合作等为重点，全面推进内地同香港、澳门互利合作。2018 年国务院政府工作报告中明确提出，"出台实施粤港澳大湾区发展规划，全面推进内地同香港、澳门互利合作"。2019 年 2 月 18 日，《粤港澳大湾区发展规划纲要》正式发布，标志着大湾区建设迈上了新台阶。2024 年 2 月 18 日是《粤港澳大湾区发展规划纲要》实施五周年的日子。过去的五年里，国家健康科技产业基地以湾区的开放思维和大视野，加快园区整体升级。这五年是国家健康科技产业基地创新药成果"井喷"和大平台规划成效显现的关键五年，也是国家健康科技产业基地高质量发展承上启下的"关键五年"。

什么是湾区？湾区是指由环海城镇组成的港口群和城镇群，是由一个海湾或相连的若干个港湾及岛屿共同组成的区域，由此衍生出的经济效应则称为"湾区经济"。粤港澳大湾区城市之间地缘相近、人缘相亲，区域内联系紧密。

国家健康科技产业基地敏锐地看到大湾区的机遇，在 2017 年至 2019 年连续举办的三届"健康与发展中山论坛"中，均以大湾区元素为主题。譬如，2017年第十二届健康与发展中山论坛以"健康中国，湾区先行"为主题，在健康中国2030和粤港澳大湾区等政策利好下，探讨加强粤港澳大湾区城市在生物医药产业和医疗服务领域的深度合作，在创新医疗服务模式、前沿医疗技术研究与应用、粤港澳和国际创新资源对接、健康产业体制机制创新等方面积极探索，先行先试，为"健康中国"的发展书写湾区样本，为我国健康产业的创新与发展做出示范。论坛期间举办的2017生物医药国际合作圆桌峰会以"湾区机遇合作共享"为主题，探讨粤港澳大湾区规划建设给生物医药产业带来的新机遇，以及国家医药监管制度改革给医药行业带来的影响，并探讨生物医药国际合作新趋势。2018年，第十三届健康与发展中山论坛以"大湾区　大健康　大机遇"为主题，通过研讨推进粤港澳大湾区健康产业、医疗卫生深度融合，搭建粤港澳国际化健康发展平台。2019年，第十四届健康与发展中山论坛以"共建国际化创新型健康湾区"为主题，多位两院院士及国内外健康医药领域专家、研究所和高校专家、行业机构负责人、创新创业团队、企业家代表等出席盛会，分享医药科技最新发展成果，交流健康领域前沿学术思想，共商粤港澳大湾区医药产业优势互补、融合创新之路，助力我国健康事业高质量发展。

粤港澳大湾区是我国生物医药产业聚集的重要区域，已形成较为完整的生物医药产业链，涵盖生物医药研发、生产、销售环节，已形成了药品、医疗器械、试剂等全方位、多领域的现代化产业体系。其中，医药、化学合成药物、生物制药、基因检测等领域在全国范围内具有比较优势。

随着粤港澳大湾区建设不断推进，越来越多的香港高校愿意选择在中山进行科技成果转化。2018年7月6日，粤港澳大湾区生物医药产业创新发展中山峰会举行。粤港澳大湾区医药学界的知名学者齐聚中山。这是粤港澳大湾区高校首次就大湾区生物医药产业发展举行的高端峰会。在峰会高端论坛上，中国科学院院士陈凯先指出，粤港澳大湾区的建设是新的推动力，如何把这个机会利用好，把中山的定位思考好，非常重要。

现在全国生物医药的园区建设非常多，光是江苏就有好几个，面对人才和项目的竞争，如何打造自己的特色很重要。整体感觉，中山的发展机遇很好，国家健康科技产业基地产业基础扎实，如果能把广东和香港的创新资源聚集好，相信将来大有可为。

2019 年 3 月 28 日的中山显得与众不同。在中山博览中心，一场布置新颖的招商大会拉开序幕。作为《粤港澳大湾区发展规划纲要》正式发布后的第一场招商大会，招商会上"湾区元素"满满。蔚蓝医疗项目在当天招商大会上成功签约。签约之后，仅半年时间，中山蔚蓝医疗器械有限公司就完成了公司注册、厂房装修、团队搭建等前期筹备工作。当年 10 月 24 日，蔚蓝医疗在国家健康科技产业基地智汇园开业。

《粤港澳大湾区发展规划纲要》发布，引起了国家、省、市各级部门的关注，与生物医药相关的政策随即出台。2020 年 9 月 27 日，国家中医药管理局会同广东省人民政府和国家有关部门印发了《粤港澳大湾区中医药高地建设方案（2020—2025 年）》。这份建设方案提出，要紧扣粤港澳大湾区中医药高地建设定位，聚焦建设健康湾区，促进中医药人员、产品、标准、资金等全要素在大湾区的流动与连通。

随后，广东省出台关于促进生物医药创新发展的若干政策措施，明确支持中山打造生物医药资源新型配置中心、生物医药科技成果转化基地和生物医药科技国际合作创新区。此外，国家市场监督管理总局等部委印发《粤港澳大湾区药品医疗器械监管创新发展工作方案》的通知，也明确支持在中山设立进出口口岸，推动中山市优先获得生物医药产业发展的国家产品和技术核心关键要素。

2021 年 7 月，广东省发布《广东省制造业高质量发展"十四五"规划》，计划到 2025 年，生物医药与健康产业力争实现营业收入一万亿元，建成具有国际影响力的产业高地。在医药制造业方面，支持中山打造生物医药科技成果转化基地、生物医药科技国际合作创新区。同时，广东省"十四五"规划提出，广东省将重点发展以生物医药与健康产业为代表的十大战略性支柱产业集群。

2021年12月20日，国家发展改革委印发的《"十四五"生物经济发展规划》中提到，服务国家重大区域战略，引导创新资源向京津冀、长三角、粤港澳大湾区集聚发展，围绕生物医药、生物农业、生物制造等领域培育一批世界级龙头企业，促进城市间产业分工协作和要素有序流动，加快提升产业链供应链现代化水平。发挥北京、上海、江苏、广东、成渝地区双城经济圈等地区生物产业体系完备、科研基础扎实、医疗资源丰富、国际化程度较高等优势，集中力量组织实施重点产业专项提升行动，先行先试改革举措，打造具有全球竞争力和影响力的生物经济创新极和生物产业创新高地。

中山区位优势得天独厚，是珠江西岸连接大市场的桥头堡，周边是南沙、前海、横琴三大自贸片区，区位优势明显。以中山为圆心，周边半径90公里有香港、澳门、广州、深圳、珠海五大机场，以及中山港、南沙港等五大外轮深水港；京珠高速公路纵贯中山全境，并且随着广珠轻轨、深茂铁路、深中通道、南中城际及港珠澳大桥等重大交通工程的规划和建设，交通变得十分便利，形成大湾区一小时经济圈。

国家健康科技产业基地位于中山东部，东临珠江口，与深圳、香港隔海相望，南与珠海、澳门毗邻，北接佛山、广州，更是大湾区"黄金内湾"中一颗璀璨的健康医药明珠。

2021年3月28日，由国家健康科技产业基地、大湾区香港中心共同主办的中山·香港健康医药产业论坛在中山举行。这次论坛是中山2021年"3·28"投资经贸交流会系列活动之一。通过论坛的举办推进中山积极融入广深港澳科技创新走廊建设，加强与香港健康医药创新要素和产业资源对接，推动更多的创新成果转化，助力中山健康医药产业高质量创新发展。

国家"十四五"规划和2035年远景目标，对香港发挥自身优势和功能提出了新的要求，也为大湾区城市产业合作开辟了新的空间。健康医

2021年3月28日，中山·香港健康医药产业论坛在中山举行

药产业正处于最好的发展时期，在这次"中山·香港健康医药产业论坛"上，专家认为，香港和中山地缘相近、人缘相亲，产业相通、优势互补，加强健康医药产业交流合作，将产生强烈"化学反应"，释放发展活力。

第二节　科学家、企业家、投资家来追梦

一份简单的水果拼盘、面包、热茶……2022年10月10日，国家健康科技产业基地邀请企业家、科学家、投资家在装扮一新的湾区药谷1号（生物谷大厦）举行特别的"早餐会"，共商粤港澳大湾区园区未来发展大计。

美籍经济学家约瑟夫·熊彼特（Joseph Alois Schumpeter）认为，创新的主体是企业家，并强调只有企业家才能实现新组合（创新），人只有在实现新组合（创新）时才是企业家。熊彼特说，我们把新组合的实现称为"企业"，把职能是实现新组合的人称为企业家，新组合就是新的生产力。

在创新药发展进程中，科学家、企业家、投资家三者的结合至关重要。

随着上述三大群体的到来，国家健康科技产业基地在创新药的发展道路上走得更顺。

一、"这里有在硅谷上班的感觉"

站在湾区药谷 1 号 13 楼大平台上远眺，整个园区可 360 度一览无遗。向南，山脉延绵，青山葱绿。环视园区，可以看到园区周边及园区内就分布着白米山、烟管山、金钟山、三洲山、二洲山、下岐山等大大小小近十座山；向西，火炬高新区科技新城高楼林立，一派现代城市风光；向北，宽阔的横门水道、中山港码头、滨江绿道，令人心旷神怡；向东，深中通道连接的深圳前海，以及广州南沙，未来前景令人无限遐想。园区内已是井然有序的厂房，小隐涌流水悠悠，两岸绿化、美化成效凸显，此景美如画。

难怪海归创业者感叹："在这里有一种在硅谷上班的感觉。"

大平台墙壁上张贴着健康基地园区产业发展空间规划图，分别为健康基地集团园区示意图、鲤鱼产业园用地规划、火炬高新区东利片区工改工类城市更新片区地块划分与指标控制图。"三张图"正是国家健康科技产业基地着眼于未来的长远产业空间谋划。

2022 年 10 月，几易其稿的《健康基地集团特色产业园区建设发展方案》（简称"《方案》"）正式敲定下来。这份近万字的《方案》从总体目标、成立特色产业园建设领导小组、主导产业、园区高质量发展任务、园区运营、园区企业管理机制、园区服务机制七个维度，对国家健康科技产业基地发展路径进行分析，并提出了目标和对策。

《方案》提出，国家健康科技产业基地将按照火炬高新区党工委、管委会的工作部署和要求，以专业化、国际化、市场化为目标，进一步提升和规范特色产业园区的建设管理和服务水准，建立富有竞争力的生物医药与健康产业生产运营体系、研发创新体系、成果转化体系、管理服务体系和政策标准体系，保障园区打造一流营商环境，激发园区各类主体发展活力，提升园区发展实效。

按照中山市推动城市环湾布局向东发展战略部署，位于中山"东承"桥头堡的国家健康科技产业基地正积极探索深中健康产业协作创新，推动珠江口东西两岸大健康产业一体化发展，不断壮大生物医药与健康产业舰队。

深中通道是国家"十三五"重大工程和《珠江三角洲地区改革发展规划纲要（2008—2020 年）》确定建设的重大交通基础设施项目，是珠江口东岸通往西岸乃至大西南的便捷通道，是未来珠三角乃至粤港澳大湾区的产业脊梁，更是一条产业升级的走廊。2024 年，深中通道建成通车。一座连接中山和深圳的跨海大桥已然卧于碧涛之上，24 公里的距离，由两小时缩短为 30 分钟，这必将为珠江东西两岸的经济发展谱写更多"深中故事"。

"近水楼台先得'桥'"的国家健康科技产业基地，将抢得更多先机。

二、国际人才和国际项目相约而来

近年来，国家健康科技产业基地园区企业国际参与度不断提升，自主创新研发的新药"出海"，在研发、临床、注册到商业化等各个方面开展了广泛的国际合作。

2012 年至 2023 年 11 年间，国家健康科技产业基地吸引了一批海归选择在这个类似"硅谷"的环境里，找到事业的新舞台。

为大力实施"海外人才为国服务计划"，2013 年 6 月 22 日，国侨办经科司组织美中生物医药协会专家考察团，在国家健康科技产业基地开展项目对接、座谈交流和实地考察等活动。自 2014 年以来，中山市与瑞士苏黎世、巴塞尔，瑞典，丹麦，美国马里兰州蒙哥马利郡、圣地亚哥等交流活动增多。

上述这些区域与中山健康产业的共同点在于产业集群优势明显。美国的圣地亚哥市和马里兰州分别位列全美生物医药集聚地第四名和第五名。瑞士巴塞尔及周边地区形成的生命科学产业集群，是欧洲境内集中度最高的生命科学产业集群。瑞典、丹麦地区的药谷是欧洲三大生命科学园区之一。2014年，中山在瑞士苏黎世召开产业推介会。2015年，中山市人民政府与美国马里兰州蒙哥马利郡签署友好合作备忘录、中山市驻欧洲经贸代表处成立。2016年6月，中山市被国家纳入中国对德生物技术与医药经济重点合作区；8月，国家发展改革委发文确认了中山国家级的中德（中山）生物医药产业园项目。为加快中德（中山）生物医药产业园发展，提升产业国际化发展水平，加强对欧洲招商引资工作，2019年6月4—12日，国家健康科技产业基地招商团队随中山市代表团赴法国、德国、瑞士开展经贸交流活动。其间，国家健康科技产业基地招商团队拜访了欧洲分子生物实验室、默克集团。中山正按照《粤港澳大湾区发展规划纲要》要求，大力推进生物医药科技国际合作创新区建设，国家健康科技产业基地"走出去""引进来"的方式更加多元。

从全球来看，一个国家、一个地区甚至一个园区的发展与人才的质量息息相关。涂子沛在其《大数据》一书中写道，每年的10月，诺贝尔奖花落谁家是全世界的热门话题。2011年10月，《福布斯》对100多年来各项诺贝尔奖的获得者情况做了一个可视化的展示。这是一个以时间为横坐标，以大奖

国家健康科技产业基地俯瞰图

得主的国籍为纵坐标的散点图。不难看出，1940年以前，德国是世界科学和文化的中心，但第二次世界大战之后，这个中心毫无疑问地转移到了美国。还能看到，美国人的崛起首先在物理领域，其次是医学领域，再次是经济学领域。

从吸引欧美企业落户到中山企业走出去开拓欧美市场，从留学生归国创业到先进技术产业联盟在中山形成，从招引单个企业到与平台合作实现群招商……国家健康科技产业基地通过国际化发展战略布局，向全球价值链高端跃升，有效地促进了技术、资本、人才、项目等资源国际化整合。

湾区的最大特质是创新和开放，集聚世界各地优秀的人才，为其所用。

翻开国家健康科技产业基地30年的发展历程，可以看到一条清晰的国际化之路。从成立之初，邀请美国公司参与基地的规划，到辉凌、格兰泰、德国默克等国际制药巨头的引进；从最近十年来一批海归携项目和团队来基地创新创业，到中山创新药为全球患者带来福音，国家健康科技产业基地的国际化水平不断提升。

党的十八大以来，国家健康科技产业基地吸引了夏瑜、李百勇、王忠民、张鹏、吴涛、潘洪辉、袁军、吴帆、蔡伟文、魏欣、吴曙霞、史渊源、王建勋、姚蔚、陈继伟、李福彬、严晓华、马钰波、张成海、刘晓松、倪国颖、徐洋、习宁、苑学礼、杨呈勇、张愚等一批科学家、企业家的到来。如今的国家健康科技产业基地更具国际化创新气质。

人才是高质量发展"第一资源"。国家健康科技产业基地已吸引了一批优秀的高端领军人才和创新科研团队落户。以手性制药为例，手性制药是医药行业的前沿领域，2001年诺贝尔化学奖就授予分子手性催化的主要贡献者。毕业于中山大学药学院药物化学专业的徐亮博士是中山奕安泰医药科技有限公司总经理。他带领团队埋头研发手性技术，短短六年，成功开发了具有自主知识产权的手性核心技术——两个高效的手性催化体系，发明了一系列手性催化剂，并已申请了大量包括美国、欧洲、日本在内的国内外专利。徐亮及其团队研发出的"手性药物新型苯并咪唑类催化剂在不对称氢化反应中的应用研究及产业化"项目，获得 2020 年度广东省科技进步奖二等奖。在徐亮的推动下，广东省不对称催化（奕安泰）工程技术研究中心正式成立，这将极大地推动公司的核心手性技术，并应用于合成高技术含量、高附加值的大量手性药物，成为第四批国家级专精特新"小巨人"企业。奕安泰部分研发的手性药物关键中间体已进行了大批量的商业化生产，并建立了广泛的国际销售网络。目前，国内专注于手性催化技术的企业并不多，奕安泰处于行业的"第一梯队"，拥有高效的手性催化体系和 80 多项专利技术，尤其是手性催化核心技术不仅填补了国内空白，还打破了跨国公司的技术垄断。

领军人才带动企业发展的例子在国家健康科技产业基地日益增多。截至 2023 年 10 月，园区有两家院士工作站、三个省级创新团队，建立了一个国家地方联合工程研究中心、三个国家重点实验室分室和两个广东省重点实验室。在中山第十批市创新团队中，国家健康科技产业基地园区四个团队入选，园区共有 25 个市创新团队，占全市 36.2%。

国家健康科技产业基地园区多方联动，通过开展企业家早餐会、高层次人才音乐会等活动，扩大朋友圈，积极营造爱才、敬才、惜才氛围。

如今，借助大湾区优势，国家健康科技产业基地国际化步伐更加铿锵有力。随着深中通道建成通车，处于大湾区"黄金内湾"的国家健康科技产业基地，将吸引越来越多的国际人才和国际项目到来。

第三节　新"十大舰队"领航舰

2023 年 1 月 6 日，中山市委经济工作会议首次提出，打造新时代中山"十大舰队"。

这"十大舰队"是指以新能源、生物医药与健康、新一代信息技术、智能家电、高端装备、光电光学、灯饰照明、中山美居、现代农业与食品、现代时尚产业为主的产业集群，以夯实制造业家底，领航中山制造业高质量发展。其中，新能源产业集群、生物医药与健康产业集群、新一代信息技术产业集群、智能家电产业集群是率先起航的"四大舰队"，将着眼中山未来发展做大做强。生物医药与健康产业是中山市重点发展的战略性新兴产业，也是中山市新时代产业集群"十大舰队"的四个引领产业集群之一。经过多年深耕和发展，中山市已形成以制药、医疗器械、医疗信息为主导，保健食品和化妆品、医药流通、健康服务业等协同发展的产业格局。

一、发挥"头雁效应"

每当中山—香港的客轮从中山港码头出发，途经横门水道，驶向出海口时，总会在江面泛起层层细浪。涌向岸边的浪花，拍打着礁石，令人对外面的世界充满神往。

安士制药（中山）有限公司总部所在地紧邻中山港码头。2023 年 9 月 19 日，安士制药（中山）有限公司举办 20 周年庆典。自 2003 年扎根国家健康科技产业基地以来，安士制药用 20 年的时间，探索出了一条国际化发展的路子。

安士制药执行董事长徐孝先说，践行中国健康产业新使命是安士制药开发骨健康、肝胆健康系列产品的初衷。20 年来，安士制药坚持科技创新，从无到有、从小到大，已茁壮成长为一家中美双认证，集科研开发、生产和市场建设于一体的医药集团，净资产较创立初期增长 25 倍，培育了钙剂明星品牌"迪巧"和国内首个熊去氧胆酸胶囊、通过一致性评价的品牌"优世安"，研发和生产的骨健康、肝胆健康及保健类产品畅销国内外。安士制药在研的人工熊胆粉项目已被列入国家重点项目，目前已完成Ⅱ期临床试验工作。

徐孝先坦言："国家健康科技产业基地有着特殊的区位优势，这里毗邻港澳，位于大湾区黄金内湾的重要节点，发展条件好，再加上政府很重视，政策好，经过 30 年的发展形成了较强的产业基础，企业在这里有广阔的发展空间。"

英雄所见略同。广东金城金素制药有限公司董事长傅苗青说："国家健康科技产业基地在区位、产业集聚、政策服务等方面都具有优势。区位方面，粤港澳大湾区是与世界交流的窗口，国家健康科技产业基地企业可获得地理优势；产业集聚上，与国际知名企业诺华山德士、瑞士辉凌及生物创新药康方生物等一批优秀企业做邻居，可以向榜样学习，开阔视野；在政策支持上，国家健康科技产业基地已提供了多元化的个性化政策，企业发展环境更优。"

奕安泰董事长黄仲斌表示，火炬高新区是中山实施"东承"战略的"桥头堡"，而国家健康科技产业基地位于"C 位"，在粤港澳大湾区的区位优势明显，国家健康科技产业基地的健康医药产业集群优势再叠加省级改革创新实验区建设机遇，公司上下发展的信心更足。深中通道建成通车后，更有利于吸引深港甚至是国际人才加盟。

成立于 1993 年的中智药业，2023 年正好迎来 30 周年。自落户国家健康科技产业基地以来，中智药业更是乘风"破壁"，实现远航。与安士制药、奕安泰、康方生物等企业一样，一批扎根基地十年以上的企业，具备较强的实力，并制订新的发展计划。

数字化、智能化成为国家健康科技产业基地园区企业转型升级的"利器"。2023 年 9 月，国家健康科技产业基地园区企业广东美味鲜调味食品有限公司中山厂区智能立体仓项目顺利启用，公司的生产规模和智能化生产水平再上新台阶。智能立体仓实现了从物料接收、产品制造、仓储发货全链条的自动化、信息化、智能化管理，标志着美味鲜的技术装备水平实现了从"制造"到"智造"的跨越。美味鲜建立了省级企业技术中心、国家认可实验室、省级工程中心、微生物技术国家重点实验室美味鲜中山联合实验室、博士后创新实践基地、发酵调味品协同创新中心六大创新平台。通过上述平台先后开展系列产学研项目的研究，率先在行业内掌握了酱油渣处理的核心技术，生产规模及市场占有率位居全国前列。

除了上述扎根多年的企业频频传来喜讯外，2023年还是国家健康科技产业基地的"项目签约年"，泛恩生物、洲瓴医疗、泽辉生物、康众（广东）生物医药有限公司等一批新项目加速落地。

从全市来看，中山的生物医药与健康产业已形成了产业体系相对完整、产业发展载体逐步成熟、拥有科研检测服务平台支撑、引入培育一批知名的潜力企业、拥有相对完善的政策支持体系等特点。中山建成了涵盖制药基础、研发与制造、流通与应用的完整产业体系，形成了生物药、化学药、现代中药、医疗器械、医药流通等多领域的生物医药产业集群。

中山加大培育壮大生物医药与健康产业龙头企业。加快培育打造新时代生物医药与健康产业集群，集中优势资源打造"一群一策"，以产业链龙头企业为牵引，以延链补链为导向，吸引产业链上下游企业落户，逐步形成产业集聚。

大企业集聚是壮大园区产业规模和增强综合竞争力的有力抓手。国家健康科技产业基地将从多方面发力，优化产业布局，搭建产业创新生态，推动重大产业平台建设，强化发展要素支撑，提升产业集聚度和辐射力，加快进位赶超，力争建成省级生物医药与健康特色产业示范基地。计划在未来几年培育1—2家100亿元企业、1家50亿元企业、6家20亿元企业、8家10亿元企业；引进或培育30家综合竞争力强、市场占有率高、带动作用明显的龙头骨干企业。同时，通过招大商、大招商，优化产业发展配套等谋划提质高质量发展，进一步吸引更多优秀企业聚集，打造创新生态链高地，实现国家健康科技产业基地产业能级跃升。

二、加快培育新质生产力

2023年是国家健康科技产业基地发展史上崭新的一页，也是承上启下的关键节点。在这一年，国家健康产业基地成绩可圈可点，数据"飘红"

的增长势头，让健康产业的韧劲再次展示出来。

国家健康科技产业基地一份项目招商情况表显示：近三年来招引了泽辉生物干细胞新药研发及产业化基地项目等一批购地建厂房进行产业化的项目，以及中山莱博瑞辰生物医药有限公司等一批高科技创新项目。

2023年12月26日，自身免疫疾病抗体药物创新企业麦济生物与国家健康科技产业基地签署投资协议，正式落户园区，国家健康科技产业基地产业链得到进一步补强。

梳理国家健康科技产业基地园区企业30年发展史，可以看到，2000—2006年是国家健康科技产业基地项目引进和建设的首次高峰期，一大批企业的进驻夯实了国家健康科技产业基地发展的"基本盘"，这批企业现已成为园区的"顶梁柱"之一。2012年以来，园区进入项目引进和培育的第二次高峰期。与第一次高峰期相比，第二次高峰期引入的项目，更聚焦生物医药领域，有着更高、更新、更快、更专、更精等特点。项目更具"高""新"特点，企业发展速度更快。另外，从项目的成长来看，国家健康科技产业基地提供的服务更专业，园区区位优势更明显，这些优势使得国家健康科技产业基地发展也进入"加速期"。以金城金素为例，国家健康科技产业基地按照企业提出的发展规划、厂房建设等要求，为其量身定制生产厂房，厂房建好后再返租企业使用，这种模式不仅减轻了企业资金压力，更重要的是为企业项目快速产业化节约了大量前期时间。

生物医药是中山市重点支持发展的战略性新兴产业。除了国家健康科技产业基地外，中山各级各部门也对生物医药产业倾注心血。健康医药产业是中山市重点发展的三大战略性新兴产业之一，在"双区"驱动的重大历史机遇面前，中山市通过搭建产业发展平台、解决好人才问题等多种方式，支持健康产业加快发展。同时，加大技术创新、服务创新、政策创新和国际合作创新等，加快国际合作步伐。

2022年8月12日召开的中山市委第十五届四次全会，全面吹响了中山建设广东省珠江口东西两岸融合发展改革创新实验区的号角。作为国内首个国家级健康科技产业基地和目前大湾区唯一的国家级健康科技产业基地，中山健康医药产业发展的主阵地，位居中山"东承"桥头堡的国家健康科技产业基地，也被赋予了全新的发展使命。

国家健康科技产业基地正努力构建与深圳健康产业的协同发展关系，构建创新链、产业链互补融合发展的产业新生态，围绕"链主"企业需求协同引进上下游关联企业，积极与深圳合作开展产业链全球招商，协同打造大湾区世界级产业集群。国家健康科技产业基地重点围绕产业扶持政策、资金、人才等发展要素支撑，加速健康产业集聚发展。鼓励园区企业通过引进股权投资或实施并购重组发展壮大，政府或政府平台公司与链主企业共建科创园中园，搭建产业创新生态，助力产业创新集聚发展，聚力推进产业的强链、补链、延链，积极招大商、大招商，在高质量发展道路上争当产业领头雁。

当前，生命科学基础前沿研究持续活跃，生物技术革命浪潮席卷全球并加速融入经济社会发展，为人类应对生命健康、气候变化、资源能源安全、粮食安全等重大挑战提供了崭新的解决方案。

《"十四五"生物经济发展规划》提出要加快提升生物技术创新能力，推动生物经济创新发展，培育壮大生物经济支柱产业，加快生物技术广泛赋能健康、农业、能源、环保等产业，积极推进生物资源保护利用，加大生物资源保护、开发和综合利用力度。

2023年11月3—5日，中国生物工程学会在北京举行第十五届学术年会暨2023年全国生物技术大会。会上面向全球共同发布"中国生物医药产业发展指数CBIB2023"，并公布了区域生物医药产业评价结果，包括10大重点省（直辖市）名单、20大重点地市级名单、20大重点高新区/开发区名单、20大重点产业园区名单，展示中国生物医药产业发展新风向。其中，国家健康科技产业基地入选全国重点产业园区20强榜单。

紧接着在月底，中国生物技术发展中心发布《2023 中国生物医药产业园区竞争力评价及分析报告》，以及 2022 年国家生物医药产业园区综合竞争力前 50 强榜单，其中，火炬高新区位列第 37 名，排名较 2021 年提升 7 名。火炬高新区也是广东省仅有的三个上榜园区之一，广东省其余上榜园区分别是广州高新区（第 6 名）及深圳高新区（第 10 名）。

2024 年 5 月 9 日，2024 年第八届 VBEF 未来医疗生态展会颁奖晚宴在北京北人亦创国际会展中心举办。由 VB100、动脉网、蛋壳研究院推出的 2024 年未来医疗 100 强榜单隆重揭晓，国家健康科技产业基地荣登"年度生物医药标杆产业园区"榜单，园区企业康方生物、九州通、九洲药业荣登"医疗健康上市企业创新力排行榜"。

这样的评比和获奖还有很多，从这些排名中，可见国家健康科技产业基地在全国同行业中的分量越来越重。

2024 年国务院政府工作报告提出，大力推进现代化产业体系建设，加快发展新质生产力。加快前沿新兴氢能、新材料、创新药等产业发展，积极打造生物制造、商业航天、低空经济等新增长引擎。制订未来产业发展规划，开辟量子技术、生命科学等新赛道。

专精特新企业和创新实力是新质生产力的代表方向之一。截至 2023 年 12 月，国家健康科技产业基地已拥有 1 家国家级专精特新"小巨人"企业、46 家省级专精特新企业、77 家省级创新型中小企业。近年来，国家健康科技产业基地坚持"高""新"引领，构建中小企业培育梯度，建立"一企一策"帮扶制度，补短板、锻长板，在投融资、科技创新、数智化改造、人才、市场开拓、政策等全维度加大支持力度，聚力引育了一批规模技术领先、产品优势突出、创新能力强劲的专精特新企业，加速形成新质生产力，加快构建现代化产业体系，助推区域经济高质量发展。

第四节　构建"一基地六园区"空间格局

2024 年 1 月，中山市政府发布 1 号文《中山市推动生物医药与健康产业高质量发展行动计划（2024 年）》，将全市生物医药与健康产业发展统一到国家健康科技产业基地国家级平台上，构建"一基地六园区"产业发展新格局。

"一基地六园区"具体包括：国家健康科技产业基地生物医药高质量发展核心区，翠亨园区（中山生命科学园、康方湾区科技园），南朗园区（华南现代中医药城），民众园区（民众沙仔原药港、深中合作创新区生物医药园区），三角园区（三角镇高平化工园区、广东医谷产业园），岐江新城园区（岐江新城健康服务业集聚区）。中山市科技局组织编制中山市生物医药产业发展规划和空间规划，对未来重点发展领域、空间布局进行总体谋划，全力推动产业高质量发展。

一、医药工业新的春天

2023 年 10 月 26 日，中山三乡温泉宾馆，院士专家如期而至。

"新一轮技术革命以生物制药技术和人工智能为引领，这也和今天的活动主题息息相关。"中山大学教授、广东省医学会会长姚志彬在当天的论坛上表示，全国生物制药领域的院士、青年才俊、年轻学者齐聚一堂，共同探讨生物制药产业、健康产业未来的发展，将为推进中国生物制药技术发展贡献力量。

在企业展示区，康方生物、金城金素、广东星昊、冠昊生物、艾一生命科技、康晟生物、安士制药、凯诺医药、斯丹姆、苏州先达基因、华夏（青岛）生物科技、天津和创生物、明鉴检测、中源协和等近 20 家细分领域"头部"企业一起亮相，展示内容涵盖抗体新药、细胞与基因治疗、基因检测技术、细胞培养基等生物医药产业链上下游产品和服务等，吸引了一批投资者的目光。

国际化是衡量医药产业高质量发展程度的重要指标，已成为促进医药工业结构优化调整的有力抓手。历经数十载的积累和发展，中国已成长为全球第二大医药市场，在全球医药产业链中占有重要地位。《中国医药产业国际化蓝皮书》中提到，2020 年以来，国内企业创新药权益转让案例明显增多。创新药海外权益的转让，证明我国药企研发实力不断壮大，逐渐被跨国大药企认可。

广东是医药工业大省。《粤港澳大湾区生物医药产业发展报告（2022）》数据显示：2021 年，广东省医药制造业销售产值 1808.66 亿元，比上年增长 6.4%，医药制造业增加值 681.55 亿元，比上年增长 18.7%，医药制造业资产总计 3996.78 亿元，比上年增长 2.5%。粤港澳大湾区珠江三角洲九市 2019 年医药制造业总产值、增加值均占全省总额的 75%以上。目前，广州、深圳、中山、珠海等地均已在区域内形成了生物医药产业聚集。医药工业基础雄厚，制造业发展领先，为区域生物医药产业的发展打下了坚实的工业基础。

从健康医药产业的细分领域来看，近年来，中山、国家健康科技产业基地在化学制剂、药用辅料、原料药、中药、生物制品、医疗器械、化妆品、医药流通等产业领域均在向高质量发展的方向迈进，并呈现一些可喜的变化。譬如，创新药研发方面，十年来，一批海外生物医药高层次人才回国创新创业，国家健康科技产业基地涌现出一批从事高端制剂技术开发的生物技术公司，在单抗及类似物、细胞治疗等方面有较强的研发创新能力；医疗器械产业方面，加快塑造高端医疗器械完整的产业链。从"2021 年和 2020 年珠三角地区 9 城市第二、三类医疗器械生产企业数量情况表"来看，中山市 2021 年医疗器械生产企业增长数比2020 年多了 14 家，继深圳市、东莞市之后，排名第三；化妆品产业方面，从"2021 年和 2020 年珠三角地区 9 个城市化妆品工业生产总值情况表"来看，中山市 2021 年化妆品产业生产总值达到了 111.13 亿元，总量继广州之后，排名第二，在地级市中排名第一，中山正紧抓化妆品行业快速发展的窗口期；医药流通方面，在 2020 年度全国药品零售企业销售总额前 100 位排名中，中山市中智大药房连锁有限公司排名第 44 位。

广东省历来重视中医药产业发展，2006 年就出台了《中共广东省委、广东省人民政府关于建设中医药强省的决定》，是我国最早提出建设"中医药强省"的省份。广东省中医药工业优势明显。为贯彻落实党的二十大关于"促进中医药传承创新发展"的要求，激励地方真抓实干，推动中医药振兴发展，2023 年 3 月 1 日，财政部办公厅、国家中医药管理局综合司联合下发《关于组织申报中央财政支持中医药传承创新发展示范试点项目的通知》（财办社〔2023〕14 号），首次在全国范围内遴选地市开展中医药传承创新发展示范试点。中山成功获批国家中医药传承创新发展示范试点，是全省唯一入选城市。

清晨，漫步于中山横门水道南岸滨江大堤上，伶仃洋吹来的海风，让人惬意无比。

橘红色的太阳，正奋力跃出地平线，从东方缓缓升起；满目碧水随波千万里，柔情且缱绻；缕缕金黄色的晨光叫唤着大地，刚劲并深情。

风起伶仃洋，潮涌大湾区。

滨江大堤不远处的国家健康科技产业基地健康路已焕然一新，园区呈现勃勃生机。漫步在国家健康科技产业基地，可以看到神农路、华佗路、仲景路、景岳路等以历代医学历史名人命名的园区道路，名医群星闪耀，医风浓郁。

师承岐黄，薪火相传。在这些以名医之名命名的园区道路周边，已是翘楚云集，名企集聚，效应彰显。此刻行走在园区，举目所望是一幢幢现代化的医药工业厂房，站在历史、现在与未来的交会处，更是思接千载……

犹记得，1994 年 4 月 27 日签订的《国家科委、广东省人民政府、中山市人民政府关于共同创办国家健康科技产业基地的协议》的第一条写道，基地建设的宗旨是按照国际标准建设 GMP 厂房、GLP 实验室、

GCP 临床基地及 ISO9000 的医疗器械厂，使之成为中国的创新药物、医疗器械、保健产品的研究与开发、临床试验和生产基地，使之成为我国健康科技产品化、商业化、国际化的示范基地，是我国医药走向世界的桥梁。

回望历史，创办国家健康科技产业基地的宗旨是建设中国创新药物研究开发、临床试验、生产和销售的基地，引进国际先进技术，与国际市场接轨，提升中国健康产业质量，使中国产品走向世界。国家健康科技产业基地医药工业也将在这个进程中迎来新的春天。

二、谋定而后动

香山在远古时代只是珠江出海口伶仃洋上的若干岛屿，所谓"香山为邑，海中一岛耳"。香山先民就是在这山与海的结合中历练出开放、博大、包容的胸襟和刚柔相济、开拓创新的文化品格。创新是流淌在香山人血液中的活性因子。

对中山生物医药与健康产业来说，创新精神更是发展的动力所在。

2024 年中山市政府工作报告提出，加快国家健康科技产业基地扩区提质，构建"一基地六园区"空间格局，实现产业统筹布局、资源协同配置。随之，由中山市科技局等单位牵头制定的《中山市生物医药与健康产业发展规划（2024—2030 年）》也进入征集意见阶段，不久将正式出炉。

为何这样布局？

从深中通道、中开高速，以及正在建设中的东环高速等交通来看，这些重要交通交会之地，正是国家健康科技产业基地所在之处，"湾区药谷"的核心之地。这里拥有我国最早成立的国家健康科技产业基地和省市共建重点产业园项目，目前粤港澳大湾区已建成的、单体总投资最大的生物医药产业平台——中山生命科学园，还有华南现代中医药城等大产业平台。

深中通道通车后，中山在大湾区的区位优势将更加凸显，上述健康主题产业园区可连成一个闭环，实现"一个拳头发力"，作为深中通道珠江口西岸的生物医药与健康产业集聚区与深圳、香港等东岸城市健康产业"无缝对接"。

2024 年中山市政府工作报告在《培育壮大产业集群》篇章中提到，全面推进新型工业化，着力构建"4+6"现代产业集群发展格局。比如，集中优势资源扶持新能源、生物医药与健康、新一代信息技术等战略性新兴产业，加快形成新质生产力；加快中山生命科学园二期等项目建设，新增一批 GMP 标准厂房，完善药物试验、药品检验等公共服务功能，引育一批创新药企业。

《中山市生物医药与健康产业发展规划（2024—2030 年）》在战略目标中提到，到 2027 年，国家健康科技产业基地扩区提质成果显著，生物医药与健康产业发展能级明显提升，中山在粤港澳大湾区生物医药与健康产业协同发展中的地位更加突出，成为大湾区生物医药与健康创新发展策源地、产业集聚示范区及应用成果转化地。到 2030 年，力争建成全国一流、世界知名的生物医药与健康成果转化基地、研发制造基地、国际合作创新区，生物医药与健康产业成为中山经济高质量发展的重要支撑。

打开广东地图，目光聚焦在粤港澳大湾区"黄金内湾"，可以看到，在珠江口 A 字形中，有一座连接深圳与中山的雄伟大桥。作为世纪工程的深中通道，正是这 A 字形关键的一横。这一横不仅仅是连接深圳、中山，更是连通珠江口东西两岸。

这里毗邻香港、澳门，紧邻香港、澳门、广州、深圳、珠海五大国际机场，珠海高栏港、广州南沙港、深圳盐田港、香港维多利亚港四大深水港环绕，地理位置可谓得天独厚。

2024 年，于中山来说，意义重大，于国家健康科技产业基地来说亦如此。在国家健康科技产业基地成长的 30 年里，有两次跨越时间较长的大规划。时间回到 1996 年，这一年发布的《中山火炬高技术产业开发区经济发展战略研究（1996—2010 年）》五年规划中，多个内容涉及国家健康科技产业基地发展。在国家健康科技产业基地发展初期的关键节点上，厘清发展思路，凝聚"精气神"。2024 年，《中山市生物医药与健康产业发展规划（2024—2030 年）》，则为深中通道通车后，中山市生物医药与健康产业进行一次全新的整体规划。

生物医药与健康产业是关系国计民生、经济发展和国家安全的战略性新兴产业。中山市生物医药与健康产业主要包括生物药、化学药、现代中药、医疗器械、未来健康、医疗服务及相关贸易流通等领域。生物医药与健康产业是中山市战略性支柱产业，更是抢占未来发展先机的关键抓手。

2024 年是国家健康科技产业基地发展史上又一个承上启下的重要年份。一是国家健康科技产业基地进入"而立之年"；二是站在深中通道通车这个历史节点，面临着再出发。与 30 年前的一张"白纸"不同，经过 30 年的砥砺前行，国家健康科技产业基地已具备较丰厚的"家底"，可以站在更大的舞台上，抢抓新机遇。

火炬高新区在 2024 年工作部署中提到，稳步推进国家健康科技产业基地扩区提质。聚焦生物医药产业及细分领域，构建"一基地六园区"发展格局，推动产业统筹布局、创新资源协同配置，将其打造成粤港澳大湾区一流的健康产业发展高地。

2024 年 6 月 30 日，历经七年漫长建设之路的深中通道正式通车。这是一个值得铭记的日子，也是珠江口东西两岸融合发展的新起点。

此时此刻，国家健康科技产业基地站在一个全新的起点上，目标、路径均已清晰，蓝图已绘就，机遇在眼前，正是展翅高飞时！

　　"落霞与孤鹜齐飞，秋水共长天一色"，诗人王勃勾勒出一幅宁静致远的画面。

　　2023 年中秋时节的横门水道亦有这般意境。这次中秋国庆"双节"长假，因写作《湾区有药谷》一书，我没有远行，几乎每天都会来到这里的江堤边散步，然后再到江堤旁边的国家健康科技产业基地走走，感受园区的发展变化。

　　2023 年，国家健康科技产业基地园区加大对健康路、雅柏路等园区主要道路改造，通过美化、亮化、绿化，绘就一幅现代化的园区新图景。

　　健康智慧小镇对面，小隐涌边的雅柏路，改造后焕然一新。一条平坦整洁的硬化道路贯穿园区，沿途小隐涌大堤边的小公园里大树参天，绿草如茵，与路旁园区一排排高矮不一的厂房相得益彰，洋溢着园区的生机与活力。漫步于此，你不太敢相信这是徜徉在一个工业园内，或许还以为是在一个散发着浓浓国际范的新型智慧城市悠然散步，或许是漫步在一所著名大学的校道上。

　　30 年前，国家健康科技产业基地在火炬高新区横门水道南岸的滩涂之地落地生根。一个国家级园区落在偏远的乡村之地，这看似"天方夜谭"，没想到却书写了一个产业神话。

1994年中山最具标志性意义的大事是哪一件？2008年是中国改革开放30年，《中山日报》策划了"中山之路·纪念改革开放30周年"大型系列报道，策划的思路是每年选一件大事作为主线，来讲述其对中山的影响。大家一致认为1994年中山的大事应是国家健康科技产业基地的成立。后来由我主笔采写了《健康产业伟人故里荡起春潮》的深度报道。

2018年改革开放40周年时，《中山日报》策划了"壮阔东方潮奋进新时代——庆祝改革开放40年"大型系列报道。这一次同样是将成立国家健康科技产业基地作为1994年的大事来报道，我以《从零起步剑指千亿》为题采写了一篇深度报道。

从全国来看，1994年确实是医药健康产业风云激荡的一年。这一年外资制药企业纷至沓来，国内保健品市场更是风起云涌。著名财经作家吴晓波在其《激荡三十年（下）》一书中，以《1994青春期的躁动》为题，对保健品行业进行了梳理。

1994年，国家健康科技产业基地的诞生，标志着我国医药健康产业"园区时代"的到来。其重要性不言而喻。

我与国家健康科技产业基地初识于2006年。那一年，国家健康科技产业基地以首届"健康与发展中山论坛"的举办为中心开展全年工作。我也有机会走进国家健康科技产业基地。

虽说对国家健康科技产业基地的地理环境、产业历程、企业成长史等较为熟悉，但要系统地梳理其30年的发展历程，却非易事。写作期间，我几乎每个周末都会坚持到园区走走。有时在园区旁边的横门水道大堤上看日出日落，有时在小隐涌边凝视"一河两岸"园区变迁，有时到厂企与企业家聊他们的故事，有时到"湾区药谷"系列产业平台感悟园区的日新月异……

本书紧紧围绕三个维度展开：一是作为全国第一个国家级健康科技产业基地高质量园区的建设发展史；二是国家健康科技产业基地健康医

药健康产业的蝶变史；三是在国家健康科技产业基地的带动下，中山健康产业不断裂变、成长、壮大的发展史。

本书一个最大的特点就是"原汁原味"。书中提及的企业和平台，我都有实地走访，搜集了第一手资料。在写作此书的过程中得到了国家健康科技产业基地园区企业家的大力支持。他们在百忙之中，讲述了自己的创业历程与园区的故事。对于不少企业，我更是见证了其从洽谈、签约、动工、投产、上市的全过程。他们的支持让我的写作更加真实、有趣，更具有故事性和参考价值。

在此书编辑出版的过程中，得到了广东人民出版社中山出版有限公司总经理王忠、总编辑李锐锋、编辑吴锐琼的大力支持。在此一并向他们表示感谢。

时光荏苒，岁月如梭。今天，国家健康科技产业基地所在地由创建之初时的中山东部"尾巴"，变成了中山东承的"桥头堡"，已是大湾区"黄金内湾"中的知名"药谷"。三十而立的国家健康科技产业基地风华正茂。

区域之变的背后正是时代赋予的重大机遇。此时此景，与 30 年前的一张"白纸"不同，这是一个全新的开始。立足大湾区，国家健康科技产业基地有了再次腾飞的磅礴力量。

浩瀚的伶仃洋上，深中通道如长虹卧波，蔚为壮观。2024 年深中通道建成通车，一桥飞架，珠江口东西两岸从此有了"黄金通道"。

一座桥将改变一个区域格局，一个园区将带旺一个产业。"桥""园"相融，将为这片神奇的土地和被誉为"黄金产业"的健康产业打开更多的想象空间。

谭华健

2024 年 6 月

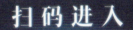

云·科技产业园

链接更宽广的世界！

01 线上药谷·官网入口

信息前线，公告新闻触手可及

02 全国药谷·百花齐放

文章拓展，中国药谷发展知多少

03 科普中国·大国崛起

优质视频，从"嫦娥"探月到"天问"登火

04 图文聚焦·百年科技

发展历程，走好科技事业新长征路